BEBIDA AMARGA

JOSÉ ALMEIDA JÚNIOR

BEBIDA AMARGA

Diretor editorial **PEDRO ALMEIDA**
Coordenação editorial **CARLA SACRATO**
Assistente editorial **JESSICA SILVA**
Preparação **TUCA FARIA**
Revisão **BARBARA PARENTE E THAÍS ENTRIEL**
Capa e diagramação **OSMANE GARCIA FILHO**
Imagens de capa **C. BOSCO | ACERVO UH | FOLHAPRESS**

Dados Internacionais de Catalogação na Publicação (CIP)
Jéssica de Oliveira Molinari CRB-8/9852

Almeida Júnior, José
Bebida amarga / José Almeida Júnior. — São Paulo : Faro Editorial, 2022.
256 p.

ISBN 978-65-5957-197-0

1. Ficção brasileira I. Título

22-2048 CDD-B869.3

Índice para catálogo sistemático:
1. Ficção brasileira

1ª edição brasileira: 2022
Direitos de edição em língua portuguesa, para o Brasil, adquiridos por FARO EDITORIAL

Avenida Andrômeda, 885 — Sala 310
Alphaville — Barueri — SP — Brasil
CEP: 06473-000
www.faroeditorial.com.br

Para Arthur e Davi

Prólogo

Eram os primeiros meses de 1960. Juscelino Kubitschek inauguraria Brasília em 21 de abril. A nova capital representava uma síntese de uma política de investimento estatal em energia, construção de ferrovias e estradas, o que promoveu crescimento econômico e industrialização do país. Por outro lado, o gasto público desenfreado gerou inflação e aumento da dívida externa. Isso seria largamente explorado por seus adversários naquele ano de eleição.

Jânio Quadros baseou sua campanha contra o Marechal Lott, o candidato de Juscelino, na inflação e nas denúncias de corrupção no governo JK. O candidato tinha um estilo histriônico, gestos pouco refinados e fazia questão de comer pão com mortadela em público. Ele se apresentava como um homem do povo contra a política tradicional. Naquela época as eleições de presidente e vice eram independentes: Jânio chegou à presidência da República com 48% dos votos, ao passo que João Goulart se elegeu como vice com 36% do eleitorado. O país teria presidente e vice de chapas adversárias, o que traria problemas na sucessão presidencial.

A campanha eleitoral de 1960 acirrou os ânimos dos brasileiros. A renúncia inesperada de Jânio Quadros, no ano seguinte, e a posse conturbada de João Goulart desencadearam um processo de radicalização na sociedade nunca vivenciada no Brasil. A polarização e a incapacidade de construir diálogos prosseguiu até a ruptura institucional ocorrida entre 31 de março e 1º de abril de 1964, com o Golpe Militar.

Capítulo 1

O chão tinha um rastro de barro que desaparecia à medida que adentrava o hotel. O piso de madeira rangia com as passadas, uma tábua roçava na outra como se fosse desprender. Havia colchões espalhados pelos corredores, duas ou três pessoas dividiam o mesmo leito. O calor dos corpos deixava o ambiente pesado e fétido.

Rebeca fez cara de nojo. Eu também. Mamãe tinha expressão de indiferença e apresentava sinais de cansaço depois de uma viagem de jipe do Rio de Janeiro a Brasília. Meu pai parecia não se incomodar, o sorriso não saía do rosto, regozijava-se com aquela gente dividindo uma mesma habitação. Devia achar a expressão máxima da coletividade. Um mundo ideal, onde todos repartiam tudo, inclusive a moradia.

Zé Carlos, dono do hotel, apresentou o nosso quarto, meu e de Rebeca. Havia apenas uma cama de madeira, dois travesseiros e um lençol fino. Perguntei pelo banheiro, ele apontou pro corredor, onde cinco ou seis pessoas aguardavam na fila com toalhas embaixo do braço. Rebeca ficou no quarto. Eu acompanhei os meus pais. O aposento deles era parecido com o nosso, com a diferença de que tinha banheiro. Pelo jeito, a visão de coletividade de meu pai não incluía dividir toalete.

— Você não devia ter aceitado ficar aqui. Não vou pegar fila pra tomar um banho — reclamou Rebeca, assim que retornei ao nosso quarto. — E se precisar fazer xixi à noite? Serei atacada por um peão desses que estão dormindo no corredor.

— Podemos usar os aposentos dos meus pais.

— Deus me livre. Seu Marcos molha o banheiro inteiro, não dá descarga e ainda mija na tampa do sanitário.

— Vou falar com mamãe pra deixar tudo organizado quando você for usar.

— Sua mãe, Fernando? É capaz de ela soltar um escorpião no banheiro pra me picar.

— Fale baixo, Beca. Essas paredes de madeira não abafam o som. E deixe de implicância com mamãe, ela gosta, sim, de você.

Rebeca riu alto.

— Dois dias viajando com dona Anita naquele jipe e ela mal falou comigo. Seu pai ainda tentava melhorar o clima. O tempo não passava, eu não podia conversar com você que sua mãe já fazia cara feia. Sinceramente, não sei o que vim fazer nesta cidade amaldiçoada.

Rebeca tirou a roupa e vestiu uma camisola.

— Pensei que pelo menos ficaríamos num hotel em Brasília. Aí seu pai traz a gente pra esta espelunca, numa cidade que mais parece cenário de filmes de faroeste. Quanto tempo ficaremos aqui? Vou ter que almoçar e jantar com sua mãe todos os dias? Não dá pra encontrar um local mais civilizado e longe dos seus pais pra gente se hospedar? Será que conseguirei manter a sanidade mental até voltarmos pra nossa casa?

Alisei o rosto dela e lhe dei um abraço. Ela continuou falando sem parar. Apertei sua cabeça contra meu ombro pra ver se ela se calava. Estava com medo de mamãe ouvir as queixas de Rebeca. Até que finalmente silenciou. Tentei dar um beijo em sua boca.

— Hoje não, Fernando, estou suja, cansada. — Ela me afastou com a palma das mãos.

A primeira coisa em que pensei quando meu pai me chamou pra inauguração de Brasília foi desfrutar de momentos a sós com Rebeca. Todo casal deveria ter direito a isso. Havia algumas semanas que não fazíamos sexo. Mônica tinha cinco anos e dormia todo dia entre nós dois na cama. Rebeca costumava adormecer antes de nossa filha. Não sei se por cansaço ou pra fugir das minhas investidas. Algumas vezes eu arriscava acordá-la de madrugada, mas ela sempre me repelia com grosseria.

Cheirei o seu pescoço, que estava molhado de suor e com um pouco do pó de canela da Cidade Livre. Mas o odor não me causou asco. Pelo contrário, fiquei mais excitado, querendo fazer um sexo anticristão, bárbaro, rude, animalesco. Afastei a alça da camisola dela. Apertei os seios, os bicos se enrijeceram. Ela não dava sinal de retribuição, não me dava um beijo, mas também não me mandava parar. Coloquei a mão entre suas pernas, ela começava a se excitar.

Rebeca deu um passo atrás. Pensei que fosse acabar com minha animação, mas ela tirou a camisola e ficou totalmente nua. Eu a joguei em cima da cama. Beijei o seu corpo numa voracidade que os cinco anos de casamento haviam amornado.

Ela me empurrou com violência, pulou da cama e deu um grito:

— Um rato, um rato.

Era um roedor de pelo alaranjado, com uma listra preta no dorso. Os trabalhadores da Cidade Livre chamavam de rato-candango. O bichinho não fazia mal a ninguém, mas Beca me mandou matá-lo. Tentei ir atrás com o chinelo, mas o rato conseguiu fugir pelas frestas de madeira da parede.

Rebeca me obrigou a fechar com um jornal a brecha por onde o rato tinha escapado e a colocar uma toalha embaixo da porta pra evitar que outros bichos e insetos invadissem o aposento. Tentei seduzir Rebeca de novo, mas ela ficou irredutível. O rato-candango tinha estragado a minha noite.

Não demorou muito e ela adormeceu. Aproveitei pra sair e conhecer a Cidade Livre.

As casas de madeira desalinhadas em nada se pareciam com as fotos das primeiras construções de Brasília publicadas nos jornais do Rio de Janeiro. Os ônibus da Araguarina, as carroças e os paus de arara levantavam um pó marrom que irritava os olhos e o nariz. Miseráveis que vinham tentar a sorte na nova capital desembarcavam a todo momento. Alguns chegavam arrumados como se já estivessem prontos pros festejos de inauguração da cidade.

Por todo lado, as pessoas carregavam nas costas colchões Probel novinhos, ainda ensacados. A Novacap os havia emprestado aos visitantes mediante recibo e com o compromisso de devolverem após as festividades. Era mais um desperdício de dinheiro público de Israel Pinheiro. Juscelino Kubitschek não tinha colocado limites pra fazer cumprir seu plano megalomaníaco.

Procurei um restaurante decente pra comer, mas não achei nada aprazível. Além de pisos sujos de barro, todos estavam cheios de bêbados. Afastando-me um pouco da avenida Central, encontrei um local com uma mesa vazia. Chamava-se Bar e Lanches Itália. Quem comandava o estabelecimento atrás do balcão eram dois homens; um fazia as vezes de garçom e atendia às mesas de maneira simpática, já o outro, de cara amuada, ficava no caixa.

O garçom, que se apresentou como Vincenzo, me sugeriu, com um sotaque napolitano, um macarrão à bolonhesa e um copo de vinho.

— Pois traga o macarrão e uma Coca-Cola com gelo e limão — respondi.

— Aproveite pra beber hoje na Cidade Livre, porque amanhã será difícil encontrar algo na inauguração. Vou trazer pelo menos uma cervejinha pro doutor.

— Eu não bebo.

— A religião não permite?

— Minha filha teve um problema respiratório quando nasceu, chegou a ser desenganada pelos médicos. Aí, fiz uma promessa pra Nossa Senhora Aparecida de que nunca mais colocaria uma gota de álcool na boca. Graças à minha padroeira, dois dias depois Mônica recebeu alta do hospital. Desde então, nunca mais bebi. E não sinto falta. Na verdade, eu nunca soube beber. Depois do primeiro gole, só parava quando não conseguia mais ficar em pé.

— E o pior é que tem homem que depois que bebe fica bravo, quer bater nos outros, dar uns tapas na mulher.

— Eu nunca tive coragem de bater na minha mulher. Pelo contrário, quando chegava bêbado em casa, dormia caladinho no sofá. No outro dia, levava um sermão daqueles.

— O senhor vai me desculpar... — Ele apontou pro homem de cara amarrada no caixa. — Acontece que meu irmão, Gennaro, não quer ocupar mesa do bar com quem não bebe. A gente tem que aproveitar que a cidade está cheia pra ganhar dinheiro. Depois que a capital for inaugurada, a Cidade Livre vai ser desmanchada, e seremos escorraçados daqui.

— Pois traga uma cerveja também. Mas o senhor vai ter que beber e trocar uns dedos de prosa comigo. Ah, e peça pra agilizar a comida, estou com muita fome.

Vincenzo deixou uma Brahma e dois copos na mesa, depois foi atender outro cliente. A garrafa estava quase congelada. Por um momento, pensei em quebrar a promessa e tomar nem que fosse um copinho pra tirar a poeira da garganta. Puxei o escapulário de Nossa Senhora Aparecida de baixo da camisa. Tive medo de que minha padroeira me castigasse, e Mônica voltasse a ter problemas de saúde. Rebeca também não me perdoaria se eu voltasse a beber. Beijei a imagem da santa, fiz o sinal da cruz e venci a tentação.

Uma senhora magra de cabelos grisalhos se sentou e serviu os dois copos de cerveja.

— O que um homem jovem e bonito faz sozinho na Cidade Livre?

— É melhor a senhora procurar outra pessoa.

— Humm, já vi que só gosta das novinhas. Acho que tenho alguém que vai ser do seu agrado, a Maria Tomba-Homem.

— A senhora me respeite. Sou casado, católico e fiel aos meus princípios. Não traio minha esposa nem com outra mulher, que dirá com outro homem. Isso vai contra a natureza de Deus.

A senhora gargalhou.

— Maria Tomba-Homem não é um invertido. O povo lhe deu esse nome porque ela sai com muitos homens numa noite só. Pode enfileirar todo mundo aqui do bar que ela derruba todos. A moça é insaciável.

Vincenzo veio trazer a comida e o refrigerante. Percebendo que a mulher estava me incomodando, a botou pra fora do estabelecimento. Ele disse que o macarrão tinha acabado. No lugar dele, trouxe o prato-feito com arroz, feijão, bife de fígado e ovo frito. O fígado estava gelado. O homem não tinha sequer se dado ao trabalho de requentar as sobras do almoço. Comi um pouco de arroz com ovo e tomei toda a Coca pra ajudar na digestão.

— O que o senhor acha de Jânio Quadros? — perguntei. — Votaria nele pra presidente?

— Só se ele for o candidato de doutor Juscelino. Eu queria mesmo é que o homem continuasse como nosso presidente. Se passasse mais cinco anos governando, o Brasil ia crescer ainda mais.

— O país está todo endividado, inflação alta, corrupção em todo lugar. Esse senhor vai acabar com o Brasil.

— Doutor Juscelino trouxe emprego e oportunidade pra todos. Eu e meu irmão viemos de São Paulo, com pouco dinheiro no bolso. Eu era garçom, e Gennaro, *maître* no restaurante Le Arcate. Aqui na Cidade Livre a gente conseguiu autorização pra montar este bar. Já entreguei muita marmita na minha lambreta pra trabalhadores, empreiteiras e até pros engenheiros da Novacap. Doutor Israel Pinheiro prometeu arrumar uma lojinha pra gente na W3 quando a Cidade Livre desaparecer.

Depois de espantar um bêbado que adentrava o bar, Vincenzo prosseguiu:

— Juscelino é um enviado de Deus. Está vendo aquele homem, rodeado de gente? É o Hely, dono da Pioneira da Borracha. Ele viajou pra São Paulo e voltou da fábrica da Pirelli trazendo mais de quatro mil travesseiros. Vendeu tudo ontem pra Novacap. Está rico. Aqui a riqueza brota do chão de barro.

Não adiantava tentar convencer o napolitano. Era um ignorante. Não sabia que esses trocados que havia conseguido ganhar com a construção de Brasília iam acabar, e ele voltaria pra São Paulo com o irmão sem dinheiro e com muitas dívidas.

Paguei a conta e voltei ao hotel.

* * *

O suor escorria dissolvendo a poeira fina da minha testa. As paredes de madeira do Hotel Souza não barravam o pó que subia na avenida Central. Passei a noite me revirando com coceira nas costas. Levantei o lençol que cobria o colchão e encontrei alguns percevejos. Rebeca, com seu sono pesado, roncava pelo nariz. Pedi a Zé Carlos um rolo de fumo e espalhei embaixo do colchão, com cuidado pra não a acordar. Quando ela despertou, os percevejos tinham ido embora, mas os pontinhos de sangue já haviam se espalhado por seu corpo.

Mamãe contou, sem abrir a porta do seu quarto, que meu pai tinha saído cedo. Tinha ido à sucursal da *Última Hora* que Samuel Wainer havia acabado de inaugurar em Brasília. Percebi que ela não queria conversa, então a deixei descansar. Já bastava Rebeca pra me tirar a paciência.

Saí com minha mulher pra ela conhecer um pouco da Cidade Livre. Seu rosto estava manchado de poeira ressecada, como uma retirante nordestina que vinha tentar mudar de vida na nova capital. Ela fazia careta e reclamava de tudo. Do almoço no Bar e Lanches Itália, emendamos duas sessões no Cine Bandeirantes assistindo ao mesmo filme de faroeste: *O Caminho de Oregon*. Já tínhamos visto uma vez no Palácio da Cinelândia, mas se tornava mais real naquela cidade de madeira e chão de barro.

Retornamos ao hotel no final da tarde com roupas sujas e precisando de um banho. Rebeca se recusou a usar o quarto dos meus pais, preferiu enfrentar a fila do banheiro coletivo. Ela voltou do banho com o cabelo cheiroso, lavava a cabeça com o mesmo xampu de mamãe. Estava com um aspecto de limpeza que havia perdido desde que deixara o Rio. Ela se queixou da falta de um espelho no quarto. Não podia fazer nem um penteado. Falei que estava linda, mas não adiantou. Ela terminou de se arrumar emburrada.

Eu também não me sentia animado pra ir às festividades da inauguração. Achava uma traição a Carlos Lacerda. Combatemos na *Tribuna da Imprensa* a transferência da capital quase diariamente. Tínhamos certeza de que Brasília não seria concluída no mandato de Juscelino Kubitschek, o problema ficaria pro governo seguinte. Após percebermos que a mudança seria inevitável, apostamos que a cidade seria um grande desastre pro país, pois as obras arquitetadas por Oscar Niemeyer não durariam muitos anos, e os políticos não se adaptariam à região. O retorno da capital ao Rio de Janeiro era garantido.

O culpado pela minha vinda era meu pai. Ele tinha acompanhado a construção da cidade com Samuel Wainer e se empolgava. Disse que eu não podia perder a oportunidade de presenciar a história acontecendo em tempo real. Segundo ele, Brasília representava um novo começo pro país. Um Brasil grande, ocupando todo o seu território, sem deixar espaço pra espoliação dos americanos. Outras Brasílias surgiriam depois da nova capital com o crescimento na região.

Rebeca se animou assim que lhe contei da proposta de meu pai. As amigas dela só falavam em conhecer as obras de Oscar Niemeyer, que viam apenas nas fotos da revista *Manchete*. Expliquei-lhe que isso poderia me trazer complicações com meu patrão, mas não adiantou. Quando ela colocava uma coisa na cabeça, ninguém conseguia tirar.

Meu pai chegou no início da noite à Cidade Livre dirigindo um jipe da *Última Hora*. Tomou um banho rápido, vestiu um terno surrado e nos apressou pra irmos à missa de ação de graças na Praça dos Três Poderes. Eu não sabia a razão de seu entusiasmo, porque ele nunca foi religioso e costumava me recriminar por frequentar a igreja.

Mamãe passou o caminho todo calada, meu pai arriscava algumas palavras, mas não encontrava reciprocidade na conversa.

Havia buracos nas pistas, muitos ocultados pela lama. A cidade seria inaugurada sem que tivesse a mínima estrutura. Passamos por centenas de pessoas acampadas em barracos de lona, algumas instaladas em caminhões. Famílias cozinhavam em volta de fogueiras e de fogões de uma boca. Em vez de criticar a miséria, meu pai falava do esforço daquela gente pra conhecer a nova capital.

A Esplanada dos Ministérios estava repleta de carros, caminhões, ônibus, e uma multidão andava a pé. Meu pai estacionou o jipe a cerca de dois quilômetros da Praça dos Três Poderes. Estava escuro, com pouca iluminação. A avenida era larga, com um grande canteiro central. Seguiam prédios semelhantes nos dois lados, quase todos inacabados. Conseguimos avistar as duas torres do Congresso Nacional. À medida que nos aproximávamos, era possível ver os detalhes, a rampa central e duas abóbadas: uma virada pra cima, e outra, pra baixo. Tudo muito simétrico, não parecia aquela bagunça arquitetônica do Rio de Janeiro.

A Praça dos Três Poderes não tinha monumentos, era um grande vão. Não havia sido projetada pra acolher o povo, pois não tinha sequer uma árvore que abrigasse nos dias de sol. As colunas curvilíneas do Palácio do Planalto pareciam velas de pequenas embarcações. Em frente à vidraça do Supremo Tribunal Federal fora instalado um altar improvisado, com todos os instrumentos necessários pra realizar a missa.

A praça parecia cada vez mais cheia. Ficamos próximo ao Congresso, onde se reuniam alguns políticos e conhecidos. Meu pai se encontrou com Samuel Wainer e ficou ao lado dele. Deixei Rebeca com mamãe e fui falar com Castelinho, jornalista da revista *O Cruzeiro*, e com Fábio Mendes, repórter do *Correio da Manhã*.

— Enviei pra redação do *Correio da Manhã* uma entrevista com João Agripino. O deputado chamou Brasília de pandemônio — disse Fábio Mendes. — Reclamou que não tem telefone nos apartamentos, energia pros elevadores, toalha de banho, falta tudo. Falou que teve deputado que quase foi às vias de fato com outro por causa de um colchão.

— A transferência atabalhoada da capital foi uma grande irresponsabilidade. — Castelinho meneou a cabeça. — Estou dividindo um apartamento em péssimas condições na Quadra 108 Sul com José Aparecido, Paulo Mendes e Geraldo Carneiro. Não tem nada, nem cortina. Ontem a gente acordou com os primeiros raios de sol. Aquele clarão na janela só pode ser a televisão do candango. — Sorriu. — Pra completar, as marteladas no apartamento de cima começaram cedo. Esta cidade não serve nem pra dormir.

Fiquei calado, com vergonha de dizer que havia me hospedado na Cidade Livre, onde ficavam os peões.

— O pior é o drama da alimentação. Onde toda essa gente vai comer? — perguntou Fábio Mendes.

— Eu soube que o Senado vai suspender as atividades a partir de amanhã e só retornará em 1º de junho — disse Castelinho.

— Esta inauguração é só de fachada — eu afirmei. — Brasília ainda vai se tornar o túmulo de JK, como as obras das pirâmides do Egito foram pros faraós.

A multidão se aproximou do altar, causando um início de tumulto. Juscelino Kubitschek tinha acabado de subir ao púlpito ladeado pela primeira-dama e por João Goulart. As pessoas queriam um aceno, um sorriso, qualquer sinal de retribuição de carinho por parte do presidente.

A banda de fuzileiros navais começou a tocar. O cônego Antônio Maria colocou no centro do altar uma cruz, a mesma que tinha acompanhado a expedição de Pedro Álvares Cabral e que frei Henrique havia utilizado pra celebrar a primeira missa no Brasil em 1500. Fez-se silêncio na praça.

Os holofotes do Exército foram ligados parcialmente com riscos de luz em vários sentidos. O sino, que fora trazido de Ouro Preto, começou a badalar. Era o mesmo que havia soado em 21 de abril de 1792 pra anunciar a morte de Tiradentes. Estava tudo cercado de um simbolismo que envolvia quase todos. Castelinho, que tinha acabado de criticar Brasília, ficou com os olhos cheios de lágrimas. Fábio Mendes também parecia emocionado.

Faltavam quinze minutos pra meia-noite quando o cardeal Cerejeira iniciou a liturgia católica. Depois, saudou a nova capital, o governo e o povo brasileiro. Ele afirmou que o Brasil era a maior nação católica do mundo, com oito milhões e meio de quilômetros quadrados, humanizados e cristianizados.

Dom Hélder Câmara assumiu o microfone. Disse que Brasília era um sonho concretizado e que todos deveriam se esforçar pra que o Planalto Central fosse sempre o Planalto da Fé, onde só reinassem Deus, o trabalho e o amor ao próximo. Durante a elevação da hóstia, o sino vibrou, e a banda de fuzileiros navais começou a executar o Hino Nacional. Os refletores do Exército iluminaram a praça e o céu de Brasília.

— Peço aos presentes e aos ouvintes das emissoras de rádio que se mantenham atentos — iniciou dom Hélder. — Sua Santidade, o papa João XXIII, tem uma palavra para nos dar direto de Roma, através da Rádio Vaticano.

Era meia-noite e quarenta e cinco. Quase todos se ajoelharam, inclusive eu. Meu pai não se vergou ao pontífice, como se quisesse mostrar pra todos que era, como um bom comunista, ateu convicto.

Mas não resistiu por muito tempo: mamãe o puxou com tanta força que quase o derrubou.

— *Nesta noite em que Brasília está sendo inaugurada, é com o maior júbilo para os nossos corações que apresento a bênção para a nova capital.*

Tirei o escapulário de Nossa Senhora Aparecida do pescoço, coloquei entre as palmas das mãos e fechei os olhos.

— *Peço a Deus que conceda abundantes graças à nação brasileira, tornando-a cada vez mais forte, grande e livre. Com os meus sentidos votos ao querido povo brasileiro, envio a bênção pontifícia ao excelentíssimo presidente da República, às suas autoridades e aos operários que tanto fizeram para esta grande realização.*

Terminada a celebração, caminhei ao lado de meu pai, enquanto Rebeca e mamãe vinham atrás, caladas.

— Viu agora o que Brasília representa para este país? — meu pai me provocou.

— Confesso que fiquei comovido com a missa de ação de graças e as palavras do papa. Mas pra mim esta cidade continua representando um grande buraco em que o Brasil vai entrar com a mania de grandeza de JK.

— Não vou discutir com você agora. Está contaminado por Carlos Lacerda. Saiba que ele está morrendo de inveja no Rio, doido para estar aqui, celebrando este momento com dom Hélder e o papa.

Mudei de assunto:

— O que mamãe tem? Parece que está com raiva de mim e Rebeca.

Meu pai deu de ombros.

Eu insisti:

— Ela não fala com a gente. Está sempre emburrada.

— Anita ouviu sua mulher falando mal da gente no quarto.

— Mas Beca não disse nada. Acho que vocês entenderam errado.

— Escutamos muito bem. Mas não precisa se preocupar comigo, meu filho. Isso é coisa de mulher. Mas sua mãe... você conhece. Ela queria ir embora ontem mesmo da Cidade Livre e voltar para o Rio. Disse que, da próxima vez que sua mulher falar mal da gente, vai colocar um escorpião na boca de Rebeca para picar a língua dela.

Durante a missa, riscos de luzes iluminam o Planalto da Fé.

O CARDEAL DOM MANUEL GONÇALVES CEREJEIRA, LEGADO PONTIFÍCIO, FAZ A ELEVAÇÃO DA HÓSTIA. AO LONGE, VIBRA O SINO DE TIRADENTES.

O PRESIDENTE BEIJA O ANEL DO CARDEAL. ASSISTEM À COMOVENTE CERIMÔNIA MAIS DE TRINTA BISPOS BRASILEIROS E AS MISSÕES DIPLOMÁTICAS.

SEGUE

Missa de inauguração de Brasília (*Manchete*, 21 de abril de 1960)

Capítulo 2

Mesmo com o dia intenso, cheio de eventos e bastidores políticos, Fernando preferiu não me acompanhar. Usou a desculpa de que ficaria na Cidade Livre para escutar na rádio o jogo do Fluminense contra o Sporting, que aconteceria em Lisboa. Embora fosse fanático por futebol, eu sabia que ele queria mesmo era fazer companhia a Rebeca. Meu filho temia que Anita e a nora se estranhassem mais uma vez. As duas não se gostavam, viviam se alfinetando. Eu e Fernando ficávamos no meio do fogo cruzado e, na maioria das vezes, sobrava para a gente também.

Anita não gostou de Rebeca desde o início. Achava a nora autoritária, queria controlar Fernando em tudo, até na hora de beber com os amigos. No começo, eram só indiretas e caras feias recíprocas. A malquerença ficou explícita no dia em que Rebeca chegou grávida à nossa casa. A gravidez apresentava complicações, e ela corria o risco de perder o bebê. Joaquina, nossa poodle branca, fez uma festa com a chegada do casal, mas Rebeca bateu nela com a bolsa e mandou Fernando trancá-la no quintal. Anita não se aguentou e disse que Joaquina não ficaria presa, e que só não retribuiria a agressão à cachorra porque a nora estava grávida.

Rebeca não foi mais à nossa casa. Conheci Moniquinha quando ela ia completar seis meses. Rebeca usava a saúde frágil do bebê como desculpa para não receber visita. Só com muita insistência eu conseguia ver minha neta, mas Anita nunca me acompanhava. Peguei uma afeição pela menina que não tive nem com Fernando. Ele raramente nos visitava e, quando ia, não levava Moniquinha. Dizia que a menina podia adoecer no contato com Joaquina. Anita ficava possessa.

Anita viu a neta pela primeira vez no aniversário de um ano. Mesmo assim, não demonstrou carinho, como se transferisse a raiva da nora para a menina. Depois Moniquinha começou a frequentar nossa casa, e a relação sogra-nora foi se acalmando. Mas eu e Fernando sabíamos que a qualquer momento uma das duas poderia estourar.

Fernando não sabia controlar a própria mulher. Desde criança percebi que seria um homem fraco. Ele se influenciava pelos outros e sempre se posicionava contra mim. Nunca aceitou o fato de eu ser comunista. Primeiro, quis seguir a carreira militar e se aliar aos gorilas que sempre pretendiam tomar o poder à força. Então, quando percebeu que era lânguido demais para a caserna, fez questão de trabalhar no jornal do meu maior inimigo, Carlos Lacerda. Parecia levar a vida para me desmoralizar.

Quando eu lhe disse que viria a Brasília para a inauguração, ele tratou de se oferecer para me acompanhar. O que faria lá após ter amaldiçoado todos os passos da instalação da nova capital na *Tribuna da Imprensa*? Ele justificou que Rebeca tinha o sonho de conhecer a cidade. Ainda tentei demovê-lo da ideia, mas não adiantou. Ele fazia tudo o que a mulher queria. A presença dele ao meu lado afastava fontes, políticos e principalmente meus colegas da *Última Hora*, que não toleravam que eu tivesse um filho trabalhando para Carlos Lacerda.

Eu não viera a Brasília com nenhuma função específica para a *Última Hora*. A cobertura da inauguração ficaria a cargo dos vinte e três repórteres do jornal que se instalaram em casas ainda não ocupadas da Caixa Econômica. Fiz questão de me hospedar por conta própria na Cidade Livre com Anita, senão inevitavelmente seria convocado para alguma missão. Samuel Wainer apenas me pediu para ficar atento aos bastidores e que lhe comunicasse imediatamente os burburinhos a respeito das eleições que ocorreriam no final do ano.

Depois de uma rápida passagem pelo Palácio do Planalto, fui ao Congresso Nacional. Embora houvesse muito luxo, com carpetes e obras de arte, o prédio apresentava problemas. Em alguns ambientes, mal dava para enxergar as pessoas, pois grande parte das lâmpadas não funcionava. Os ares-condicionados também estavam com defeito. À medida que se aproximava o meio-dia, o local ficava mais abafado, e os deputados e senadores derretiam em seus fraques e cartolas.

Como não me preocupava com aparência, tirei meu paletó puído e passei a circular pelo Congresso com a camisa branca, meio amarelada pelo tempo, marcada de suor. O governador do Rio Grande do Sul, Leonel Brizola, que também não aderiu às formalidades, usava traje de passeio escuro. Mesmo assim, era cumprimentado por deputados e senadores do PTB.

Samuel Wainer me avistou de longe e acenou para eu me aproximar. Parecia tenso. O bigode estava molhado, e ele tinha olheiras.

— Estamos receosos quanto à recepção a doutor Juscelino aqui hoje. O governo tem sofrido ataques e muita reclamação de parlamentares que não tiveram instalações adequadas pra acomodar suas famílias na nova capital. Vários dormiram no chão. Pedro Aleixo teve que se deitar numa cama de lona emprestada por José Bonifácio. O senador Lobão da Silveira também dormiu em cama de campanha. Alguns ameaçam suspender as atividades da Câmara, ameaçam até o retorno da capital pro Rio de Janeiro.

— Essa gente está mal-acostumada com o luxo do Rio. JK devia aproveitar a mudança da capital para acabar com os privilégios. Deputado tem de viver como o trabalhador comum, pagando suas próprias contas e mostrando serviço à população.

— Não é hora pra essa cantilena comunista, Marcos. É ano de eleição. A turma da UDN vai aproveitar qualquer falha pra detratar o legado do presidente. Não importa o que aconteça aqui hoje, a *Última Hora* não pode usar uma linha sequer do jornal pra estragar este momento de festa.

Wainer era interrompido a todo momento por parlamentares. A *Última Hora* crescera muito nos anos JK. O patrão apoiara Juscelino desde a campanha eleitoral. Depois da posse, chancelou o projeto desenvolvimentista do presidente, inclusive a mudança da capital. Enquanto a maioria dos jornais cariocas se opunha, a *Última Hora* acompanhou cada passo da construção de Brasília.

Juscelino Kubitschek chegou ao Congresso acompanhado de senadores e deputados. O que Samuel Wainer temia não ocorreu. Os parlamentares aplaudiram longamente o presidente. Em seguida, fizeram um coro: "Juscelino, Juscelino, Juscelino". JK saudou os presentes com o seu característico aceno com o braço levantado e o sorriso que parecia não sair do rosto. O presidente tomou assento à mesa com os cardeais Cerejeira e dom Motta.

A sessão foi presidida por João Goulart e teve como secretários os senadores Cunha Melo, Gilberto Marinho e Novais Filho.

Jango iniciou o discurso de abertura. O sistema de som funcionou sem falhas. A acústica do plenário da Câmara dos Deputados também ajudou. Com a Casa cheia, a sensação de calor aumentava.

— A marcha para o Oeste, uma das grandes diretrizes traçadas pelo gênio imortal de Getúlio Vargas... — A voz do Jango embargou.

O plenário silenciou por um momento. Eu percebi que os olhos de Wainer se encheram de lágrimas. Seguiu-se um longo aplauso. Com dificuldade, o vice-presidente prosseguiu:

— ... sonhada pelos inconfidentes, planejada por tantos estadistas, a tese de tantos sociólogos, hoje, com a graça de Deus, se faz realidade pela ação patriótica do senhor presidente Juscelino Kubitschek de Oliveira, o grande construtor desta majestosa capital plantada no coração geográfico da nossa pátria.

Jango foi interrompido por palmas. Alguns se recusaram a manifestar qualquer reação. O deputado Carlos Luz e o senador Reginaldo Fernandes em nenhum momento aplaudiram. Porém, foram ofuscados pela histeria dos demais. Juscelino se levantou agradecendo a aclamação demorada. O nome do presidente mais uma vez foi gritado em coro.

— Senhores congressistas, declaro instalados os trabalhos do Congresso Nacional na cidade de Brasília, capital dos Estados Unidos do Brasil.

Os parlamentares berraram, alguns jogaram as cartolas para o alto. Pareciam debutantes em baile de formatura. Eu também me peguei vibrando. Brasília representava a síntese de um projeto de construção de um país forte. Embora pertencesse a uma pequena burguesia do PSD, Juscelino Kubitschek era um nacionalista, assim como Getúlio Vargas. Ele teve a coragem de romper com o FMI e não se envergou aos interesses americanos quando a organização quis impor uma agenda de austeridade e contenção de gastos públicos.

— Ao declarar instalados os trabalhos na nova capital — prosseguiu Jango —, tenho a satisfação de conceder a palavra ao nobre senador Filinto Müller, pra que fale em nome do Senado Federal.

O Congresso Nacional em peso aplaudiu o representante do Senado.

Eu me dirigi à porta de saída do prédio. Não daria ouvidos a um fascista. Filinto Müller fora o responsável pela minha prisão, de Anita e de milhares de outros comunistas em 1936. Muitos camaradas foram torturados, inclusive eu, por ordem desse facínora, que hoje é senador. Eu já pensara algumas vezes em entrar para a política e ajudar o país, tentar resolver o sistema por dentro, sem rupturas. Mas, quando vejo um torturador ser ovacionado pela classe política, tenho a certeza de que a única saída para emancipação definitiva do país e do nosso povo é através da revolução.

— Pensei que você tivesse ido embora. Sei que não suporta Filinto Müller. Mas quem aguenta esse senhor? — Samuel Wainer riu. — Estou com medo das eleições, Marcos. Doutor Juscelino devia ter acatado a sugestão de Jango e emendado a Constituição pra admitir pelo menos uma reeleição. A popularidade dele está altíssima. Nunca uma eleição seria vencida com tanta facilidade.

— Não dá mais tempo de mudar nada. Agora tem que apostar no marechal Lott. O problema é que ele é popular apenas no Exército. O povo não o conhece. O marechal também não é lá uma figura muito simpática. Acho difícil levar essas eleições.

— A verdade é que doutor Juscelino escolheu o marechal pra perder. Ele quer um governo fraco pra voltar à presidência em 1965. Mas a *Última Hora* não pode ficar cinco anos fora do poder. Eu assumi muitos compromissos. Se não ganharmos as eleições, vou ter que encerrar as atividades de algumas sucursais. — Wainer apoiou a mão em meu ombro. — Precisamos trabalhar a imagem do marechal, e você será importante nesse processo. Vai viajar com ele pelo Brasil. Acompanhar cada passo. Impedir que ele fale bobagens por aí.

— Qualquer foca pode fazer isso. Não tenho mais idade para ficar viajando, nem de avião eu gosto. Tenho que cuidar de Anita e de Moniquinha. Além do mais, o marechal é um anticomunista convicto. Podemos ter atritos ideológicos.

— Essa tarefa não poderá ser dada a qualquer um. Você será muito mais do que um repórter. Vai cuidar da imagem do marechal Lott, tentar fazê-lo mais popular. E será muito bem remunerado por isso, os organizadores da campanha é que vão lhe pagar.

Nesse momento, Juscelino Kubitschek saía do Congresso Nacional com dificuldades, pois tinha uma massa à sua volta, pedindo um aperto de mão, um abraço ou mesmo um autógrafo. Jango e Juracy Magalhães também tentavam pegar carona na popularidade de JK e distribuíam acenos. Wainer correu para se aproximar do presidente. Conseguiu se infiltrar na multidão, arrancar um abraço e uma declaração que ele passou a repetir à exaustão: "Wainer, você é o repórter de Brasília".

* * *

Busquei Anita, Fernando e Rebeca na Cidade Livre para acompanhar o desfile na Esplanada dos Ministérios. Fernando estava com a cara amarrada. O Fluminense perdera de três a zero para o Sporting. Ele também não gostou de saber que eu iria cobrir a candidatura do marechal Lott. Disse que representava a continuação do projeto irresponsável de Juscelino Kubitschek e que o Brasil iria quebrar. Preferi não rebatê-lo. Aquelas palavras eram de Carlos Lacerda, não de meu filho. Fernando se deixava ser instrumento da virulência do Corvo.

As pessoas se acotovelavam para ficar às margens do eixo rodoviário e acompanhar de perto os desfiles. As proximidades do palanque oficial onde estavam Juscelino Kubitschek, a primeira-dama e Jango pareciam ainda mais cheias. JK era o dono da festa. O povo queria se aproximar, tocá-lo. Em volta dele, também orbitavam políticos, militares de alta patente, cardeais e jornalistas em busca de notícias. Como um repórter nunca tira folga, fiquei por perto observando as movimentações. O furo surge quando menos se espera.

Nelson Rodrigues se aproximou. Cumprimentou Fernando com um aceno e Anita e Rebeca com um beijo na mão. Ele demorou a soltar a mão de minha nora. Percebi que os dois trocaram sorrisos. Puxei Nelson Rodrigues pelo braço para que se desvencilhasse de Rebeca. Eu sabia que ele não tinha respeito por ninguém. Apesar de caquético, Nelson costumava encantar as mulheres, inclusive as mais novas, com seus galanteios.

Eu não confiava em Nelson Rodrigues. Muitos colegas da *Última Hora* também não. Ele não era um dos nossos. Era um conservador dentro de um jornal progressista. Mas ele tinha prestígio e vendia jornal. Por isso, Samuel Wainer o tratava com deferência e distinção, o que causava ciumeira nos colegas mais exaltados que vestiam a camisa do jornal.

— Você escreveu sua crônica das festividades de Brasília? — perguntei, tentando fazer com que ele parasse de flertar com Rebeca.

— Ainda não, mas estou com ela em mente. Vai ser sobre o pipi das meninas nas estradas que conduzem à nova capital.

— Você é um pervertido mesmo... Tantos acontecimentos políticos importantes, e vai importunar as moçoilas. Depois não reclame quando Carlos Lacerda chamá-lo de novo de comunista comedor de crianças.

Nelson sorriu e olhou para Rebeca, que já estava um pouco distante, mas retribuiu o flerte.

— Inédito. De fato, o pipi feminino na estrada foi o detalhe novo da inauguração de Brasília. Não me lembro, em toda a minha experiência rodoviária, de ter visto algo parecido. Homens, sim. Nunca mocinhas, e muito menos com tamanha constância. À medida que nos aproximávamos da cidade, começamos a ver carros parados na estrada. Sempre meninas fugindo docemente pro mato e fazendo de um arbusto o biombo do pudor. Era lindo. Lindo...

Deixei Nelson Rodrigues falando sozinho. Definitivamente eu não fazia parte do público que apreciava as veleidades que ele escrevia. Fernando que cuidasse de Rebeca. Eu tinha problemas demais na minha vida para zelar pela mulher dos outros.

As nuvens carregadas ameaçavam estragar o desfile. Ventos e redemoinhos de poeira levavam as cartolas dos que trajavam fraque. Tropas perfiladas começaram a marchar, animadas pela banda de fuzileiros navais. Os aviões da Esquadrilha da Fumaça faziam manobras, enquanto os soldados desfilavam em solo. Falava-se em mais de cinco mil homens em marcha.

— Não deveríamos ter trazido aquela mulher com a gente, Marcos — disse Anita, me cutucando. — Era pra Nandinho ter vindo só. Onde já se viu uma mulher deixar a filha no Rio pra viajar? Mônica deve estar sofrendo sozinha.

— Também estou com pena de Moniquinha. Mas você sabe que Fernando não viria sem ela.

— Nandinho devia estar fazendo contato com políticos. Quem sabe poderia conseguir um emprego... Mas não. Está atrás daquela mulher. Ela já sumiu, né? Ninguém sabe onde está. E meu filho procurando feito um doido. Tomara que leve chifre pra deixar aquela lá de vez.

O tempo foi abrindo e surgiu um arco-íris de cores vivas. A ameaça de chuva tinha ido embora.

Terminada a parada militar, o paralítico Renato Queiroz se aproximou do presidente e o cumprimentou. Renato acompanhara em sua cadeira de rodas a comitiva de marinheiros e fuzileiros que marchou do Rio de Janeiro a Brasília. Sarah Kubitschek se emocionou com a força de vontade do deficiente.

Um jipe da Novacap, com Israel Pinheiro em pé, abriu o desfile dos trabalhadores, formado por mais de dez mil candangos. Embora tivessem rostos cansados e marcados pelo sol, eles expressavam a felicidade do sentimento de missão cumprida. Nove caminhões buzinaram em frente ao palanque. Os homens gritavam: "Viva Juscelino, viva Juscelino!".

Os candangos mereciam todas as homenagens. Trabalharam turnos seguidos, quase sem descanso, para concluir as obras. Se tivessem um pouco de consciência de classe, exigiriam mais. O palanque era para ser deles, porque eles que tornaram Brasília possível. Israel Pinheiro, o finado Bernardo Sayão e os outros doutores apenas davam ordens, enquanto os peões tinham que trabalhar à base de cachaça para aguentar jornadas de trabalho exaustivas. Muitos morreram. Alguns tiveram seus corpos concretados na estrutura dos prédios; as famílias não tiveram sequer a oportunidade de velá-los, para não atrapalhar o cronograma das obras.

— O senhor viu Beca?

— Não, meu filho. Da próxima vez que trouxer sua mulher, não a deixe solta por aí. Brasília está cheia de gavião.

— Está parecendo minha mãe implicando com ela. Perdi Beca de vista quando conversava com José Sarney.

— Cedo ou tarde ela vai aparecer.

Eu torcia para que Rebeca viesse logo para voltarmos para a Cidade Livre. Chovera mais cedo, o tempo estava úmido, mas os cigarros Hollywood fumados seguidamente deixaram minha garganta seca. Eu precisava de uma Antarctica. Desde que chegara a Brasília, não tinha conseguido tempo para saciar a sede.

— Sarney contou que a UDN vai abrir mão da candidatura de Leandro Maciel à vice-presidência. Jânio Quadros não o suporta, acha que é um político tradicional. Totalmente diferente do discurso contra a política que prega nos comícios. Jânio já renunciou à candidatura uma vez e ameaça sair da campanha de novo. A cúpula da UDN não confia em Jânio, acha o homem imprevisível. Mas Carlos Lacerda está fechado com ele. O senhor sabe que todo o mundo do partido tem medo de contrariar Lacerda, né?

— Seu patrão não passa de um oportunista, meu filho. Ele quer pegar carona na popularidade de Jânio Quadros para se eleger governador da Guanabara. Esse sujeito não vale nada, Fernando. Nada.

Fernando se virou de costas e olhou para os lados. Não sei se incomodado com as minhas colocações sobre Carlos Lacerda ou se ainda estava à procura de Rebeca.

— Essa turma da UDN está doida para chegar ao poder — prossegui. — Se perder as eleições, tentará um golpe. Se ganhar, não vai demorar em derrubar Jânio para colocar o vice no poder. Os bacharéis da UDN não têm o menor apreço pela democracia.

— O senhor parou no tempo, meu pai. Ainda acha que estamos nos anos de Getúlio Vargas. Graças à Nossa Senhora Aparecida, aquele ditador se foi, e a discussão política no país elevou o nível. A UDN se renovou. A ala jovem, que eles chamam de bossa nova, está chegando ao poder. Sarney quer voltar a unir o partido. Por isso, pretende indicar o senador Milton Campos pra ser o vice de Jânio. Doutor Milton tem trânsito tanto com o pessoal de Lacerda como com o de Magalhães Pinto. Talvez seja a chance de reunificar o partido.

— Eu quero é que o circo pegue fogo, e a candidatura de Jânio Quadros e do vice da UDN vá para o buraco.

— Meu futuro depende dessas eleições. Fui convidado pra trabalhar na campanha de Jânio Quadros, cobrindo pela *Tribuna da Imprensa*. Prometeram um emprego pra mim e pra Rebeca, se ele ganhar as eleições. Disseram também pra eu me filiar à UDN. O partido está precisando acelerar a renovação. Nas próximas eleições, eu já poderia concorrer a deputado federal. A participação na campanha vai ajudar a abrir portas.

— Essa gente está querendo ganhar as eleições para entregar o Brasil aos americanos. Você não precisa disso, meu filho. Eu posso ajudar. Se quiser, pago as despesas de Moniquinha até ela ficar grande. Assumo esse compromisso com você. Mas não vá se meter na política. Você é jovem e servirá apenas para ser usado.

— O que eu ganho na *Tribuna da Imprensa* não dá pra me sustentar. O pai de Beca faz uma feira por semana pra gente, sabia? Não quero viver mais assim, dependendo dos outros. Trabalhar em jornal é bom, mas não dá dinheiro. O senhor sabe muito bem disso.

O próprio Fernando deve ter se oferecido para cobrir a campanha de Jânio Quadros. Como eu trabalharia para o marechal Lott, ele precisava se colocar do lado oposto. Como sou repórter da *Última Hora*, ele é da *Tribuna da Imprensa*. Como sou ateu, ele é católico. Sou comunista; ele, liberal. Eu, Flamengo; ele, Fluminense.

Será possível não gostar de um filho? Querer que ele não tivesse nascido? Às vezes eu tinha Fernando como um estranho, outras, como inimigo. Achei que a maturidade tiraria dele essa mágoa. Pensei que se tratasse de um complexo freudiano de desejo pela mãe e de uma necessidade de matar o pai. Mas ele se tornou adulto e continuou me enfrentando, tentando me aniquilar. Hoje, o único vínculo de afeto que nos une é Moniquinha.

Anita se aproximou, dizendo:

— Vamos pro jipe. Rebeca sabe onde o carro está. Quando resolver ir embora, ela nos encontra lá.

— Não vou sem minha mulher.

— Então fique aí, Nandinho. Meus pés estão latejando. Não vou ficar esperando a boa vontade de Rebeca aparecer.

Fernando continuou procurando minha nora. Eu e Anita fomos para o carro. Estava escuro. Eu não tinha relógio, mas deviam ser umas oito da noite. Começou um estrondo, e o céu se iluminou. Os fogos de artifício celebravam a inauguração da nova capital.

— Aquela não é Rebeca? — Anita apontou.

Era a própria, e estava acompanhada de Nelson Rodrigues. Eles caminhavam próximos um do outro, quase encostando os ombros. Os dois sorriam, como um casal em início de namoro.

— Vou dizer umas poucas e boas praquela desgraçada.

— Tenha calma, Anita. Deixe que eu resolvo.

Rebeca, quando nos viu, ficou sem graça e se afastou de Nelson. Ele não pareceu constrangido. Era acostumado com a cafajestice.

— Fernando está procurando por você.

— Eu me perdi dele e vim atrás de vocês. Pensei que estivessem no jipe. Nelson percebeu que eu estava nervosa e se propôs a me acompanhar.

— Eu não podia deixar uma jovem andando só por aí à noite. Brasília é uma recém-nascida bastante perigosa — disse Nelson Rodrigues.

Especial de inauguração de Brasília (*Manchete*, 07 de maio de 1960)

Capítulo 3

Desde o início da campanha eleitoral, comecei a passar mais tempo com Jânio Quadros do que com Rebeca. Sentia falta de minha casa, de minha mulher, de minha filha, até de assistir aos jogos do Fluminense no Maracanã — só acompanhava os gols de Waldo e de Telê pelo rádio.

Eu queria ficar no Rio de Janeiro e trabalhar na campanha de Carlos Lacerda pro governo da Guanabara. Mas ele disse que eu seria mais útil cobrindo a trajetória de Jânio pelo Brasil. Na verdade, Lacerda preferiu se cercar dos jornalistas da *Tribuna da Imprensa* mais experientes e me delegou uma tarefa que quase ninguém desejava.

Pior do que ficar longe de casa era ter que acompanhar as viagens de Jânio Quadros a bordo de um DC-3. O avião balançava a todo momento, parecia que ia cair. O piloto tinha que decolar quaisquer que fossem as condições meteorológicas. Pousava em todo tipo de pista, até mesmo em campos de futebol. Não podíamos parar. As eleições se aproximavam, e Jânio não queria perder nenhum voto sequer. Visitávamos pelo menos duas cidades por dia.

A caminho de Manaus, o DC-3 balançava mais do que o normal. Com os solavancos, as asas davam a impressão de que iam se desprender do corpo do avião. Não tive coragem de abrir a janela, mas sentia as batidas de pingos grossos de chuva na fuselagem. Estava em baixa altitude. José Aparecido, principal assessor de Jânio Quadros na campanha, sentado ao meu lado, me pedia pra ficar calmo. Ele não largava o uísque. Quando acabava, balançava as pedras de gelo no copo seco, em sinal pra que a aeromoça pusesse mais bebida.

Jânio Quadros bebia e fumava sem parar. A cada solavanco, ele puxava o colarinho da camisa, afrouxava mais a gravata e arregalava os olhos esbugalhados. O seu rosto suava e empapava os cabelos oleosos, sempre desgrenhados. A aeromoça ofereceu um leitão, que trazia num carrinho. Eloá aceitou, mas Jânio não. Pediu mais uísque.

— Não quero comer nada — eu me adiantei, antes que a aeromoça me oferecesse.

— Um cigarro?

— Não fumo.

— Um uísque?

— Graças à Nossa Senhora Aparecida, não bebo mais, desde que minha filha...

— Lá vem você com a mesma ladainha religiosa. Não bebe, não fuma. Só podia ser repórter do Lacerda mesmo. — José Aparecido pediu que a aeromoça enchesse o copo até quase derramar. Também não quis a comida.

O avião apontou o bico pra baixo e deu um tranco. O uísque de José Aparecido respingou em mim. Afivelei o cinto e me agarrei nos braços da poltrona. Os outros pareciam não se importar em cair na selva amazônica. Se não morrêssemos da queda, seríamos devorados pelas onças. Criei coragem e abri a cortina de couro da janela. As nuvens estavam carregadas, mas tinha parado de chover. Dava pra ver a imensidão verde da floresta.

O avião foi perdendo altitude. Estava cada vez mais baixo. À medida que se aproximava do chão, mais o DC-3 chacoalhava. Fechei a cortina novamente. Os ouvidos começaram a doer, a pressão fazia força nos tímpanos. O estômago embrulhava. Chamei a aeromoça. Precisava de um saco pra vomitar. Ela se levantou da poltrona, mas quase caiu em seguida com mais um solavanco. Voltou a se sentar e fez sinal pra que eu esperasse.

— Você não está bem — concluiu José Aparecido. — Beba um gole de uísque.

— Acho que vou vomitar.

José Aparecido colocou a bebida na minha boca. Não recusei. Depois do primeiro gole, peguei o copo dele e tomei todo o resto de uma vez. A ânsia de vômito diminuiu. O avião estabilizou numa altitude baixa, como se fosse fazer um pouso forçado na floresta.

— Estamos passando sobre o encontro dos rios Negro e Solimões — informou o piloto.

Voltei a abrir a janela. As águas em movimento, nos tons preto e marrom, não se misturavam. De tão largas, mal dava pra ver as margens dos rios. Mais parecia um mar de água doce. Todos os repórteres observavam o cenário. Mas Jânio Quadros não pareceu satisfeito. Ele desafivelou o cinto, levantou-se da poltrona e foi à cabine, e logo pudemos ouvir os seus gritos:

— Tenho uma eleição pra ganhar! Como o senhor ousa perder tempo de viagem e colocar todos em perigo para mostrar um rio?

— Dois. Encontro de dois rios — o piloto tentou se explicar.

— Pros infernos os rios. Suba este avião agora para deixar de balançar e nos leve a Manaus. Se chegarmos bem, vou pensar se não demitirei o senhor.

O piloto elevou a altitude do avião de maneira rápida. A aeromoça trouxe o saquinho de vômito. Eu o dobrei e coloquei no bolso do paletó. Ela reabasteceu os copos dos passageiros com uísque. Não bebi mais. Já tinha quebrado a promessa de anos.

— O senhor precisa de alguma ajuda? Está com falta de ar? — perguntou a aeromoça ao candidato a vice-presidente.

— De ar, propriamente, não, minha filha. Estou é com falta de terra — respondeu Milton Campos.

O DC-3 finalmente conseguiu pousar. As pessoas se aproximaram da pista antes de o avião parar por completo. Era uma multidão que esperava por Jânio. Ele se postou na porta do avião e acenou pra todos. Com cabelos assanhados, ombros cheios de caspa, colarinho amarrotado e gravata frouxa, puxou dona Eloá pra junto de si e deu um beijo no rosto dela. As pessoas aplaudiram e começaram a cantar a música da campanha: "Varre, varre, vassourinha. / Varre, varre a bandalheira, / que o povo já está cansado de sofrer dessa maneira. / Jânio Quadros é a esperança deste povo abandonado".

À medida que ia descendo as escadas, os populares se aproximavam de Jânio. Ele largou a mão de Eloá, correu em direção a um funcionário do aeroporto montado numa lambreta, pulou na garupa e pediu que o rapaz partisse em direção ao Hotel Amazonas. Os fotógrafos e repórteres locais se apressaram pra registrar a cena. Nós, que acompanhávamos o candidato desde o início da campanha, já havíamos nos acostumados com aquele tipo de performance. Estávamos mais preocupados em chegar antes do candidato ao hotel pra não perder o encontro com o governador Gilberto Mestrinho.

* * *

Do aeroporto, arranjei uma carona pra chegar ao Hotel Amazonas. As lideranças políticas locais só se preocupavam com o transporte e a hospedagem do candidato e de sua equipe. Os jornalistas tinham que se virar pra ir aos comícios. Não consegui registrar nenhuma declaração de Jânio Quadros na chegada — ele já tinha se recolhido a seus aposentos.

José Aparecido também não tinha conseguido acompanhar o candidato ao hotel. Alguns minutos antes dos eventos, ele costumava passar a Jânio Quadros as questões que afligiam a população e anotava os políticos da região que ajudavam na campanha.

— Doutor Jânio ainda me levará à loucura — disse José Aparecido.

— Se é difícil pra você, que é coordenador de campanha, imagine pra nós, repórteres.

José Aparecido riu.

— Está se saindo bem, Fernando. Vejo muito futuro em você. Doutor Jânio falou que queria alguém de Carlos Lacerda pra trabalhar com ele em Brasília. Já sugeri seu nome, e ele aprovou.

— Fico muito honrado com a lembrança, mas não sei se quero sair da *Tribuna da Imprensa*. Gosto do trabalho em redação.

— Não poderia ser diferente. Essa coisa de jornal está no sangue. Marcos é um grande jornalista, e você também.

— Por favor, não me compare com meu pai. Eu sou repórter apesar dele.

José Aparecido achou graça, e foi descansar no hotel. Como eu iria embarcar no DC-3 no final da tarde pro último comício do dia em outra cidade, resolvi não me hospedar. Aproveitei pra tentar fazer uma ligação da recepção do hotel pra redação da *Tribuna da Imprensa*. Havia dois dias que não conseguia um telefone pra transmitir informações de campanha. A recepcionista disse que o hotel não fazia ligações interurbanas no momento, mas indicou o posto telefônico, que ficava próximo.

Tentei por mais de uma hora completar a ligação, que passava por chamadas sucessivas pelas telefonistas de Manaus, Belém, São Luís, Recife, Salvador, até conseguir falar com o Rio de Janeiro. Apenas uma ligação passou por todas as telefonistas até chegar ao Rio, mas caiu menos de um minuto depois. Desisti. O comício já devia ter começado.

A multidão se aglomerava na frente do Hotel Amazonas. Muitos seguravam vassouras, de piaçava, estopa e até fluorescentes. Alguns aproveitavam pra vendê-las também. José Aparecido pregava nas lapelas dos ternos de algumas autoridades locais um alfinete com uma vassourinha dourada.

Quem fazia o anúncio dos oradores era o locutor de rádio Laércio Cortes, que viajava conosco a bordo do DC-3. Políticos locais começaram a discursar. Embora fosse do PTB, o governador Gilberto Mestrinho apoiava Jânio Quadros no Amazonas. A situação se repetia em outras regiões dominadas pelos trabalhistas, que votavam em João Goulart pra vice, mas se recusavam a apoiar o marechal Lott. A dobradinha Jan-Jan se espalhava no país.

Jânio Quadros acenava pras pessoas com uma vassoura na mão. De vez em quando, puxava uma banana do paletó e descascava. Fazia gestos exagerados pra que todos vissem que ele estava comendo. Precisava mostrar que era do povo e, por isso mesmo, comia banana, pão com mortadela, usava ternos puídos, não penteava os cabelos.

O candidato à Presidência da República assumiu o controle do microfone e começou o discurso falando de problemas locais, com o texto preparado por José Aparecido. Depois, Jânio discursou sobre o seu assunto favorito: Juscelino Kubitschek. Chamou o presidente de irresponsável, culpou-o pela alta inflação e pela ineficiência da burocracia do Estado. Prometeu moralizar os costumes e varrer a corrupção. Jânio Quadros se apresentava como um candidato de fora da política que iria moralizar o país.

— O que está acontecendo com o Brasil? — prosseguiu Jânio Quadros. — O governo federal se jacta, se envaidece do nosso progresso industrial, do nosso progresso fabril. Faz grande praça disso, anuncia esse desenvolvimento aos quatro ventos e, não obstante, o nosso povo está cada vez mais insatisfeito, cada vez mais angustiado, cada vez mais empobrecido.

Jânio fez uma pausa, tirou um sanduíche de mortadela do bolso, deu uma mordida e prosseguiu, mastigando:

— Ora, se o Brasil progride, se o Brasil tem indústria de alumínio, vidros, uma indústria de automóveis, de estanho, de construção naval, por que o povo está cada vez mais insatisfeito? Por que o povo está cada vez mais angustiado? Por que o povo está cada vez mais empobrecido? Por que se nota um abismo entre o que o governo afirma, por um lado, e o que o povo sente, por outro? — Jânio usava um português bem silabado que encantava o público. — A resposta é fácil. Quero falar aos corações, quero falar às inteligências. Todo esse progresso, todo esse desenvolvimento, apenas tem beneficiado um grupo de privilegiados, um grupo de exploradores.

As pessoas vibravam, sacudindo as vassouras pro alto e cantando a música da campanha.

Eu não simpatizava com o estilo histriônico de Jânio. Juracy Magalhães, candidato preferido dos bacharéis da UDN, tinha condições de desbancar o marechal Lott. Mas Jânio era uma aposta de Carlos Lacerda. A UDN tinha perdido três eleições presidenciais seguidas. Os quadros do partido eram os melhores da política, mas não conseguiam chegar ao povão. Lacerda não queria arriscar mais uma derrota. O Brasil não aguentaria mais cinco anos de corrupção e de irresponsabilidade, como no governo JK. O país precisava retomar os valores da honestidade, da família, da cristandade e da moral perdidos durante a administração de Juscelino. Jânio Quadros faria uma limpeza na corrupção e nos comunistas que se criaram nas estruturas de governo dominadas por João Goulart e pelo PTB.

Jânio Quadros puxou dona Eloá pelo braço e lhe deu um beijo. Eu sabia que o discurso se aproximava do fim, pois o roteiro se repetia em todos os comícios.

— Minha mulher pediu que eu dirigisse as últimas palavras à mulher brasileira, à verdadeira dona da vassoura, àquela que sofre no trabalho permanente do lar, que deve equilibrar as contas do salário de miséria.

Não esperei Jânio Quadros terminar o discurso. Já sabia tudo o que ele iria dizer. Voltei ao posto telefônico com Carlos Chagas pra falar com a redação da *Tribuna da Imprensa* antes que o avião embarcasse pro último comício do dia.

Dessa vez, não encontrei muita dificuldade pra completar a ligação. Consegui passar os principais fatos dos últimos dias de campanha pra redação. Carlos Lacerda tomou o telefone pra perguntar como estava indo a campanha. Só falei coisas boas. Ele garantiu que eu estava fazendo um bom trabalho e que iria arrumar um lugar pra mim no futuro governo Jânio. Quando perguntei como iam os trabalhos da sua campanha pro governo da Guanabara, ele desligou. A eleição de Jânio Quadros era mais fácil do que a de Lacerda, que disputava com o trabalhista Sérgio Magalhães e com o popular Tenório Cavalcanti.

Aproveitei que os telefones estavam funcionando bem e liguei pra casa. Achei Rebeca fria, encurtou a conversa, não demonstrou que estava com saudade de mim. Tinha deixado Mônica na casa dos meus pais desde a semana anterior pra participar dos comitês de campanha de Carlos

Lacerda. Rebeca tinha um parentesco distante com Lacerda por parte da família do pai dela, que era da região de Vassouras.

Quando desliguei o telefone, não encontrei mais Carlos Chagas. Da calçada, percebi que a multidão já tinha se desaglomerado. Procurei um táxi, mas não encontrei. Fui à recepção do hotel e perguntei por Jânio Quadros. A moça informou que o candidato tinha saído havia quase trinta minutos.

Abordei um rapaz que estava saindo numa lambreta:

— Você pode me deixar no aeroporto?

— Moro bem longe. Vim aqui só pra ver Jânio Quadros.

— Eu trabalho na equipe dele — menti. — Se você me deixar lá, peço pra um fotógrafo tirar uma foto de doutor Jânio com você e depois mando pelo correio. Mas temos que ir logo, senão perco o voo.

Quando chegamos ao aeroporto, Jânio, na porta do avião, cumprimentava o público remanescente. Ele era sempre o último a entrar. A equipe já tinha se acomodado nas poltronas. O piloto apontou pra mim, mostrando ao candidato que eu estava a caminho. Fiz sinal pra ele me esperar. Mas não adiantou. Jânio me olhou e me ignorou. O avião partiu.

— E minha foto? — perguntou o rapaz da lambreta.

— Se você tivesse andado mais rápido, eu não teria perdido o voo, e você teria sua foto com o candidato.

Eleições presidenciais de 1960: Jânio Quadros, Marechal Lott e Ademar de Barros na disputa (*Manchete*, 3 de outubro de 1960)

Capítulo 4

Joaquina, que lambia as patas em cima da poltrona, parou por alguns instantes e me olhou desconfiada, como se eu estivesse invadindo seu território. Deitou o queixo sobre as patas dianteiras e continuou me encarando. Joaquina era uma cadela com personalidade de gato. Só demonstrava alegria com Anita. Talvez fosse característica da raça poodle, ou ela ainda guardasse rancor dos dias em que eu chegava em casa tarde e dava um chute em suas costelas para ela parar de latir.

Havia quatro Antarcticas na geladeira. Anita comprava duas garrafas todos os dias na mercearia de Emanoel para eu tomar quando chegava do trabalho. Mesmo nos dias em que eu não dormia em casa, ela não perdia o hábito. As garrafas se acumulavam. Talvez ela tivesse receio de que Emanoel e a esposa, Bianca, descobrissem que eu costumava ficar alguns dias por semana fora de casa. Anita sempre os teve como modelo de casal pequeno-burguês.

Peguei na geladeira uma cerveja e uma coxa de galinha que sobrara do almoço. Sintonizei na TV Rio e empurrei Joaquina da poltrona. O marechal Lott daria uma entrevista. Os meus colegas da redação ainda acreditavam que ele poderia ganhar de Jânio Quadros. Mas a campanha de Lott não empolgava ninguém, o seu jeito sisudo e sincero não combinava com a política.

Moniquinha apareceu correndo e pulou em meu colo. Minha neta se parecia fisicamente com Fernando, tinha rosto fino, cabelos lisos e sobrancelhas grossas. Mas a personalidade era bem diferente. Meu filho desde pequeno foi petulante, nunca gostou de mim. Sempre preferiu a mãe. Moniquinha era o oposto, muito mais próxima de mim do que da avó.

— Essa menina não quer me deixar pentear os cabelos dela. Vão ficar quebradiços, como os da mãe — disse Anita, quase gritando.

Moniquinha escondeu o rosto embaixo do meu braço. Os cabelos dela ainda estavam molhados do banho.

— Amanhã penteia. Ela deve estar com sono.

— Quando você está em casa, Mônica só faz o que quer. Seria melhor se você não tivesse vindo dormir aqui hoje.

Arrebatei o pente da mão de Anita e eu mesmo fui desembaraçando os cabelos de Moniquinha. Ela não reclamou. Anita se sentou no sofá, emburrada, e Joaquina subiu nas pernas dela. Joguei o osso de galinha no chão, mas a cachorra preferiu continuar no colo da dona.

— Não tenho mais idade pra cuidar do filho dos outros — reclamou Anita.

— Moniquinha não tem culpa se a mãe sempre arruma um pretexto para não ficar com ela. Mas logo as coisas voltarão ao normal. A campanha está acabando.

— Pra você é fácil, passa o dia fora e volta pra casa só à noite. Quando não dorme sei lá onde. Eu que tenho que aguentar a teimosia dessa menina.

Anita reclamava, mas nunca teve coragem de negar nada a Fernando. Ele pedira que Anita cuidasse de Moniquinha por uns dias, para Rebeca trabalhar no comitê de campanha de Carlos Lacerda. Anita aceitou sem nem falar comigo.

— Você sabe que Moniquinha não gosta de contato físico e insiste em querer pentear os cabelos dela. A menina tem gastura.

— Eu tenho que cuidar dela. Rebeca vai falar pra Nandinho que sou desleixada. Aquela mulher deve esculhambar comigo na frente de minha neta, por isso a menina me rejeita.

— É só ter paciência que ela vai começar a se apegar a você, como aconteceu comigo. Moniquinha não é como as outras crianças.

— Rebeca deixa essa menina aqui pra fazer sabe-se lá o quê. A culpa de Mônica ser esquisita é de Rebeca. Falta de zelo. Onde já se viu a mãe entregar a filha na casa dos outros quando o marido viaja? Pra que Rebeca quer ficar sozinha? As pessoas já falam dela por aí. Nandinho tem que se desquitar daquela mulher antes que seja tarde. Não duvido que ela esteja agora com outro macho.

Moniquinha escutava que falávamos dela, mas não dava ouvidos à avó. Preferia ficar concentrada no giro do ventilador Super Arno, doze polegadas, três velocidades e oscilante, que eu comprara recentemente na loja Ponto Frio da rua Senador Dantas.

A menina tinha fixação por ventiladores. Percebi isso logo que completou quatro anos: ela ficava olhando, sem pestanejar, para nosso ventilador velho da sala. Aproveitei para abrir um e desmontar o motor na frente dela. Moniquinha ficou fascinada e se sentou para me ajudar a remontá-lo. Na época, ela não falava, não brincava com outras crianças, não olhava nos olhos das pessoas — passava o dia juntando garfos da cozinha e enfileirando pela casa. Depois que descobriu como se desmontava, ela começou a falar comigo e sempre sobre o mesmo assunto: ventiladores.

Moniquinha tinha adormecido no meu colo quando Fernando chegou.

— O que houve com você, Nandinho? — perguntou Anita. — Está com um aspecto horrível.

— Eu me distraí e perdi o voo da comitiva de Jânio Quadros em Manaus. Não tinha dinheiro pra comprar uma passagem de volta pro Rio. Pedi ajuda na redação da *Tribuna da Imprensa*, mas Lacerda ficou bravo e disse pra eu me virar. A equipe do governador Gilberto Mestrinho conseguiu um hotel pra mim, e usei o nome de doutor Jânio pra embarcar num voo da Panair.

— Quem mandou você se meter com essa gente?

— Isso não é hora de fazer birra política, Marcos — Anita me repreendeu.

— Carlos Lacerda não tem compaixão por ninguém — continuei. — Se dependesse dele, Fernando estaria até hoje mendigando nas ruas de Manaus.

— Por que não ligou pra gente, Nandinho? Eu e seu pai teríamos ajudado você.

— E ficar escutando sarcasmo do meu pai? Prefiro me arranjar sozinho.

— Onde estava Rebeca? Não fez nada por você?

— Não consegui falar com ela, o telefone tocava até cair a ligação. Além do mais, ligar de Manaus pro Rio é difícil e caro. Eu estava sem dinheiro.

— Nandinho, precisamos falar sobre sua mulher.

— Psiu. A entrevista vai começar. — Levantei-me da poltrona e aumentei o volume da televisão.

A entrevista salvou Fernando dos sermões de Anita a respeito de Rebeca. Fernando não confrontava a mãe, mas ficava incomodado. Não gostava de ouvir ninguém falando mal da mulher. Sempre que Anita tocava nesse assunto, ele tentava desconversar. Quando ela insistia, Fernando arrumava alguma desculpa para ir embora.

O marechal Lott começou pela sua principal proposta: o II Plano de Desenvolvimento Nacional. Ele prometeu a continuidade do progresso e da industrialização do governo JK, mas com o controle da inflação. Também se colocou como um nacionalista que iria preservar os interesses do país na Petrobras.

O candidato do PSD tinha ideias afinadas com o trabalhismo do PTB. Iria regulamentar o direito de greve, fazer a reforma agrária, aumentar o salário mínimo, estender os direitos trabalhistas para o homem do campo, facultar o voto aos analfabetos. Samuel Wainer falava que ele era o real herdeiro do legado de Getúlio Vargas.

— *É uma inverdade completamente destituída de qualquer base lógica afirmar-se que os nacionalistas são comunistas ou estão a eles ligados* — Lott respondeu à pergunta do repórter. — *O comunismo é uma organização internacionalista. Seus integrantes não se preocupam com os bens espirituais, e sim somente com os materiais. Os nacionalistas advogam uma posição de independência nacional e lutam por soluções nacionais, preferencialmente, para os problemas brasileiros.*

Tirei Moniquinha do colo e a entreguei dormindo nos braços do pai. Fui à cozinha pegar outra cerveja e mais um pedaço de galinha gelada. Fernando colocou a televisão em volume máximo, como se quisesse garantir que eu iria escutar o marechal falando mal dos comunistas.

— *Nossas ideias não coadunam e nem poderiam se coadunar com o internacionalismo ateu* — prosseguiu Lott —, *uma vez que existe e continuará a existir em nosso país a liberdade de religião, e a grande maioria do povo é de católicos.*

Quando retornei à sala, desliguei o aparelho.

— Quem diria, o senhor trabalhando prum candidato anticomunista — provocou Fernando.

— Estou ajudando apenas nas campanhas de Jango à vice-presidência e de Sérgio Magalhães para o governo da Guanabara. Desisti de trabalhar para o marechal quando ele falou no comício do Recife que não concordaria com a legalização do PCB, alegando que o partido era subversivo e subserviente à União Soviética. A plateia estava cheia de camaradas do partido. No mesmo dia, abandonei a comitiva e pedi a Samuel Wainer que designasse outro repórter da *Última Hora*.

— Tenho acompanhado Jânio Quadros por todo o Brasil e garanto ao senhor que a campanha está ganha.

— Não tem nada definido. Juscelino Kubitschek vai entrar com força nessa reta final da campanha, e o marechal ainda pode virar o jogo.

— O governo JK está um caos. A inflação comeu o poder de compra das pessoas, sem falar nos escândalos de corrupção envolvendo a construção de Brasília. Aliás, Brasília enriqueceu Juscelino e muita gente, inclusive Samuel Wainer.

— Não diga bobagem.

— Ora, meu pai, o senhor sabe muito bem que Marco Paulo Rabello deu rios de dinheiro a JK pra receber a concessão das obras mais lucrativas de Brasília. Alguns dizem até que Rabello e Juscelino são sócios. E o seu patrão soube se aproveitar da relação promíscua entre os dois. Tanto que Rabello comprou parte da *Última Hora* pra ajudar a pagar as contas. Por falar em eleições, a senhora já saber em quem vai votar, mamãe?

— Em Jânio Quadros. Até gosto de Juscelino, mas votar no marechal não dá. Também acho que é sempre bom renovar o poder.

— O povo quer novidade, meu pai, alguém de fora da política.

— Eu também não morro de amores por Lott, mas, por enquanto, é a melhor alternativa para o trabalhador e para sobrevivência da *Última Hora*.

— Então é melhor o senhor ir logo pensando em procurar outro emprego, porque doutor Jânio já falou que vai cortar todas as verbas que o governo dá a Samuel Wainer.

Moniquinha se levantou meio sonâmbula dos braços do pai e voltou para meu colo.

* * *

Os repórteres da *Última Hora* se alvoroçavam com a aproximação das eleições. Estavam mais apreensivos pela disputa da Guanabara do que da Presidência da República. Já havia um clima de resignação pela derrota do marechal Lott. Mas a vitória de Carlos Lacerda no estado poderia significar o fim do jornal de Samuel Wainer.

A relação de Wainer com Juscelino Kubitschek não ia bem. O jornal cobrara uma posição mais incisiva do presidente em favor da campanha do marechal. Juscelino também interferiu nas eleições da Guanabara. Em vez de apoiar Sérgio Magalhães, resolveu bancar a campanha do general Ângelo Mendes e estimular a candidatura de Tenório Cavalcanti. Os três candidatos disputavam a mesma faixa de eleitorado, o que poderia beneficiar Carlos Lacerda, que tinha voto consolidado na classe média.

— Estou organizando um manifesto de artistas, intelectuais e jornalistas em favor da campanha de Sérgio Magalhães — disse João Etcheverry, sentando-se com metade da perna sobre minha mesa. — Já consegui a assinatura de Aníbal Machado, Jorge Amado, Moacir Werneck, Paulo Francis, Oscar Niemeyer, Mário Lago, Dalcídio Jurandir e outros tantos. Posso colocar seu nome na lista?

— Se for para impedir a eleição de Carlos Lacerda, eu sou capaz até de dar dinheiro para a campanha.

— Será que você pode falar com Nelson Rodrigues pra que ele assine? Acho que, sendo ele uma voz conservadora no jornal, daria peso ao nosso movimento.

— Não adianta. Nelson é reacionário até a alma. Ele não declara, mas com certeza vai votar em Jânio Quadros para presidente e em Carlos Lacerda na Guanabara.

— Mesmo que isso possa significar a perda do emprego?

— Não falta trabalho para Nelson. Se ele sair daqui, com certeza Roberto Marinho irá contratá-lo de volta.

O telefone começou a tocar.

— Atenda esse telefone, Isabela — Etcheverry gritou.

— Estou ocupada. — Isabela lia a *Revista do Rádio*.

— Ainda não demiti essa mulher por sua causa. — Etcheverry apontou o dedo para mim. — Mas, como diretor-assistente, não vou mais tolerar esse tipo de insubordinação.

O perfil durão não combinava com a figura de Etcheverry. Tanto que Isabela nunca levava a sério as ameaças de demissão. Ela só aceitava ordens de Samuel Wainer, por temor reverencial ao patrão, e de Nelson Rodrigues, com quem tivera um caso alguns anos atrás.

— Era doutor João Goulart — informou Etcheverry depois de desligar o telefone. — Estava furioso com a nota na coluna de Brasília de Otacílio Rodrigues, que acusou Jango de estimular os comitês Jan-Jan. Disse que sempre teve compromisso com a candidatura do marechal Lott e que o jornal estava espalhando uma grande mentira.

— Jango está certo. Essa candidatura do marechal Lott está fadada ao fracasso. Os deputados do PTB da Bahia e de Pernambuco já trabalham abertamente para a eleição de Jânio Quadros para presidente e Jango para vice. Talvez na vice-presidência Jango possa fazer algo pelos trabalhadores.

— Ainda tenho esperanças, desde que Juscelino Kubitschek entre na campanha de vez.

— Juscelino está mais preocupado com as eleições de 1965. Ele quer que Jânio Quadros ganhe agora e faça um governo impopular de austeridade. Na próxima, ele chega como favorito. Mas a esperteza dele não vai funcionar. Depois de tomar posse, Jânio Quadros e a turma da UDN não vão largar o osso. Nunca confiei em JK. Ele teve cinco anos para cumprir os compromissos assumidos com o PTB na aliança das eleições de 1955. Não promoveu a reforma agrária, nem a extensão da lei trabalhista ao campo. Sempre foi um representante da burguesia. Um fanfarrão mais fascinado com poder, festas e mulheres do que com o trabalhador.

Samuel Wainer entrou na redação apressado e sem cumprimentar ninguém. Isabela largou a *Revista do Rádio* e foi ver se ele precisava de algo. Depois de alguns minutos, ela retornou dizendo que Wainer queria falar comigo e com Etcheverry.

— Esses comunistas vão enterrar de vez a campanha do marechal. — Wainer jogou sobre a mesa um maço de panfletos. — Estão distribuindo isso nas ruas. Sabem o que significa? O fim da campanha.

O título do panfleto era: "Por que os comunistas apoiam Lott e Jango?". Luís Carlos Prestes declarava que, apesar de ser um conservador, o marechal Lott representava as forças progressistas do país, pois defendia reforma agrária, direito de greve, nacionalização dos bancos, escola pública e limitação de remessa de capital estrangeiro.

— Então você não quer que os comunistas votem no marechal? — perguntei de maneira irônica.

— Esse tipo de declaração só faz aumentar a repulsa dos conservadores à candidatura de Lott. O marechal é ostensivamente anticomunista. Com esse panfleto, quem vai confiar na palavra dele? Quem é comunista já sabe que deve votar no marechal. O panfleto só atrapalha.

Wainer se levantou e encheu um copo de Old Parr.

— Acho que vocês não têm dimensão do que essas eleições representam pra mim, pro jornal, pra vocês. Se perdermos as eleições presidenciais e da Guanabara, eu estarei arruinado.

Imprensa explora a aliança dos adversários Jânio Quadros e João Goulart: a dobradinha Jan-Jan (*Manchete*, 22 de outubro de 1960)

Capítulo 5

Cheguei em casa tarde da noite. Rebeca não estava. Coloquei Mônica na cama e liguei pra minha sogra. Apenas na segunda tentativa a empregada da família, dona Antônia, atendeu. Com voz de quem havia acabado de ser acordada, ela disse que Rebeca não tinha aparecido nos últimos dias e que os pais dela estavam em Vassouras. Tentei contato com o comitê de campanha de Carlos Lacerda, mas não obtive retorno.

Peguei os exemplares da *Tribuna da Imprensa* que se amontoavam na mesa de centro da sala. Estavam intocados. Folheei as últimas edições e percebi que a minha cobertura da campanha de Jânio Quadros não tinha destaque. Estava no miolo do jornal, quase sempre em algum canto inferior da página. Todo o meu esforço em viajar num avião mambembe, junto com um candidato perturbado e com outros jornalistas trabalhando à base de uísque e Pervitin, não me trouxe reconhecimento. Muitas vezes meu nome não era sequer citado como autor da matéria.

A verdade é que eu cobria as eleições erradas. Eu devia estar no Rio de Janeiro pra acompanhar Carlos Lacerda, ao lado de Rebeca. Não teria me afastado tanto dela e ainda ganharia algum destaque na redação. Talvez fosse chamado pra assumir o setor de imprensa no governo da Guanabara ou alguma secretaria de menor relevância.

A eleição de Jânio Quadros era dada como certa na *Tribuna da Imprensa*, até porque o outro candidato, o marechal Lott, não tinha o menor carisma. O jornal estava mais preocupado em eleger Lacerda. Ele era muito conhecido na classe média do Rio de Janeiro, mas entre os trabalhadores nem tanto. Seu principal adversário seria o deputado do PTB Sérgio Magalhães.

A vantagem de concorrer com as esquerdas é que elas se destroem sozinhas. João Goulart não se empenhava na campanha da Guanabara com receio de perder a liderança do partido pra Sérgio Magalhães. Juscelino Kubitschek tinha lançado a campanha do general Mendes de Morais pelo PSD, mesmo sabendo que não teria chance na disputa, pra não dar força a Sérgio Magalhães na eleição presidencial de 1965. As esquerdas sempre foram um ninho de ratos brigando pelo poder.

O principal aliado de Carlos Lacerda era o também adversário Tenório Cavalcanti. Tenório gostava de se exibir em fotos com uma capa preta e uma metralhadora, que chamava de Lurdinha. O estilo dele tinha grande penetração nas periferias, principalmente na baixada fluminense. A esperança de Lacerda era de que Tenório Cavalcanti dividisse os votos dos trabalhadores com Sérgio Magalhães. Com tantos candidatos disputando o voto das classes populares, o caminho pra Carlos Lacerda se abriria pra vitória.

Fui à cozinha procurar algo pra comer. A geladeira estava quase vazia, só tinha uma jarra de água pela metade. Encontrei na pia bitucas de cigarro, uma garrafa de Dimple vazia e dois copos americanos — um seco com marca de batom vermelho na borda, e o outro com dois dedos de bebida marrom-clara, como se alguém tivesse deixado o gelo derreter no resto do uísque. Abri a lata de lixo. Encontrei uma carteira de Kent amassada, caroços de azeitona e restos de salame. Rebeca costumava retirar as placas de gordura dos embutidos.

Voltei à sala e tentei mais uma vez ligar pro comitê de campanha de Lacerda. Precisava saber quem tinha bebido uísque com Rebeca e fumado uma carteira de Kent. Na minha casa não entrava cigarro nem bebida alcoólica desde que eu tinha parado de beber. Ninguém atendeu. Passava da meia-noite. Todos deviam estar em suas casas. Menos Rebeca.

Deitei-me no sofá e continuei a leitura das edições atrasadas da *Tribuna da Imprensa*. Acabei adormecendo com os jornais sobre o corpo.

Era de manhã quando Rebeca bateu em meu ombro e disse pra eu ir dormir na cama. Levantei-me atordoado e senti enjoo com o perfume forte que ela usava. Minha mulher estava com um vestido pouco abaixo da altura do joelho, cabelos feitos e maquiada.

— Onde você estava, Beca?

— Na casa de meus pais.

— Mas eles não estão em Vassouras?

Rebeca se sentou à mesa. Com a tranquilidade de quem não carregava o peso da culpa, repartiu o pão, passou manteiga e encheu a xícara de café.

— Você não está tentando me enganar. Está? — insisti.

— Deixa de ser bobo, Fernando. Venho trabalhando mais de doze horas por dia na campanha. Vou pra casa da mamãe só pra dormir e volto pro comitê. Vim hoje porque Antônia falou que você tinha ligado tarde da noite atrás de mim.

— Mas a empregada me disse que você não apareceu lá nos últimos dias.

— Ah, aquela velha já está ficando gagá. Além do mais, como chego tarde, dona Antônia sempre está no quartinho dela. Essa gente da roça dorme cedo.

— E aquela garrafa de uísque na cozinha?

Rebeca colocou meia banda de pão na boca de uma vez. Mastigou devagar, como se quisesse ganhar tempo. Os farelos sujaram seu vestido. Ela pôs mais café na xícara, adicionou açúcar e bebeu.

— Alessandra veio me fazer companhia anteontem. Ela roubou uma garrafa de Dimple do marido e bebemos a noite toda. Acabou que ela dormiu aqui comigo.

— E Carlinhos deixou a mulher dele dormir fora de casa?

— Sei lá... Alessandra está de saco cheio dele. Outro dia descobriu que ele estava comendo a secretária. A moça engravidou, foi a maior confusão. Carlinhos demitiu a secretária, mas não antes de levar pruma clínica de aborto.

— Alessandra não é uma boa companhia, Beca. Você voltou até a beber? Pensei que estava do meu lado. Se eu encontrar uma garrafa de uísque em casa, posso ter uma recaída.

— Por isso que nós bebemos tudo. — Rebeca deu risada.

— Eu nem sabia que você fumava. Vivia reclamando dos meus cigarros e da bebida aqui em casa. Não conheço mais minha mulher. Desde que você começou a trabalhar, não dá mais atenção a mim nem à nossa filha. Mônica está cada vez mais isolada, não tem amiguinhas, passa o dia mexendo em ventilador. Você deveria largar tudo e ficar só em casa.

— Fernando, não me venha tirar do sério. Não vou ficar dependendo de meu pai pra pagar as contas aqui de casa pelo resto da vida. Se for contar com o dinheiro que você ganha no jornal, a gente morre de fome.

Eu ainda estava com meus olhos pesados e com cansaço no corpo das viagens com Jânio Quadros. Não tinha força pra rebater Rebeca, nem pra explorar as contradições em sua explicação por não ter dormido em casa. Eu não podia também insistir pra que ela deixasse a campanha de

Carlos Lacerda. A nossa família devia muito a ele. Lacerda que abriu as portas pra mim na *Tribuna da Imprensa* e no meio político. E não foi só por causa do parentesco distante dele com os pais de Rebeca. Ele confiava em meu trabalho e me exibia pros amigos como um grande talento da redação. Muito melhor do que o pai — ele gostava de ressaltar.

Mônica começou a gritar no quarto. Eu a encontrei com as mãos trêmulas e falando coisas sem sentido, com uma voz grave, como se fosse de outra pessoa. Apontava pro chão dizendo que tinha uma aranha. Procurei, mas não achei nenhum bicho. Tentei abraçá-la, mas ela me empurrou.

De vez em quando, minha filha sofria uns surtos durante o sono, como se seu corpo estivesse possuído pelo demônio. Eu levava Mônica pro padre benzê-la. Ela melhorava por uns dias, e depois o problema voltava. Rebeca quis fazer uma consulta com um pai de santo pra tirar os espíritos ruins dela, mas não deixei. Pra mim, macumba não era coisa de Deus. Qualquer solução fora da Igreja Católica era coisa do capeta.

Aos poucos, Mônica foi se acalmando e voltando ao normal. Rebeca preparou seu café. Nossa filha não demonstrava sentimento por ela. Na verdade, as duas nunca foram próximas. Nem quando mamava no peito, a menina olhava pra mãe. Rebeca também não demonstrava afeto por ela, era uma geladeira. Os dias em que Beca passava fora de casa trabalhando pra Carlos Lacerda também as distanciavam.

— Lacerda me garantiu que vai arrumar um emprego pra mim no Palácio da Guanabara — Rebeca disse.

— Não sei se você poderá aceitar. José Aparecido quer que eu faça parte da equipe de Jânio Quadros depois das eleições. Tudo indica que iremos morar em Brasília.

— Você sabe que odeio aquela cidade. Também peguei trauma depois da viagem com seus pais pra lá.

— Eu tenho outras ambições além das redações de jornal. Só quem ganha dinheiro na imprensa são os donos. Não quero passar a vida ralando o bucho no birô, batendo matéria numa Remington e ter uma vida medíocre como a de meu pai.

— Lacerda também deve conseguir alguma coisa pra você aqui no Rio. Mesmo que não seja um emprego público, ele arranjará um cargo melhor no jornal. Vai sair muita gente da redação pro governo.

— Brasília poderá abrir muitas portas pra mim, inclusive na política. Alguns deputados já me sondaram pra concorrer nem que seja pra vereador nas próximas eleições.

— Vou falar pela última vez, Fernando, ouça bem: eu não irei morar naquela cidade. Se você quiser ir, vá. Mas eu e Mônica ficaremos aqui. Você vem nos visitar nos finais de semana.

— Não aguentarei passar cinco anos longe. Pra mim já foi muito pesado ficar quase seis meses viajando, distante de vocês duas.

— Aguardemos o resultado das eleições. Depois a gente pensa nisso.

Rebeca se levantou da mesa e pegou a bolsa.

— Você já vai? E Mônica vai ficar com quem? Tenho que passar na redação.

— Deixe a menina na casa de sua mãe. Se ela não puder ficar, pode levar pra casa dos meus pais. Dona Antônia se vira com ela.

* * *

Até o resultado das eleições, não me encontrei mais com Rebeca. Deixei Mônica na casa de minha mãe e voltei a viajar com Jânio Quadros. Os últimos dias de campanha foram intensos, chegamos a voar, num mesmo dia, pra Porto Alegre, Curitiba e São Paulo. Pra dar conta da maratona, o velho DC-3 foi substituído por um avião mais moderno, o Electra da Varig.

O esforço final valeu a pena, porque Jânio Quadros se elegeu com mais de 48% dos votos, contra 32% do marechal Lott. Foram quase dois milhões de votos de vantagem. O resultado das eleições renovava a esperança do povo, cansado da corrupção e da irresponsabilidade de Juscelino Kubitschek. A quadrilha comandada pela dobradinha PTB-PSD, que havia dominado o Brasil desde Eurico Gaspar Dutra, finalmente tinha acabado.

Na Guanabara, Carlos Lacerda também conseguiu derrotar Sérgio Magalhães. A margem foi apertada, Lacerda venceu com 37% dos votos contra 34% do candidato do PTB. Embora a capital tivesse sido transferida pra Brasília, o centro do poder continuava no Rio de Janeiro. Lacerda garantiria uma estabilidade política pra que Jânio Quadros tomasse as medidas necessárias pra colocar o país no rumo certo.

A ameaça de o Brasil se transformar numa nova Cuba ficava cada vez mais distante. A depravação moral, anticristã e comunista só não estava totalmente afastada do país porque João Goulart tinha conseguido mais votos que o candidato à vice-presidência Milton Campos. O que significava que Jânio Quadros teria que governar com o inimigo ao lado, conspirando a todo momento pra assumir a Presidência da República.

Tão logo foi confirmada a eleição de Jânio Quadros, Pedroso Horta ficou encarregado de preparar a equipe de governo. Jânio viajou com dona Eloá pra Europa e pro Oriente Médio e deixou pessoas de sua confiança montando os ministérios.

José Aparecido, que tinha acompanhado o presidente durante toda a campanha, seria o secretário pessoal. Aparecido me convidou pra fazer parte da comunicação do presidente ao lado de Castelinho. Agradeci o convite, mas recusei. Rebeca já tinha deixado muito claro que não se mudaria pra Brasília, e eu não ficaria tanto tempo longe de minha mulher e de minha filha. Preferia continuar ganhando menos e trabalhando no caos da redação da *Tribuna da Imprensa*.

Rebeca também passaria a ajudar nas despesas da casa. Ela havia sido convidada a trabalhar como secretária de Carlos Lacerda no Palácio da Guanabara e receberia um ordenado melhor do que o meu. Eu esperava ser convidado pra assumir alguma função no governo da Guanabara, mas Lacerda não me ofereceu nada. Pedi a Rebeca que intercedesse por mim, pra lembrar meus serviços prestados durante a campanha. Mas ela se recusou a me ajudar, tinha receio de abusar da confiança e do parentesco com o governador eleito. A família já tinha sido agraciada com o emprego dela.

Desde o resultado das eleições, Carlos Lacerda não aparecia mais na redação da *Tribuna da Imprensa*. Eu precisava me aproximar pra ele se lembrar de mim. Rebeca me passou a agenda dele. Lacerda iria almoçar no Bife de Ouro com Amaral Neto, Aliomar Baleeiro e outros membros da UDN eleitos pro cargo de deputado estadual.

Vesti o meu melhor terno e fui esperar o governador na porta do Copacabana Palace. Fiquei indo e voltando na calçada da avenida Atlântica pra fingir um encontro casual. Quando vi dois carros pretos chegando, me aproximei. Era Lacerda. Eu o cumprimentei com um aperto de mão e o parabenizei pela vitória. Ele agradeceu e me chamou pra conversar no Bife de Ouro antes que a turma da UDN chegasse.

— Soube que você recusou o convite pra trabalhar na comunicação do presidente. — Lacerda pediu uma dose de Dimple com gelo.

— Pra mim, fica complicado morar em Brasília e deixar minha família aqui. Seria melhor se eu conseguisse algo no Palácio da Guanabara.

— Os políticos e os assessores só passam três ou quatro dias em Brasília. O governo federal dará passagem aérea pra vocês. Preciso de gente da minha confiança pra acompanhar Jânio Quadros. Eu banquei a campanha dele dentro da UDN, mas não confio totalmente. Ele elogia Cuba, defende uma política externa independente dos Estados Unidos. Preciso de você lá, até pra me transmitir o que se passa no Palácio do Planalto.

— Vou tentar convencer Beca a ir comigo.

— Não posso abrir mão de Rebeca. Ela que organiza toda a agenda, consegue me livrar de reuniões impertinentes, hoje não vivo mais sem ela. E eu também tenho outros planos pra você. Já pensou em entrar na política?

— Eu estaria mentindo se dissesse que não penso nisso. Cubro política o dia inteiro pro jornal, então acaba sendo natural o desejo de me candidatar a algum cargo.

— Estou em contato com gente do IBAD. O instituto vai levantar dinheiro com empresários do Brasil e do exterior pra financiar campanhas de combate ao comunismo. A ideia é bancar candidatos a deputado federal e senador nas eleições de 1962. Pensei em lançar seu nome como candidato a deputado. — Lacerda mexeu com o dedo o gelo dentro do uísque servido pelo garçom e bebeu. — Sei que nós temos uma ligação forte, não só por causa de meu parentesco com Rebeca, mas também por nossa relação pessoal. Mas algumas pessoas têm resistência a seu nome, e você sabe por quê.

Meu pai sempre foi um empecilho em minha vida. Desde criança, eu e minha mãe passamos por muitas dificuldades por sua teimosia em se envolver com o partido comunista. Depois ele se associou a Samuel Wainer e a Getúlio Vargas. Agora espalha aos quatro cantos que o futuro do Brasil está nas mãos do governador radical do Rio Grande do Sul, Leonel Brizola. Por mais que eu tentasse me desvincular dele, criticando publicamente o comunismo, os canalhas do PTB e o jornal *Última Hora*, as pessoas sempre desconfiavam de que eu pudesse repassar informações a meu pai.

— Com Jânio Quadros no governo federal e o senhor na Guanabara, a *Última Hora* vai se acabar, e meu pai também.

— Samuel Wainer conseguiu pagar os débitos do Banco do Brasil com empreiteiros do governo JK. Ganhou um fôlego pra aguentar um tempo sem as benesses do Estado. Mas, por enquanto, o importante é que você vá pra Brasília e trabalhe com Jânio Quadros pra que seu nome seja bem aceito no partido.

Nesse momento, Aliomar Baleeiro e Amaral Neto chegaram ao Bife de Ouro. Lacerda me convidou pra almoçar, mas preferi ir embora. Ainda não me considerava um deles.

A escalada durou 13 anos

DE VILA MARIA AO ALVORADA

A campanha durou 13 anos. Mas chega ao seu destino. O voto popular, com tôda a magia dos seus designios, tem dêsses caprichos: escolhe um humilde mestre-escola para entregar-lhe o Poder.

Aquêle menino saíra muito cedo de Campo Grande. Andara por Curitiba. Passara pelo interior de São Paulo. E terminara na Capital, que dominaria como Vereador e Prefeito, para depois dominar o Estado como Governador e tomar conta do País como Presidente.

A escalada durou 13 anos. Mas cumpriu tôdas as etapas. Não pulou um só degrau. Não se antecipou nem se atrasou. O mato-grossense chega ao Poder com 43 anos. Está môço e cheio de sonhos. Tem um desejo imenso de acertar. Correu o País de ponta a ponta e viu de perto a angústia de um povo sedento de trabalho e de progresso.

A caminhada durou 13 anos. Mas foi de Vila Maria ao Alvorada. E se êle realizar tudo quanto deseja fazer em benefício do seu País, as gerações vindouras o bendirão e a môça Dirce Maria contará a seus filhos o grande estadista que foi seu pai.

Vitória de Jânio Quadros nas eleições presidenciais de 1960 (*Manchete*, 22 de outubro de 1960)

Capítulo 6

O resultado das eleições foi o pior possível para o trabalhador, principalmente para os empregados da *Última Hora*. O jornal perdeu o governo federal, que garantia o pagamento das contas desde Getúlio Vargas, e o estado da Guanabara agora estava nas mãos do maior inimigo de Samuel Wainer. Carlos Lacerda não mediria esforços para dificultar o funcionamento do jornal.

A vitória de Jânio Quadros era esperada; afinal, o marechal Lott não tinha nenhum apelo popular. Porém, o que justificava a vitória de um sujeito antipático e presunçoso como Lacerda? Um sujeito que se apresentava como o bastião da moralidade, mas que não passava de um golpista. Um sujeito antinacional, que estava a serviço do imperialismo norte-americano. Um sujeito que queria governar para as elites do Rio de Janeiro e expulsar os pobres da cidade.

Faltava ao povo brasileiro, naquele momento, consciência de classe, e a culpa era da grande imprensa. Sempre que um governo se apresentava para favorecer as classes mais baixas, os barões dos jornais tratavam de tachá-lo de irresponsável, demagogo, populista e corrupto. Foi assim com Getúlio Vargas, e seria assim com quem quisesse uma transformação na estrutura social do país.

Juscelino Kubitschek foi importante para desenvolver a indústria nacional, fortalecer a soberania e criar empregos. O desenvolvimentismo praticado por seu governo favoreceu o trabalhador, mas provocou uma anestesia a respeito do fosso que existia no Brasil entre ricos e pobres, brancos e pretos, letrados e analfabetos.

Talvez com os governos de Jânio Quadros e de Carlos Lacerda o brasileiro percebesse que o caminho era radicalizar e tomar o poder através da revolução, como fizeram os cubanos. O problema era encontrar o nosso Fidel Castro. Luís Carlos Prestes perdera a aptidão para liderar desde os tempos da Intentona Comunista de 1935. João Goulart não tinha luz própria, vivia à sombra de Getúlio Vargas. O único com capacidade para conduzir uma revolução social no Brasil seria Leonel Brizola. Ele estatizara empresas norte-americanas prestadoras de serviço público, promovera a reforma agrária e instalara novas escolas públicas no Rio Grande do Sul. Brizola poderia ser o nosso Fidel.

Na redação da *Última Hora*, muitos concordavam comigo. Era preciso radicalizar, criar uma nova liderança de esquerda, desestabilizar os governos de Jânio Quadros e de Carlos Lacerda, fazer qualquer coisa que nos tirasse do estado de letargia. Mas Samuel Wainer não estava tão disposto a um confronto aberto.

— A cúpula do Exército considera meu jornal uma ameaça, meu principal desafeto agora é o governador da Guanabara, e fizemos campanha massiva contra o presidente eleito — disse Wainer na primeira reunião comigo e com Etcheverry após o resultado das eleições. — Estou cercado de inimigos. Qualquer passo em falso daqui por diante poderá significar o fechamento do jornal.

— Pelo menos ainda temos Jango do nosso lado — interveio Etcheverry. — A vice-presidência não tem como injetar dinheiro no jornal, mas pode garantir alguma proteção contra a polícia de Carlos Lacerda.

— Acho que as portas não estão totalmente fechadas com Jânio Quadros. Ele ainda vai precisar da gente. As brigas com a turma da UDN já começaram — prosseguiu Wainer. — O partido está disputando cargos em todos os escalões do governo. Os bacharéis da UDN achavam que iam conseguir dominar o presidente, mas ele definiu a equipe sem sequer consultar o partido. Convidou até a escritora Rachel de Queiroz pra assumir a Educação. Ainda bem que ela não aceitou. Quem montou de verdade os ministérios foi Pedroso Horta. O melhor posto que os caciques do partido conseguiram foi o do Itamaraty com Afonso Arinos.

— Os barões da imprensa já estão tomando as dores dos udenistas e criticando a equipe do governo. O paulistério, como eles chamam — Etcheverry disse, gargalhando —, está nas mãos de paulistas sem expressão na política. É questão de tempo pra que Jânio rompa com a UDN e com a grande imprensa.

— O presidente vai procurar a *Última Hora* mais cedo do que imaginamos — disse Wainer. — E eu estarei aqui pra lhe dar a mão. No fundo, ele também é um nacionalista. Já demonstrou que não se curvará diante dos americanos. Jânio está muito mais afinado com os ideais do jornal do que imaginávamos. Apenas por circunstâncias da política estivemos de lados opostos. Precisamos fazer uma ponte pra essa aproximação.

— E aí é que você entra, Marcos — emendou Etcheverry, que parecia ter ensaiado antes com Wainer o que falariam na reunião.

— Eu não tenho nenhum contato com esse governo e não faço a menor questão de ter — afirmei. — Prefiro perder o emprego e estar do lado certo da história.

— Você já tem experiência de vida o suficiente pra saber que o mundo não é formado de vilões e mocinhos — disse Etcheverry. — Jânio Quadros visitou Cuba antes da campanha e fez elogios ao regime de Fidel Castro.

— Veja bem — interrompeu Wainer —, não estou propondo um alinhamento do meu jornal com o governo, mas apenas uma aproximação pra me defender de Lacerda.

— Fernando vai trabalhar no governo de Jânio Quadros, junto com José Aparecido. — Etcheverry me encarou. — Seu filho vai ser uma fonte privilegiada de informações. Podemos tentar nos aproximar fazendo matérias neutras no início, depois damos algum apoio ao presidente. Não temos como mudar radicalmente o posicionamento editorial do jornal, que passou a campanha inteira atacando o estilo histriônico de Jânio.

— Vocês sabem que a relação com meu filho não é boa. Se ele suspeitar que está sendo usado para ajudar a *Última Hora*, vai fazer de tudo para atrapalhar. Fernando é meu filho, mas sei que não posso confiar nele.

— Talvez seja uma oportunidade de vocês estarem pela primeira vez do mesmo lado — sugeriu Etcheverry.

Samuel Wainer se mostrou impaciente:

— Está resolvido. Você, querendo ou não, vai ajudar o jornal, como já fez muitas vezes. Pra começar, será o representante do jornal na posse do presidente.

— Não sei se é uma boa ideia. Com essa mudança de Fernando para Brasília, Moniquinha está ficando mais tempo em minha casa do que com os pais dela.

— Eu vou mandar Isabela reservar um voo na Panair pra você, e não se fala mais nisso. Ah, e ela vai viajar com você pra auxiliá-lo.

* * *

O sol bateu em meu rosto não eram nem seis da manhã. O apartamento de dois dormitórios na Quadra 106 Sul estava sem cortinas e quase não tinha móveis, só uma cama de casal num quarto e duas de solteiro no outro. Na cozinha, havia uma geladeira queimada e um fogão com quatro bocas. Samuel Wainer conseguira um apartamento funcional vazio. Não era grande coisa, mas bem melhor do que o hotel em que eu e Anita tínhamos ficado na Cidade Livre durante os festejos de inauguração de Brasília.

Isabela ainda dormia. Tinha um sono pesado, nem a luz forte no cômodo foi capaz de acordá-la. Vesti um terno e fui preparar o desjejum. Prevenida, Isabela trouxera um pacote de café, um coador, duas xícaras e uma leiteira para ferver a água da pia. Peguei um pão que ela comprara no dia anterior e fui acordá-la com uma xícara de café na mão.

— Isabela, tenho que ir à posse do presidente. — Puxei o lençol de seu rosto.

— Ainda tá cedo — a voz dela soou rouca. — Vamos aproveitar que estamos fora do Rio pra passar a manhã no apartamento, sem compromissos.

— Não posso. Vim a trabalho.

— Ah, ninguém vai notar sua ausência... A Praça dos Três Poderes estará cheia de puxa-sacos.

— Eu volto logo. Depois poderemos passar o dia juntos.

— Tá bom. Vou tomar um banho e me arrumar.

Isabela se levantou, tirou o baby-doll e ficou só de calcinha. Com quase quarenta anos, seu corpo mudara um pouco desde os tempos em que a conheci na redação da *Última Hora*. Os quadris e a cintura enlanguesceram, os peitos, que já eram grandes, se avolumaram e perderam a firmeza. Mas ela estava muito melhor do que Anita, que emagrecia à medida que ficava mais velha.

— Fique aqui, Isabela, estou atrasado.

— Não saí do Rio pra ficar sozinha neste apartamento.

— Fernando estará na cerimônia. Se ele encontrar nós dois juntos, posso ter problemas. Lembre que Wainer quer que eu me aproxime dele para o bem do jornal.

— Marcos, entre idas e vindas, já faz mais de dez anos que estamos juntos. Todo mundo sabe de nós dois, inclusive sua mulher.

— Mas Fernando tem todo aquele moralismo do pequeno-burguês católico. Ele é um menino complicado.

— Menino? Um homão daquele tamanho? Fernando devia prestar atenção à mulher dele, isso sim. Sabe o que falam do seu filho por aí, Marcos? Todo mundo o chama de corno.

Isabela tentava me ferir falando mal de Fernando. E conseguia, porque atingia a virilidade da família. Eu sabia que o casamento dele com Rebeca não ia acabar bem. Ela tomava conta da vida dele, às vezes o tratava mal na frente dos outros. No início eu aconselhava: "Meu filho, você tem que tomar as rédeas do casamento logo, depois vai ser tarde". Mas ele não me deu ouvidos. Agora virara motivo de chacota.

— Com quem Rebeca está tendo um caso, Isabela? Preciso de um nome para levar a Fernando, senão ele não vai acreditar.

— Não sei. O que ouvi falar é que ela se aproveita quando o marido viaja em campanha pra beber até tarde da noite com a turma do comitê de Carlos Lacerda.

— Mas isso não significa nada. Você mesma saía para beber com a gente depois do expediente.

— E acabei me envolvendo com você, pro meu arrependimento. Não seja ingênuo, Marcos. Nós dois sabemos como acabam essas bebedeiras.

— Não quero você alimentando esse tipo de boato. Posso não gostar de Rebeca, mas ela continua sendo a mãe de Moniquinha. Respeite minha família.

— Pra mim já deu. Pode ficar com o corno de seu filho e com a bruaca de sua mulher que eu vou embora. — Isabela vestiu uma saia e uma blusa que estavam jogadas em cima da mala.

— Não vamos estragar nossa viagem — eu disse, abraçando-a.

— Veja bem, Marcos, eu só não saio daqui agora porque não quero chegar à cerimônia de posse descabelada e sem maquiagem. Agora, você vai me esperar caladinho aqui até eu me arrumar e ficar bem bonita. Muito mais bonita do que sua esposa, do que sua nora, do que qualquer outra mulher em Brasília.

Despedida de JK da Presidência da República
(*Manchete*, 28 de janeiro de 1961)

Capítulo 7

Não foi fácil deixar o Rio de Janeiro, ainda mais pra morar em Brasília. A nova capital tinha muitos problemas: estradas esburacadas, ausência de calçadas, transporte precário — táxi aqui custa uma fortuna. No único supermercado do plano, formavam-se filas pra comprar o básico. Os transtornos aumentavam com a quantidade de pessoas que chegavam à cidade pra posse do presidente eleito.

A equipe de Jânio Quadros se hospedou no melhor hotel da cidade, o Brasília Palace. José Aparecido não conseguiu vaga pra mim. Precisei me acomodar num quarto inacabado do Hotel Nacional. O carpete empoeirado tinha tarraxas e raspas de madeira. A tinta fresca das paredes atacava minha sinusite, e as batidas de martelo não me deixavam descansar. O hotel ainda não estava pronto, haviam sido liberados apenas dois andares pra hospedagem.

Juscelino e sua família também se instalaram no Hotel Nacional. Eles tinham deixado o Palácio da Alvorada uma semana antes pra que Jânio Quadros e dona Eloá pudessem se ambientar na morada nova. Cruzei com os Kubitschek nos corredores algumas vezes, sempre rodeados de bajuladores, que me olhavam com desconfiança. Já deviam saber que eu faria parte da equipe do novo presidente.

Brasília me fazia sentir ainda mais saudade de Beca. Ela não pôde viajar comigo. Disse que Carlos Lacerda exigia muito dela no Palácio da Guanabara, não tinha tempo pra nada. Não conseguia mais dar atenção nem a Mônica, que passava o dia na casa de mamãe. A vida de Rebeca agora se restringia a venerar o governador.

A Praça dos Três Poderes estava lotada pra cerimônia de troca da faixa presidencial. Tinha mais gente do que na inauguração de Brasília. Alguns iam se despedir de JK, mas a maioria celebrava a posse de Jânio

Quadros. Muitos brandiam bandeiras, cartazes e vassouras. Nem mesmo as chuvas intermitentes esfriaram a animação. Um senhor do meu lado erguia um quadro de madeira com a foto de Jânio Quadros usando a faixa de presidente.

Embora fosse integrar a assessoria de Jânio, não acompanhei o juramento à Constituição dentro do Congresso Nacional. Preferi aguardar nas proximidades do Palácio do Planalto, onde foi improvisado um palanque pra proteger Juscelino e Jânio das chuvas dos últimos dias.

Avistei meu pai no meio da multidão. Ele estava encharcado, não havia trazido sequer um guarda-chuva. Pensei em chamá-lo pro Palácio do Planalto, onde me abrigava do temporal. Mas eu poderia me prejudicar com a presença dele por perto. As pessoas já desconfiavam de mim por sua causa. José Aparecido, Pedroso Horta, ou até mesmo o presidente poderia chamar minha atenção por trazer um jornalista da *Última Hora* pra tão próximo.

As chuvas aumentaram, tive compaixão de meu pai. Ele estava com quarenta e seis anos, já tinha sofrido de tuberculose e ficado sem trabalhar por quase um ano. Se continuasse ao relento, adoeceria de novo. Abri o meu guarda-chuva e fui buscá-lo.

— O senhor vem pra esta cidade amaldiçoada e não traz nem um guarda-chuva? — eu o repreendi, depois que nos abrigamos no Palácio do Planalto.

— Achei que conseguiria entrar no Congresso Nacional para acompanhar o juramento, mas acabei me atrasando.

— Sabe que estou arriscando meu emprego trazendo o senhor pra cá, né?

Meu pai tirou o paletó e bateu no ar pra tirar o excesso de água.

— A política é muito dinâmica, meu filho, e as peças se acomodam de uma maneira que a gente nunca imagina. Não existem amigos ou inimigos. Tudo é conveniência. Você vai aprender isso com a idade.

— Mas não tem como dissociar o senhor de Samuel Wainer e dos seus amigos comunistas que trabalham na *Última Hora*.

— Saiba que José Aparecido está tentando aproximar o presidente de Jango e do PTB. Jânio Quadros não pode confiar nos golpistas da UDN. Ele vai precisar do apoio do vice para não ser derrubado.

Percebi a manobra dele de querer se aproximar do governo. Eles tinham acabado de perder as eleições e já queriam se aliar ao adversário de campanha. Sem dinheiro público, a *Última Hora* fecharia as portas, e os comunistas que trabalhavam lá teriam que se virar pra sobreviver.

— Veja a movimentação do Congresso, Fernando. Os presidentes devem estar vindo para cá. Todo o mundo está de olho nos discursos deles, principalmente no de Jânio. Há rumores de que ele vai criticar o governo anterior.

— Isso não será novidade, meu pai. Jânio ganhou a campanha denunciando a corrupção do governo JK.

— Mas nunca falou cara a cara. Juscelino avisou a pessoas próximas que não vai deixar a presidência levando desaforo para casa. Qualquer crítica pessoal contra ele será respondida com um soco no nariz.

— Juscelino é irresponsável com o dinheiro público, mas não com sua imagem. Não causaria um tumulto desses aqui com tantas autoridades presentes. — Dei o guarda-chuva pro meu pai e pedi que ele voltasse à Praça dos Três Poderes.

Eu não acreditava na aproximação de Jânio com João Goulart. Carlos Lacerda tinha sido o mentor da aliança do presidente com a UDN. Ele não permitiria nenhum conchavo com o PTB, muito menos com Samuel Wainer.

Logo que meu pai saiu, José Aparecido chegou.

— Como foi o encontro dos presidentes no Congresso? — perguntei.

— Por enquanto, está tudo sob controle. Houve juramento à Constituição, mas nada de discurso.

— Juscelino vai revidar com agressão física qualquer provocação.

— Sei disso. Clemente Mariani escreveu um texto duro no discurso contra JK. Mas estou tentando conter os danos. Sugeri um tom mais moderado. As eleições acabaram. É o momento de unir o país de novo. Se doutor Jânio errar a mão, pode haver uma confusão generalizada com toda esta gente que está aqui. Um incidente dessa natureza logo na posse seria um desastre.

— O problema é que o presidente é muito imprevisível.

— Acho que ele terá cautela. Doutor Jânio está muito preparado pro cargo.

José Aparecido tentava passar uma segurança que nem ele tinha a respeito de Jânio Quadros, que durante a campanha, por várias vezes, fugiu ao discurso combinado e cometeu gafes. Sem falar nas duas vezes em que tentou renunciar a campanha à Presidência da República.

Passava de meio-dia quando Jânio Quadros e Juscelino Kubitschek tomaram seus postos no parlatório. Eles ficaram perigosamente próximos. O protocolo do cerimonial previa uma distância de dez metros entre eles. Uma palavra mais dura de Jânio poderia fazer JK perder a cabeça e estragar a festa.

A chuva deu uma trégua, e a banda de fuzileiros navais começou a entoar o hino nacional. Os adeptos de Jânio ergueram as vassouras e agitaram as bandeiras. Juscelino se aproximou de Jânio sem o sorriso que costumava abrir em público. Parecia tenso. Eles se cumprimentaram de maneira pouco efusiva.

— Excelentíssimo senhor presidente Jânio Quadros — JK abriu o discurso —, tenho a honra de passar às mãos de Vossa Excelência o comando da República para o qual foi escolhido pela maioria do povo brasileiro. Ao fazê-lo, quero repetir o que reiteradamente tenho dito, depois que se verificou nítida vitória eleitoral de Vossa Excelência: o meu desejo de que seja feliz em seu governo. Tenho, neste momento, o orgulho de poder entregar a Vossa Excelência o governo da República em condições mui diversas daquelas em que recebi, no tocante à estabilidade do regime. Está consolidada entre nós a democracia. Está estabelecida a paz que todos esperamos duradoura.

Apenas uma parte do público aplaudiu, o que demonstrava uma divisão na Praça dos Três Poderes.

— Espero que o presidente tenha prudência e retribua as palavras sóbrias de Juscelino — disse José Aparecido.

— A polidez com os adversários não é uma característica de Jânio.

Jânio Quadros assumiu o microfone. Estava bem alinhado, de casaca e cartola. Nem parecia aquele sujeito histriônico da campanha, de cabelos assanhados e paletó repleto de caspa.

— Senhor presidente, o governo de Vossa Excelência, que ora se finda, terá marcada na história a sua passagem, principalmente porque, através de sua meta política, logrou consolidar em termos definitivos em nosso país os princípios do regime democrático. Creio, senhor presidente, no regime democrático. Creio no povo, humilde e laborioso, creio na tradição de nossa liberdade, creio também no futuro da pátria, que só pode ser a soma do que somos, a colheita do que plantamos, a moradia tranquila que construímos para nós e a posteridade.

Juscelino abriu seu sorriso característico, aproximou-se e deu um forte abraço em Jânio Quadros. Depois, ambos saudaram o povo. José Aparecido se emocionou, não sei se pela cerimônia de posse ou se aliviado pelos discursos moderados de Jânio Quadros e de Juscelino Kubitschek.

Em seguida, o novo presidente acompanhou JK até a saída do Palácio do Planalto, onde um comboio de carros o esperava. Uma multidão seguiu a pé em direção ao aeroporto. O avião da Panair levaria Juscelino e dona Sarah a uma viagem à Europa.

José Aparecido seguiu Jânio nas festividades da posse. Recusei-me a acompanhá-lo. Meus sapatos estavam empapados de água; o que eu mais queria era ir pro Hotel Nacional e voltar no dia seguinte ao Rio de Janeiro.

Aos poucos, a Praça dos Três Poderes foi se esvaziando. A chuva tinha cessado completamente, mas a lama vermelha permanecia, impregnando-se nos sapatos e na barra da calça. Eu estava a caminho do hotel, ao lado do Congresso Nacional, quando reencontrei meu pai. Ele conversava com outros jornalistas que não haviam conseguido credencial pra acompanhar a cerimônia. Estavam todos molhados.

Bati em seu ombro, e ele se virou, surpreso.

— Pensei que fosse acompanhar Jânio Quadros nos outros eventos, Fernando.

— Eu quero é ir embora desta cidade e voltar pro Rio. Vamos caminhando até o Hotel Nacional, e o senhor me informa sobre minha filha.

— Não posso acompanhar você agora. Ainda tenho que apurar umas informações. Mas não se preocupe, Moniquinha está ótima. Sua mãe reclama, mas cuida da menina como ninguém, melhor inclusive do que Rebeca.

Nesse momento, Isabela se aproximou com meu guarda-chuva na mão. Ela andava devagar com seu salto alto, desviando-se da lama. O penteado estava desmanchado, e a maquiagem, borrada pela chuva. Ela ainda mantinha uma aparência jovial, muito melhor do que mamãe. Fazia alguns anos que eu não a via, desde que meu pai havia prometido pra minha mãe que iria abandoná-la. Mas, pelo visto, ele mais uma vez não tinha cumprido a palavra. E o que é pior: aparecia com ela em público, humilhando a família.

— Então, essa rapariga veio com o senhor pra Brasília?

Ele ficou pálido e não disse nada.

— Veja lá como fala comigo, rapaz. — Isabela tirou os sapatos e enlaçou o braço de meu pai. — Rapariga é sua esposa, que fica vadiando sozinha nos bares do Rio enquanto você está aqui puxando o saco do presidente.

Parti pra cima de Isabela com a mão direita aberta, disposto a empurrá-la pra que ela caísse de cara na lama vermelha. Porém, os amigos de meu pai me contiveram e pediram calma. Ainda me debati pra me soltar, mas não consegui. Puta, cachorra, prostituta, rapariga, égua foram alguns dos palavrões que vociferei.

Isabela não ficou calada. Era atrevida. Retribuiu os impropérios e quis me enfrentar. Ela ainda tentou avançar pra cima de mim, mas meu pai a segurou e a levou embora.

* * *

Logo que voltei de Brasília, fui direto pegar Mônica com mamãe. A melhor forma de punir meu pai era tirá-lo do convívio com a neta. Ele tinha um amor por ela como nunca sentiu por mim, por minha mãe, nem por ninguém. Como um bom comunista, ele colocava o materialismo acima das relações familiares, acima de Deus, acima de tudo. Minha filha era uma exceção, e eu nem sabia por quê.

Meu pai ainda não tinha voltado de viagem. Devia ter prolongado a estada pra ficar mais tempo com Isabela. Quase falei pra mamãe das aventuras extraconjugais de seu marido, mas não iria adiantar. Ela não se separaria dele e sofreria ainda mais, vivendo ao lado de um homem adúltero, medíocre e desonesto.

Quando cheguei em casa, Beca havia retornado do trabalho. Tinha trazido uma sopa feita pela empregada dos pais dela. Rebeca praticamente não fazia comida, ou pegava na casa da mãe, ou comprava fora. Cozinhava muito mal. O arroz não tinha gosto, o feijão sempre queimava, e a carne ficava dura de cansar o queixo. Mônica não tomou a sopa de dona Antônia, só gostava de comida seca. Rebeca fez um copo de leite com Nescau e mandou a menina dormir sozinha no quarto dela.

Beca foi à cozinha. Trouxe um copo americano e uma garrafa de Dimple. Serviu-se de dois dedos de uísque e três pedras de gelo.

— De onde você está tirando dinheiro pra comprar bebida cara aqui pra casa?

— Esqueceu que agora eu trabalho? Que ganho meu próprio dinheiro?

— Devia então usar o salário pra outras coisas, e não pra bebida. O álcool é a tentação do diabo.

— Dimple é o uísque preferido do governador. Todos os dias chegam caixas e caixas ao Palácio da Guanabara. Resolvi trazer uma garrafa pra gente. Ou melhor, pra mim, já que você agora é um abstêmio. — Rebeca riu de maneira desproporcional e tomou um gole.

— Não acho apropriado uma mãe de família beber, ainda mais uísque, que é bebida de homem. Se as pessoas virem na rua, podem maldar.

— Eu não devo satisfação a ninguém, quem paga minhas contas sou eu.

— Beca, acho que você deveria deixar o emprego. Não está dando certo, nossa família está desmoronando.

Ela deu de ombros.

— Você precisa se dedicar mais a mim, à nossa filha. Ela passa o dia largada na casa de meus pais.

— Fernando, eu não gosto nem um pouco de sua mãe, mas Mônica fica muito bem lá.

— Não confio no meu pai. Tenho medo de que ele venha a fazer algum mal a ela.

— Do que você está falando? Tem algo de que eu não esteja sabendo.

— Não, não. Isso é coisa da minha cabeça. Não confio em ninguém que não é temente a Deus.

— Posso, então, deixá-la na casa dos meus pais.

— Mas eles passam mais tempo em Vassouras do que aqui. Não vou deixar minha filha ser criada por dona Antônia. — Tomei o copo da mão dela e bebi o resto. — Beca, você tem que parar de trabalhar. Eu estou ganhando bem agora. Não falta mais nada aqui. Se você quiser, podemos nos mudar pra Brasília.

Rebeca tornou a encher o copo de uísque.

— Fernando, não largo meu trabalho por nada.

— Eu não estou reconhecendo mais você, desde que abandonou nossa casa pra trabalhar. Só sai maquiada, de salto alto, voltou a beber... Daqui a pouco vai começar a me trair.

— Não dou motivos pra você desconfiar de mim.

— Não? Pensa que engoli aquela sua história de que veio beber aqui em casa com uma amiga? Quem me garante que você não traz homem aqui quando estou em Brasília?

— Não vá me dar ideia... — Rebeca esboçou um sorriso irônico.

Segurei seus braços com força.

— O que é isso? Que falta de respeito, ainda sou o homem da casa.

— Fernando, me solte. Meus braços estão doendo. Fernando — ela falou mais alto.

As costas de Rebeca fizeram barulho ao baterem contra a parede. Apertei ainda mais os braços dela e a suspendi. Ela começou a chorar e a se debater. Eu queria soltá-la, mas não conseguia. Rebeca acertou meus testículos com uma joelhada. Não pegou em cheio, mas foi o suficiente pra eu largá-la. Rebeca caiu de cócoras junto à parede, abraçou as próprias pernas e ficou em posição fetal. Tremia e chorava. Seus braços estavam vermelhos, com as marcas de meus dedos.

Tentei abraçá-la, mas ela me empurrou.

— Você não passa de um covarde. É da mesma laia do seu pai.

Eu não queria machucá-la. Nunca havia levantado a mão pra ela, nem nos tempos em que eu chegava bêbado em casa. Mas não foi culpa minha. Beca me provocou, mesmo sabendo que eu tinha motivos pra duvidar de sua honestidade. Qualquer outro homem teria batido na cara da mulher. A sorte dela era que eu tinha uma devoção incondicional a Deus. Seria incapaz de lhe fazer um mal grave. Seria incapaz de me exceder em meus direitos de marido.

Manchete

JÂNIO

ASSUME O COMANDO

NORTE

IMPÉRIO DO CONTRABANDO

Posse de Jânio Quadros na Presidência da República
(*Manchete*, 4 de fevereiro de 1961)

Capítulo 8

Fernando não permite que eu tenha mais contato com Moniquinha. Tentei ligar algumas vezes para sua casa, mas ninguém atendia. Rebeca passava o dia no trabalho, e ele quase sempre estava em Brasília. A menina ficava largada, com dona Antônia. Nem Fernando, nem Rebeca pareciam se importar com a filha. Eu queria ter a guarda definitiva dela, mas Anita demonstrava indiferença. Achei que ela começava a se afeiçoar à neta, mas eu estava enganado. Anita gostava mais da cachorra do que da menina.

Quando cheguei em casa depois do expediente na redação, não encontrei as duas garrafas de Antarctica na geladeira. Anita também não deixara janta para mim. Fiquei com receio de que Fernando houvesse contado que Isabela viajara comigo a Brasília.

Encontrei Anita sentada de pernas cruzadas no sofá da sala, com Joaquina no colo. Ela não olhou para mim. Também não prestava atenção ao programa *Surpresas Nestlé*, que passava na TV Rio. Estava concentrada em catar os carrapatos de Joaquina. Depois os estourava na unha e limpava as mãos na calça de algodão.

O programa foi interrompido para um pronunciamento do presidente da República. Aumentei o som da televisão e me sentei na poltrona, longe dela e da cachorra. Jânio Quadros fazia o primeiro pronunciamento televisivo depois da posse. O presidente falou da crise cambial e aproveitou para criticar a edição volumosa de *O Estado de S. Paulo*. Mostrou o jornal para a câmera e disse que o Brasil gasta muitos dólares na importação de papel.

— Pelo visto, Fernando não está trabalhando bem na assessoria de Jânio. Não se critica gratuitamente um jornal como *O Estado de S. Paulo*, ainda mais no início de governo, quando o presidente precisa de todo o apoio para implementar as reformas que pretende para o país.

— Nandinho tá fazendo a coisa certa. A imprensa só serve pra arrancar dinheiro do governo. Pra que fazer um jornal daquele tamanho, com mais de cem páginas? São Paulo nem tem tanta notícia assim.

— Não vai demorar e o baronato da imprensa partirá para cima de Jânio Quadros, como fez com Getúlio. A UDN também não ficará com o governo por muito tempo. Dificilmente o presidente termina o mandato.

Anita espremeu um carrapato da cachorra. O sangue espirrou em seu rosto.

— Vire a boca pra lá, Marcos. Você parece que torce contra Nandinho. Esse governo tem que ir até o fim. Nosso filho ainda irá prosperar em Brasília e se tornar um político dos bons. — Anita limpou o rosto na manga da camisa. — Depois que ficar bem de vida, ele vai abandonar Rebeca. Pode apostar. Ele já está passando uns finais de semana sem voltar pro Rio. É sinal de que as coisas entre os dois não andam bem. É capaz de Nandinho ter arrumado outra mulher por lá.

— Do jeito que Fernando é carola, é mais fácil Rebeca encontrar outro homem aqui.

— Você não confia no potencial de Nandinho, né? Sempre quer pintar nosso filho como um derrotado. Saiba que ele chegará muito mais longe que você, Marcos. Ele não é alienado com o comunismo ou com qualquer outra ideologia. Nandinho acredita na capacidade dele e trabalha pra vencer na vida, com o próprio esforço. Não fica esperando uma revolução comunista que nunca virá.

Sempre que queria me atingir, Anita arrumava uma forma de encaixar o comunismo, ainda que não tivesse nada a ver com o assunto. Ela sabia que eu não ficaria calado e mudaria o foco da discussão sobre Fernando.

— A implantação de um regime comunista na América Latina é inevitável, vocês queiram ou não — rebati. — Mas a mudança não virá pelo voto, virá pela revolução. Cuba está aí para nos dar o exemplo.

Anita balançou a cabeça negativamente.

— O desenvolvimento científico da União Soviética deixará todos os países dependentes do regime.

— Os soviéticos nunca conseguirão competir com o capitalismo, Marcos. Faz parte da essência do sistema. O comunista sempre vai ter a tendência de se acomodar, esperando algum benefício do Estado.

— Saiba que, neste momento, um russo está em órbita, dando uma volta em torno da Terra. Você tem ideia do que significa isso? Nem daqui a cinquenta anos os Estados Unidos serão capazes de um feito assim.

— Ah, Marcos, não dá pra acreditar em nenhuma notícia da União Soviética...

— A informação não é oficial, mas está circulando nas agências de notícias internacionais. As televisões soviéticas estão nas ruas de Moscou para fazer a cobertura, e a censura aos correspondentes internacionais foi levantada. De hoje para amanhã, o mundo não vai tirar os olhos da União Soviética.

— Só acredito vendo.

Anita empurrou Joaquina do colo e foi à cozinha. Voltou com um prato de sopa nas mãos. Eu não havia encontrado comida quando cheguei, ela devia ter escondido. Vê-la comer suja de sangue e gosma de carrapato me fez perder completamente o apetite.

— Anita, estou sentindo falta de Moniquinha. Queria que você fosse pegá-la para passar uns dias com a gente.

— Você sabe que não ando na casa de Rebeca. Se quiser, vá você.

— Então, ligue para Fernando.

— Marcos, já falei que não vou criar filho dos outros.

— Preciso que me ajude. Se Fernando souber que estou com saudade de Moniquinha, fará o possível para que eu não veja minha neta. Ele é capaz de qualquer coisa para me machucar.

— Se Nandinho trata você desse jeito, a culpa é sua, Marcos. Desde quando ele era criança, você sempre implicou com nosso filho. Você nunca foi um pai de verdade, e agora quer compensar com a neta. Não conte comigo.

— Não sei por que ainda insisto para você me ajudar.

* * *

A redação da *Última Hora* estava à espera de informações dos correspondentes internacionais sobre a ida do primeiro homem ao espaço. Não havia fontes oficiais, mas os boatos começavam a se confirmar. O *Daily Worker* publicou uma manchete com a notícia de que a União Soviética colocou um astronauta em órbita e conseguiu trazê-lo de volta. Segundo o jornal, um homem a bordo de uma espaçonave de quatro toneladas deu três voltas na Terra a trezentos e vinte quilômetros sobre a atmosfera.

Caso fosse confirmado, o envio do astronauta seria o maior feito de toda a história da ciência e colocaria os Estados Unidos muito atrás na corrida espacial. A União Soviética já tinha enviado cachorros ao espaço que voltaram vivos, mas era a primeira experiência com humanos.

— Acabamos de receber um material do correspondente internacional via telégrafo — disse Isabela.

Fez-se silêncio na redação. Os repórteres abandonaram as máquinas de escrever e se puseram em torno dela.

— Está em outra língua. Não consigo entender nada.

Etcheverry arrebatou o papel das mãos de Isabela e leu o texto. Ficou calado por alguns segundos. Havia um receio de que o astronauta perdesse a vida no trajeto ou na aterrissagem. Vários cães tinham morrido em viagens anteriores. O fracasso poderia atrasar o programa espacial soviético e abrir espaço para o avanço dos Estados Unidos.

— Confirmado. Os soviéticos conseguiram colocar o primeiro homem no espaço. E o astronauta retornou com vida.

Os repórteres vibraram com a notícia, com vivas à União Soviética e ao Partido Comunista. Os mais conservadores, como Nelson Rodrigues, voltaram para o trabalho sentindo-se derrotados com o progresso comunista.

Ao longo do dia, outras informações chegaram ao jornal. A TASS, agência oficial soviética, revelou o nome do astronauta: Yuri Gagarin. Ao contrário do que havia informado o *Daily Worker*, a espaçonave só deu uma volta em órbita. Passou, inclusive, sobre a América do Sul, a trezentos e dois quilômetros da Terra.

Yuri Gagarin foi recebido com entusiasmo por Nikita Kruschev e por milhares de russos na Praça Vermelha. As fábricas de todo o país pararam para que os trabalhadores pudessem comemorar o maior acontecimento científico do século. Segundo a TASS, o homem russo chegaria à Lua em 1967 para comemorar os cinquenta anos da revolução.

O correspondente internacional G. Ostorumov enviou relato completo para a redação da *Última Hora*, que publicamos na íntegra:

Acabo de ver Yuri Gagarin quando saía de sua aeronave, sorrindo como somente pode fazê-lo um homem feliz. Ele relata que "O céu é muito escuro, e a Terra, de cor azul-clara. Pode-se ver tudo com muita nitidez". O destino quis que os olhos de um cosmonauta soviético fossem os primeiros a ver as características reais do céu: a sua cor real, desconhecida para os habitantes da Terra, e o brilho primordial das estrelas e do Sol. Será o primeiro a dizer: "Vi com meus próprios olhos que a Terra é redonda".

Muitas matérias caíram para que a edição vespertina da *Última Hora* estampasse na capa e no miolo as informações que tínhamos até então. A comemoração, que começara na redação, foi terminar no Amarelinho.

— O império norte-americano está com os dias contados. Essa vitória não é só da União Soviética, mas de cada comunista espalhado pelo mundo — brindei junto com Isabela e Etcheverry, cada um com um copo de Antarctica na mão.

— Os soviéticos vão levar mísseis nucleares pra Lua e apontar pros Estados Unidos e pra qualquer outro país capitalista que ouse desafiá-los. — Etcheverry gesticulava com os dedos indicadores, como se eles fossem mísseis.

— Quando eu recebi o telégrafo — disse Isabela —, fiquei com medo de que o astronauta tivesse o mesmo fim daquela cachorrinha.

— A Laika — emendei. — O importante é que deu tudo certo. Eu queria ver era a cara de Carlos Lacerda recebendo essa notícia. Não deve ser fácil para um capacho dos Estados Unidos saber que os soviéticos provaram para o mundo quem realmente domina a tecnologia espacial. Será que ele vai censurar a matéria na *Tribuna da Imprensa*?

— Você deveria perguntar à sua nora. Rebeca vive agora pra cima e pra baixo com o governador — Isabela me provocou.

Para não lhe dar uma resposta desaforada, tomei o resto do copo e fui mijar.

— José Aparecido ligou pra Samuel Wainer pra marcar uma reunião sigilosa com o presidente — comentou Etcheverry depois que voltei do banheiro. — O encontro é pra Jânio Quadros falar sobre a questão cambial. O governo quer restringir a importação de alguns produtos, inclusive o papel pra imprensa. Haverá gritaria dos outros jornais, e é aí que a *Última Hora* entra dando apoio ao presidente.

— É uma estupidez brigar com a grande imprensa. Getúlio Vargas perdeu o controle do governo porque só contava com a *Última Hora*. Tenho muito orgulho do nosso trabalho, mas sei que não é o suficiente para bater de frente com *O Estado de S. Paulo*, *O Globo*, *Correio da Manhã* e outros tantos.

— Jânio vem colecionando inimigos, e a tendência é de que fique isolado. As sindicâncias que ele abriu pra passar um pente fino na administração de JK estão causando indisposição com aliados. Sem falar nos bilhetinhos que ele manda pros ministros e depois divulga na *Voz do Brasil*, muitas vezes antes de chegar aos destinatários. Alguns deputados já falam em desembarcar do governo.

— Com tantos problemas, o presidente ainda fica se ocupando com proibição de biquíni em concurso de beleza, de rinha de galo, lança-perfume. Esse governo não vai passar do segundo ano.

O garçom deixou na mesa uma travessa de frango à passarinho e mais uma cerveja.

— Marcos, esse primeiro contato com Jânio Quadros vai ser importante. Eu queria muito acompanhar Samuel Wainer, mas tenho que resolver uns problemas na sucursal de São Paulo. O patrão pediu que você fosse no meu lugar.

— Ah, não — interveio Isabela. — Amanhã é dia de você dormir lá em casa, Marcos. E nem adianta pedir que eu não vou tirar as passagens de avião.

— Eu já me encarreguei disso pessoalmente — afirmou Etcheverry. — Wainer acha que esse contato inesperado de José Aparecido pra marcar a reunião tem dedo de Fernando.

— Ih, aquele ali não é capaz de ajudar o pai de jeito nenhum... — Isabela fez uma careta.

— Fernando está me impedindo de visitar minha neta. Você acha que ele vai querer me ajudar? Ajudar a *Última Hora*? Parece mais uma armação, e eu não vou participar disso.

O astronauta russo Yuri Gagarin é o primeiro homem a entrar em órbita no espaço (*Manchete*, 29 de abril de 1961)

Capítulo 9

Jânio Quadros publicou uma nota saudando os soviéticos pelo envio do homem ao espaço. Com as adjetivações exageradas que lhe eram próprias, o presidente considerou um feito extraordinário, destinado a rasgar pro homem e pro progresso novos e ilimitados horizontes. E ele reconhecia a superioridade dos comunistas sobre os americanos.

Não tive nenhuma interferência na nota oficial, nem sequer fui consultado. Embora estivesse próximo do presidente, eu não dialogava diretamente com ele. O meu papel era auxiliar José Aparecido — ele, sim, exercia poder sobre Jânio Quadros. Além de Aparecido, Pedroso Horta influenciava o presidente. Horta tentava encaminhar Jânio pro alinhamento com os Estados Unidos, ao passo que Aparecido fazia com que o governo pendesse perigosamente pra esquerda.

José Aparecido não confiava em mim, via-me como uma pessoa de Carlos Lacerda. Não me delegava funções importantes, eu passava o dia tomando notas na caderneta de reuniões e batendo notícias positivas pra imprensa. Eu exercia um papel que não estava à altura de minha capacidade e de minha influência política. Não sei por que Aparecido ainda me segurava no cargo. Talvez preferisse me manter próximo a ele, como se vigiasse os passos de Lacerda através dos meus.

— A partir de hoje as coisas vão tomar outro rumo no governo. — José Aparecido apontava pelas vidraças do Palácio do Planalto pra uma limusine preta Lincoln que se aproximava.

— Do que está falando?

— Teremos uma reunião, e logo você saberá. Vou pedir ao presidente pra autorizar sua entrada.

— Posso pelo menos saber o assunto?

Aparecido balançou a cabeça e saiu apressado.

A biblioteca do Palácio do Planalto estava vazia. Ao lado dos jornais, havia uma garrafa de vinho do Porto e duas taças. Eu costumava aproveitar a tranquilidade do local pra ler as notícias do dia. Mas hoje não precisava ler mais do que um, porque todas as manchetes tratavam da ida do homem soviético ao espaço. Até a *Tribuna da Imprensa* noticiava: "Gagarin provou que a Lua vai ser dos russos". De tão ocupado no governo da Guanabara, Carlos Lacerda não tinha mais controle do que seu jornal publicava.

O silêncio da biblioteca foi rompido por solas de sapatos. O mordomo João Hermínio acompanhava Samuel Wainer. Esse encontro só podia ser coisa de José Aparecido. Devia estar armando uma arapuca pro presidente, preparando terreno pra entrada de esquerdistas no governo.

Depois que o mordomo saiu, Samuel Wainer gesticulou pra mim. Quando vinha em minha direção, tomei o caminho oposto. Ele sabia que eu trabalhava pra Carlos Lacerda. Devia saber também que eu não gostava dele, nem do seu jornal. Não sei por que tentou se achegar. Eu não era político e, por isso mesmo, não sabia fingir simpatia pelos inimigos.

Meu pai chegou logo em seguida. Parecia constrangido, talvez não esperasse deparar comigo no Palácio do Planalto.

— O senhor quer mesmo que eu perca meu emprego? — perguntei em voz baixa, mas de maneira ríspida.

— Não vim por vontade própria, pode acreditar.

— Acho melhor Samuel Wainer e o senhor irem embora. Vou chamar o mordomo pra acompanhar vocês.

Jânio Quadros e José Aparecido entraram. O presidente cumprimentou Samuel Wainer com dois beijos no rosto. Aparecido repetiu o gesto.

— Que bom que veio, Wainer. — Jânio Quadros abriu a garrafa de vinho do Porto e encheu o copo. — Você está fadado a me apoiar.

— Na verdade, presidente, a campanha do marechal Lott nunca me envolveu. Ele é um homem muito honesto, mas não entende nada de política. Algumas vezes chegava a ser hilário. Pro senhor ter ideia, num comício em Goiânia, o marechal discursou a pecuaristas defendendo que a solução do país era a exportação de carne. Disse que brasileiro tinha a mania de comer o traseiro, mas precisava se habituar a comer o dianteiro.

Samuel Wainer gargalhou, e foi acompanhado por Jânio Quadros.

— Fico muito feliz que esteja aqui comigo hoje. O assunto não é fácil, mas as coisas do governo nunca são. Os donos de jornais esbanjam dólares com papel importado. É preciso fazer mais com menos. O país tem um problema cambial pra resolver, e todos têm que dar a sua cota de sacrifício. — Jânio continuou bebendo o vinho do Porto sem oferecer a ninguém. — Sei que vou ter problemas com a imprensa, a mesma que queria destruir a *Última Hora*. Por isso, seu apoio ao governo é essencial, tanto pela influência do jornal como pelo fato de que você me fez oposição durante a campanha. Isto lhe dá credibilidade.

— Presidente, infelizmente eu não poderia aderir ao governo de maneira incondicional, o jornal perderia peso político. Tenho compromissos assumidos com os partidos adversários do senhor. Parece-me mais sensato permanecer na oposição e apoiar o governo sempre que adotar medidas que entendemos corretas.

Jânio concordou com a cabeça.

Os dois prosseguiram a conversa num tom mais baixo. Não consegui acompanhar até que o presidente deu um tapa na própria testa e disse em voz alta:

— Conto com as três Forças. É a Santa Trindade. Conto com a Santa Trindade para me apoiar nesta luta pela salvação da pátria.

— E com quantos generais o senhor conta?

— Não conheço sequer o nome da Casa Militar. O verdadeiro poder, Wainer, não emana dos militares, nem dos políticos. O povo é que tem o poder. E é com ele que posso contar. Se um prelado com mandato parlamentar entra aqui como prelado, ajoelho-me e beijo-lhe o anel. Mas se me vem como político, eu o expulso porta afora.

Samuel Wainer parecia não entender nada. Não estava acostumado com as loucuras de Jânio Quadros.

— José Aparecido marcará outra reunião para tratarmos de assuntos internacionais. De toda maneira, conto com o apoio da *Última Hora* na empreitada de livrar o Brasil dos plutocratas.

O presidente deu dois beijos em Samuel Wainer e se despediu.

José Aparecido acompanhou Wainer até a porta, mas meu pai continuou ao meu lado.

— Pelo visto, vamos nos encontrar mais vezes por aqui — disse ele.

— Se o presidente se aliar a Samuel Wainer, eu mesmo pedirei demissão. Pode ter certeza de que não trabalharei do mesmo lado que os comunistas da *Última Hora*.

— Vamos deixar nossas diferenças políticas de lado, meu filho. Ainda iremos trabalhar juntos, e garanto que será bom para você e para mim.

— Meu pai pegou a taça e tomou o vinho do presidente. — Agora quero saber quando posso pegar Moniquinha para passar uns dias com a gente. Até Anita está sentindo falta da menina.

— O senhor não verá mais minha filha.

— Você sabe o que Moniquinha significa para mim, Fernando. Não pode me privar de vê-la. Se for preciso, vou pedir a guarda dela na justiça. Você e Rebeca não têm condições de criar minha neta sozinhos. Moniquinha não é uma criança como as outras.

— E o senhor acha que tem alguma chance de ganhar essa questão? Amanhã eu e José Aparecido teremos uma reunião com o presidente do Supremo Tribunal Federal, doutor Barros Barreto. Agora eu faço parte do governo, meu pai, e o senhor sabe a força que tem o poder. Da próxima vez que ameaçar tirar minha filha de mim, sou capaz de mandar prender o senhor.

— O seu poder é menor do que imagina. Você está aqui por sua lealdade a Carlos Lacerda, e não ao presidente. Quando Lacerda romper com Jânio Quadros, e não vai demorar muito, você será demitido.

Meu pai voltou a beber o vinho de Jânio Quadros.

— Sua função no governo é repassar informações para Carlos Lacerda — ele prosseguiu —, e todos sabem disso, inclusive o presidente. Participou da reunião hoje porque José Aparecido quer que você transmita a Lacerda a aproximação de Jânio Quadros e Samuel Wainer. Você está sendo usado, Fernando, e não sabe disso. Em vez de aprender com seu pai como funciona a política, prefere fazer picuinha comigo e me proibir de ver minha neta.

Samuel Wainer retornou à biblioteca pra chamá-lo. O voo de retorno ao Rio de Janeiro sairia em menos de uma hora. Meu pai pediu mais cinco minutos pra terminar a conversa.

— Os ventos do poder mudam mais rápido do que a gente imagina, Fernando. Uma hora sopra para cima, mas, quando menos você espera, o derruba.

Os sermões de meu pai, com metáforas cafonas, me deixavam irritado, principalmente porque pretendiam demonstrar uma erudição que ele não tinha. Quem era ele pra me dar conselhos? Um comunista fracassado, trabalhando pra um jornal fracassado, vivendo num casamento fracassado. O pouco de respeito que ainda tinha por ele me impedia de falar tudo o que eu pensava.

— Acho melhor o senhor ir embora, antes que perca o voo e tenha que passar a noite em Brasília.

* * *

Quando cheguei ao Rio, na quinta-feira à tarde, não tinha ninguém em casa. Encontrei sobre a mesa um caderno aberto com um recado de Rebeca. Ela dizia que Carlos Lacerda queria falar comigo no Palácio da Guanabara. Não adiantou o assunto, mas pediu urgência no encontro. Eu tinha falado com Lacerda no dia anterior por telefone, e ele não havia agendado nenhuma reunião. Devia ter acontecido algo grave ou poderia ser uma desculpa de Rebeca pra fazer as pazes comigo.

Nós não nos falávamos desde quando eu havia machucado seus braços. Dividíamos a mesma casa, mas não convivíamos como marido e mulher. Nos primeiros dias após o acontecido, ela foi dormir no quarto de nossa filha. Depois, resolvi transferir algumas das minhas coisas pro guarda-roupa de Mônica e passei a dormir no sofá da sala.

As idas e vindas a Brasília também me afastavam de Beca. Eu viajava toda segunda-feira e retornava na quinta. O presidente não deixava os assessores descansarem nem nos finais de semana. Apresentava demandas pra José Aparecido, que, por sua vez, me repassava as menos relevantes. Lacerda também não dava sossego a Rebeca. Ela ficava mais tempo no Palácio da Guanabara do que em casa, trabalhava inclusive aos sábados.

Em meio à correria, nossa filha passava a maior parte do tempo na residência dos pais de Rebeca. Mônica perguntava pelo vovô Marcos, mas eu sempre inventava uma desculpa pra que eles não se encontrassem. Às vezes pensava em acabar com o castigo imposto a meu pai, mas, após ele ter me ameaçado de tomar a guarda dela, não iria mais permitir nenhuma aproximação entre os dois.

Procurei por minha esposa no Palácio da Guanabara, mas ela estava em reunião com Lacerda. Eu me apresentei à secretária como marido de Rebeca e disse que o governador me aguardava. Ela entrou no gabinete, demorou alguns minutos, e retornou dizendo que eu seria chamado logo que a reunião acabasse.

Esperei por mais de meia hora, até Rebeca deixar o gabinete do governador. Apesar do calor que fazia no Rio, ela usava um casaco, como se quisesse cobrir as marcas dos machucados nos braços. Ela me olhou com indiferença, parecia diante de um estranho.

— O que o governador quer comigo?

— Ele está falando agora com José Sarney por telefone, mas logo vai chamá-lo.

— Mas você pode me adiantar alguma coisa?

— Só com ele mesmo — Rebeca respondeu sem me olhar. Depois, pegou umas correspondências que estavam sobre a mesa e deu ordens à secretária.

— Por que você está me tratando desse jeito, como se eu não fosse seu marido?

— Aqui não, Fernando. Em casa conversamos.

— E nossa filha? Continua na residência de seus pais?

— Eles estão em Vassouras. Deixei Mônica com Marcos.

— Eu não quero mais nossa filha com ele, e você sabe disso. Meu pai chegou ao disparate de ameaçar tomar a guarda dela.

— Fernando, eu tenho que trabalhar. Seu pai deve ter falado isso porque estava chateado com você.

— Você tem é que cuidar de Mônica, e não largar a menina em qualquer lugar.

Rebeca mandou a secretária procurar uns documentos no arquivo.

— Se eu perder o emprego por sua causa, você nunca mais me verá, nem à sua filha.

— Não fale assim comigo, Beca.

Rebeca continuou olhando as correspondências e passou a me ignorar completamente.

Carlos Lacerda me chamou da porta do gabinete.

— O que está acontecendo com o presidente? — perguntou. — Ele foi contra a invasão da Baía dos Porcos, e agora está apoiando abertamente o ditador Fidel Castro. O que ele quer? Transformar o Brasil num país comunista?

— José Aparecido está ganhando a queda de braço com Pedroso Horta e influenciando cada vez mais Jânio Quadros. Eu não tenho abertura pra conversar com o presidente sobre política internacional, apenas observo as movimentações.

— Afonso Arinos também está embarcando nas loucuras desse governo. Se continuar assim, vou propor a expulsão dele da UDN.

Ontem, o nosso chanceler passou quatro horas na Comissão de Relações Exteriores da Câmara defendendo a autodeterminação do povo cubano. Disse que o Brasil não apoiará nenhuma intervenção estrangeira em Cuba. — Lacerda bateu na mesa. — Onde já se viu autodeterminação numa ditadura comunista? O regime de Fidel Castro representa uma ameaça pra paz e liberdade da América Latina.

— E o pior é que a política externa de Jânio Quadros tem o apoio da oposição. Nós, governistas, não podemos nem levantar a voz contra essa aproximação com os cubanos.

— Eu não vou silenciar, Fernando. A paz do meu país e da América Latina não é monopólio de ninguém e interessa a todo o mundo. A declaração de Afonso Arinos é um alento ao ditador Fidel Castro e um desapontamento pra nós. Acabei de falar com José Sarney pra pedir apoio numa nota contra a posição do nosso chanceler, mas ele disse que a UDN não vai romper com o governo. São todos covardes, têm medo de perder os seus cargos.

— O presidente se encontrou com Samuel Wainer no Palácio do Planalto. Não demora e a *Última Hora* estará com o governo.

— Já estou sabendo da reunião. Do mesmo jeito que construí a aliança da UDN com Jânio Quadros, posso destruí-la. Sem o apoio do partido, esse governo não fica de pé.

— Eu me coloco à disposição pra qualquer iniciativa que possa mudar os rumos do governo. O primeiro passo é enfraquecer o papel de José Aparecido até ele ser demitido. Acho que posso ajudar nisso.

— Não faça nada por enquanto. Quero que você continue em Brasília pra me repassar as informações. Mas esteja preparado pra desembarcar do governo a qualquer momento.

CUBA

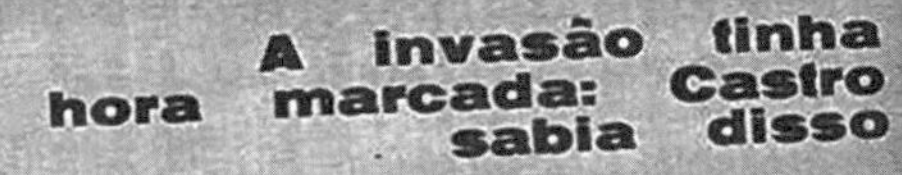

A invasão tinha hora marcada: Castro sabia disso

SOLDADOS ANTICASTRISTAS APRISIONADOS POR FIDEL. MAS A INVASÃO PODE TER PONTOS DE APOIO EM TERRITÓRIO CUBANO.

EXATAMENTE seis dias antes da invasão, a conhecida jornalista francesa Geneviève Tabouis escrevia: "Um acontecimento ameaça alterar todos os da-

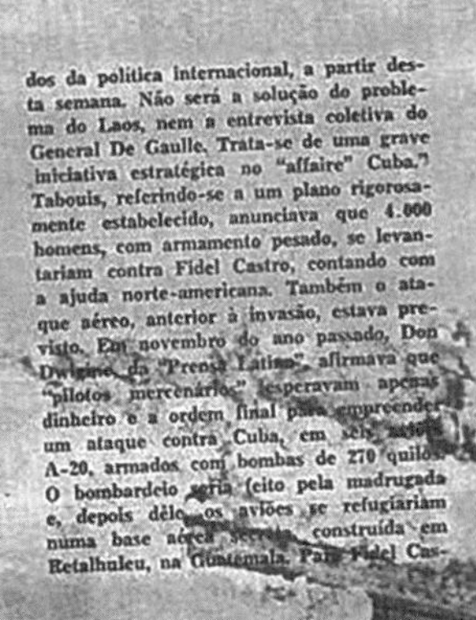

dos da política internacional, a partir desta semana. Não será a solução do problema do Laos, nem a entrevista coletiva do General De Gaulle. Trata-se de uma grave iniciativa estratégica no "affaire" Cuba." Tabouis, referindo-se a um plano rigorosamente estabelecido, anunciava que 4.000 homens, com armamento pesado, se levantariam contra Fidel Castro, contando com a ajuda norte-americana. Também o ataque aéreo, anterior à invasão, estava previsto. Em novembro do ano passado, Don Dwight, da "Prensa Latina", afirmava que "pilotos mercenários" esperavam apenas dinheiro e a ordem final para empreender um ataque contra Cuba, em seis aviões A-20, armados com bombas de 270 quilos. O bombardeio seria feito pela madrugada e, depois dêle, os aviões se refugiariam numa base aérea secreta, construída em Retalhuleu, na Guatemala. Para Fidel Castro, portanto, a invasão já não constituía surprêsa. E isso explica a pronta repressão sofrida pelos invasores: o primeiro grupo de atacantes foi ferozmente desmantelado, ao alcançar a praia Larga, ao sul da Província de Matanzas. O problema fundamental, porém, é saber até que ponto a invasão está apoiada em focos contra-revolucionários implantados no território cubano. Castro terá, então, de rechaçar a invasão ao mesmo tempo em que afoga a rebelião interna. As conseqüências da luta, nesse caso, parecem imprevisíveis. Os Estados Unidos, embora se tenham mantido num discreto silêncio, após a invasão, não se recusarão a sustentar a investida anticastrista. Do outro lado, a União Soviética está pronta a estender a mão a Castro. Assim, Cuba se terá convertido num novo Laos. Só que, desta vez, a guerra mundial em miniatura, se desencadeará nas barbas de Tio Sam.

FIDEL CASTRO ADVERTE: "QUALQUER COLABORAÇÃO COM OS INVASORES SERÁ PUNIDA COM A MORTE." ÊSTE CONTRA-REVOLUCIONÁRIO FOI FUZILADO EM 1959

Invasão patrocinada pelos Estados Unidos na Baía dos Porcos, Cuba (*Manchete*, 29 de abril de 1961)

Capítulo 10

Fiquei até tarde na redação para fechar a matéria enviada pelos correspondentes internacionais sobre a crise da União Soviética com a Alemanha Ocidental. Kruschev alardeou ao mundo ocidental que, se não houvesse uma conferência de paz para resolver a questão diplomática, poderia acontecer uma guerra nuclear. Se levaram o homem ao espaço, os soviéticos seriam capazes de bombardear qualquer lugar do planeta, inclusive o Brasil. A ameaça do uso de bomba atômica assustava as pessoas e vendia jornais. Talvez por isso os correspondentes internacionais enviassem manchetes a respeito quase diariamente.

Terminei a matéria por volta das oito da noite, faltava menos de uma hora para a pré-estreia da nova peça de Nelson Rodrigues. Não fazia questão de assistir, mas Anita adorava. Eu prometera a ela que iríamos. Precisava fazer seus gostos de vez em quando, até para ela não reclamar das noites que eu dormia com Isabela.

Muitos da redação também compareceriam à sessão de *Beijo no Asfalto*, porque a *Última Hora* estava diretamente envolvida no enredo. Samuel Wainer autorizara o uso do nome do jornal, mesmo sem ter lido o texto. Também não precisava, porque as peças de Nelson Rodrigues costumavam ser parecidas ao retratar, de maneira escandalosa, a pequena burguesia do Rio de Janeiro.

— Não vai conosco? — perguntou Etcheverry de braços dados com Isabela.

Etcheverry estava mais elegante do que de costume, vestia um terno seminovo. Isabela usava um perfume forte e um vestido vermelho decotado.

— Ele vai com a bruaca — interveio Isabela.

— Só vou porque Anita insistiu muito. Você sabe que não gosto das peças de Nelson.

— Uma sessão de estreia de Nelson Rodrigues é sempre um acontecimento no Rio — disse Etcheverry. — Paulo Francis também não gosta e vai mesmo assim.

— Mas Paulo Francis aproveitará para criticar Nelson na coluna dele.

— Acho melhor você nem aparecer por lá, porque, se eu encontrar aquela magricela, vou armar um escândalo.

— Na próxima semana, eu dou um jeito de ir com você.

— Chega, Marcos. É melhor terminarmos por aqui, enquanto ainda tenho idade pra encontrar outra pessoa. A partir de hoje, estou livre e desimpedida pra fazer o que quiser de minha vida.

Isabela continuou o drama que sempre fazia quando se sentia preterida por minha mulher. Ameaçava terminar tudo e arrumar outro homem. Eu sabia que não passava de bravata, ela não teria coragem de me deixar. Meu receio era de que ela fizesse algum escândalo na frente de Anita. Disso eu tinha certeza de que ela seria capaz. Isabela nunca teve a oportunidade de enfrentar minha mulher, mas brigara diversas vezes com Fernando.

— A peça nem estreou e já é um sucesso — comentou Etcheverry. — Os ingressos da semana que vem já estão todos vendidos.

Amado Ribeiro, repórter policial da *Última Hora*, interveio:

— Eu quero é receber uma parte do dinheiro; afinal, sou o protagonista da peça. Nelson fica com os louros, e eu, chupando o dedo? Vou meter um processo nele por usar meu nome. Ele vai ver só.

— E você sabe qual vai ser seu papel? — perguntei.

— Eu acompanhei um ensaio. Nelson me coloca como um achacador do jornal. Parece uma brincadeira de circo. Mas eu falei pra ele que sou muito pior do que isso — Amado disse, em tom de galhofa.

— Samuel Wainer há de ficar bravo quando souber que a *Última Hora* está sendo usada dessa maneira na peça.

— Nelson é uma figura. Estou acostumado com as brincadeiras dele, já fui até personagem de *Engraçadinha*. Hoje não conseguirei ir ao teatro. Tenho que ir ao IML em busca de cadáveres pra render uma boa matéria. — Amado deixou a redação acompanhado do fotógrafo policial da *Última Hora*.

Eu não resisti à pressão de Isabela. Fui com ela e Etcheverry ao teatro Ginástico. Chegamos um pouco antes de a peça começar. Nelson Rodrigues estava sentado na poltrona ao lado de seu filho Joffre. Gianni Ratto, responsável pelo cenário, acompanhava os últimos preparativos de pé, próximo ao palco. Eu me acomodei na poltrona ao lado de Paulo Francis. Ele tinha uma coluna sobre teatro na *Última Hora*, mas não costumava aliviar em suas críticas, nem mesmo para os colegas de redação.

— O grupo Teatro dos Sete costuma fazer um excelente trabalho. A questão é saber se o texto de Nelson não vai atrapalhar — ele alfinetou.

O diretor Fernando Torres e o elenco composto por Fernanda Montenegro, Mário Lago, Oswaldo Loureiro, Francisco Cuoco, Sérgio Britto, Ítalo Rossi e outros atores foram recebidos com aplausos no palco.

A peça começou com Amado, repórter da *Última Hora*, chantageando o delegado Cunha para investigar um caso inusitado. Um rapaz fora atropelado na Praça da Bandeira por um lotação. Estava quase morrendo quando um outro sujeito, chamado Arandir, apanhou a cabeça do moribundo e lhe deu um beijo na boca. Amado pediu ao delegado que investigasse o caso para fazer a matéria e vender jornal.

A partir daí, Arandir foi submetido a um processo kafkiano para investigar a relação homossexual anterior com o falecido. Ele virou motivo de chacota, perdeu o emprego, e sua família passou a ser sufocada pela imprensa. A *Última Hora* iniciou uma série de reportagens dizendo que o beijo no asfalto não fora o primeiro. Arandir já tinha se relacionado com o morto.

No início do terceiro ato, Selminha, mulher de Arandir interpretada por Fernanda Montenegro, começou a ser interrogada pelo delegado Cunha e pelo repórter Amado. Eles queriam saber por que Arandir empenhara uma joia na Caixa Econômica.

— "E falo, sim!" — disse Selminha. — "Foi pôr a joia, sabe pra quê? Porque ele me pediu pra tirar. Tirar o filho. Meu marido acha que a gravidez estraga a lua de mel! Prejudica! E como eu. Eu nunca tive barriga. Seria uma pena a gravidez. Ele então preferia que mais tarde e já não. Foi na Caixa Econômica apanhar o dinheiro do aborto."

— "Mas e daí?" — perguntou o repórter.

— "Ou o senhor não entende quê? Eu conheço muitas que é uma vez por semana, duas e, até, quinze em quinze dias. Mas meu marido todo dia! Todo dia! Todo dia!" — Selminha deu um berro selvagem. — "Meu marido é homem! Homem!"

Alguns cavalheiros se retiraram do teatro carregando as esposas. Uma delas quis continuar, mas foi puxada à força pelo marido.

— Tarado. Protesto em nome da família brasileira — disse um senhor.

Nesse momento, Fernando Montenegro e Ítalo Rossi interromperam o espetáculo.

— Cala a boca — gritaram da plateia.

— Isso é um acinte. Pornográfico. Onde está a polícia que não fecha esta indecência?

Nelson Rodrigues e seu filho tentaram tirar satisfação com o homem que protestava, mas Gianni Ratto conduziu o senhor para fora do teatro antes que eles fossem às vias de fato.

A peça acabou, mas as pessoas não saíram do teatro Ginástico. Alguns chocados com o teor pornográfico da peça, outros com a afronta à *Última Hora*. Isabela fez questão de enfrentar uma fila para parabenizar Nelson Rodrigues no foyer.

— Como pode Nelson Rodrigues achincalhar dessa forma o jornal onde trabalha? — perguntou Paulo Francis. — Escrever que pederastia faz vender jornal pra burro? Isso tira toda a credibilidade da *Última Hora*.

— Ele nunca foi um de nós — eu disse. — Nelson sempre esteve na *Última Hora* porque talvez fosse o único grande jornal do Rio que lhe daria espaço para publicar a coluna "A Vida como Ela É".

— Além de tudo, a peça é mal construída. Personagens sem motivação. O repórter e o delegado beiram o ridículo de tão distorcidos e caricatos. Nelson é incapaz de pensar que o homem possa viver um pouco da cintura pra cima. O que ele não sabe é que todos os caminhos levam à política, inclusive o sexual.

— Se eu fosse Wainer, mandava Nelson embora do jornal. Ele é um bajulador de Roberto Marinho. Outro dia teve a ousadia de escrever um artigo no semanário *Brasil em Marcha* em homenagem ao homem que quis destruir a *Última Hora*.

Procurei Isabela para ir embora, mas não a encontrei. Nelson Rodrigues também tinha desaparecido.

— Você viu Isabela? — interrompi a conversa de Etcheverry com Gianni Ratto.

— Ela me falou que estava com enxaqueca. Achei que vocês tinham ido embora juntos.

— Nelson Rodrigues estava com ela?

— Não sei, também não o vi mais.

* * *

Do teatro fui direto para casa. Anita trancara a porta do quarto. Pensei em ir dormir com Isabela, mas temi que ela não estivesse em casa, ou, o que era pior, que Nelson Rodrigues estivesse no apartamento que eu havia montado para ela em Botafogo.

Os dias se passaram, e Anita não falava mais comigo. Eu tinha tentado explicar que precisara trabalhar até tarde, o que me impossibilitara de ir ao teatro, mas ela não me deu ouvidos. Até as minhas duas Antarcticas da noite ela deixou de comprar.

Para minha sorte, Samuel Wainer me incumbiu de uma missão especial. Eu iria cobrir a visita de Che Guevara a Brasília. Jânio Quadros convidara o revolucionário para vir ao Brasil e iria condecorá-lo com a Grã-Cruz da Ordem Nacional do Cruzeiro do Sul. Houve uma gritaria por parte de militares e de udenistas radicais. Alguns oficiais de alta patente que receberam a comenda anteriormente ameaçaram devolvê-la, mas o ministro da Guerra, Odílio Denys, interveio para acalmar os ânimos.

Carlos Lacerda usou a *Tribuna da Imprensa* para criticar Jânio Quadros e forçar uma guinada à direita na política externa. Mas a maioria dos políticos da UDN defendeu a postura do presidente, principalmente pelo fato de o chanceler Afonso Arinos pertencer ao partido.

Além da comenda a Che Guevara, o presidente acenou ao bloco comunista, enviando João Goulart para uma missão na China. Etcheverry viajou com a comitiva do vice-presidente para fazer a cobertura para a *Última Hora*. Até Leonel Brizola começava a ganhar a simpatia de Jânio Quadros. O governador do Rio Grande do Sul foi representar o Brasil na conferência da OEA em Punta del Este.

A chegada da comitiva cubana ao aeroporto de Brasília estava marcada para o meio-dia, mas problemas técnicos na saída do avião Britânia da Cubana de Aviación atrasaram a partida de Punta del Este. Permaneci no aguardo de Che Guevara ao lado de jornalistas e dos deputados José Sarney, Sérgio Magalhães e Seixas Dória.

Che desceu do avião junto com uma delegação de mais de cinquenta cubanos e falou rapidamente com os repórteres, dizendo que vinha encontrar Jânio Quadros, um grande amigo de Cuba. Eles já tinham se encontrado em Havana em maio de 1960, quando Jânio ainda era candidato à Presidência da República.

Che Guevara deixou o aeroporto em direção ao Brasília Palace Hotel, onde eu também estava hospedado. Não consegui encontrar com ele nos corredores do hotel. Havia um forte esquema de segurança. Eu queria trocar algumas palavras com Che a respeito de Fidel Castro, da invasão da Baía dos Porcos, do processo revolucionário cubano, de como funcionava na prática um regime socialista. Mas não tive a oportunidade de sequer me aproximar dele.

No dia seguinte, cheguei antes das sete da manhã ao Palácio do Planalto. Muitos militares deixaram de comparecer à cerimônia, e os que foram não pareciam satisfeitos com a homenagem.

Encontrei Fernando no salão verde do palácio.

— Nunca pensei que o presidente transformaria o governo num antro de comunistas. Estou apenas à espera de um sinal verde de Lacerda pra deixar o governo. Hoje o que eu mais queria era estar na oposição.

— Não seja tão radical, meu filho. Che Guevara vem ao Brasil como ministro da Indústria e do Comércio de Cuba, e não como revolucionário. Esse tipo de recepção é normal quando se recebe um ministro de outro país.

— O senhor sabe muito bem o que essa visita significa. É uma afronta aos Estados Unidos.

— Ainda que você não concorde com os termos da revolução cubana, é preciso respeitar a autonomia dos povos. Se os cubanos decidiram se ver livres do imperialismo norte-americano, temos que estar do lado deles.

— Como é que podemos falar em autonomia se o povo está oprimido pela ditadura de Fidel Castro? Um dos assuntos a serem tratados nessa reunião é sobre os inúmeros asilados políticos que estão na embaixada brasileira em Havana. Até padres foram presos pelos comunistas. O senhor chama isso de liberdade?

Fernando continuou:

— Não é só no plano externo. O presidente mandou pro Congresso Nacional uma lei limitando a remessa do lucro ao exterior. Ainda falou na cadeia de rádio e TV que o Brasil precisava enfrentar o problema da reforma agrária.

Che Guevara chegou ao lado de Jânio. Vestia uniforme verde-oliva e usava uma boina. Tinha uma barba falhada. Parecia cansado, mas distribuía sorrisos para todos os lados. Não precisou discursar para percebermos o seu carisma.

O cerimonial conduziu os dois ao gabinete do presidente para uma reunião reservada. O encontro precisava ser rápido, pois Jânio tinha compromisso marcado em Vitória, onde iria inaugurar uma instalação da Companhia Vale do Rio Doce.

Depois de alguns minutos, Jânio e Che Guevara deixaram o gabinete para a cerimônia. Che retirou a boina da cabeça e a segurou no tórax. Eles ouviram o hino nacional dos dois países.

— Vossa Excelência tem manifestado em várias oportunidades o desejo de estreitar relações econômicas e culturais com o povo brasileiro — disse Jânio Quadros após retirar a medalha da caixa e colocá-la no peito de Che Guevara. — Esse é também o nosso propósito e a nossa deliberação, assumida no contato que tive com o governo e o povo cubanos. O governo e o povo brasileiros manifestam nosso apreço com essa alta condecoração.

— Senhor presidente, como revolucionário, sinto-me profundamente honrado com esta distinção do povo e do governo brasileiros. Porém, não posso considerar esta honra pessoal, mas sim como uma condecoração ao nosso povo e à nossa revolução. E assim a recebo, comovido com a saudação desse povo que Vossa Excelência representa, e a transmitirei com todo o desejo de estreitar as relações entre os nossos dois países.

Após a cerimônia, Che Guevara foi almoçar no Riacho Fundo com Paulo de Tarso, prefeito de Brasília. Convidei Fernando para me acompanhar, mas ele alegou outros compromissos e me dispensou.

Condecoração concedida por Jânio Quadros ao revolucionário Che Guevara (Manchete, 29 de setembro de 1961)

Capítulo 11

Eu não conseguia mais voltar ao Rio de Janeiro toda semana, o presidente havia reduzido as passagens aéreas pros assessores. Todos os dias, depois do expediente, eu ligava do Palácio do Planalto pra Rebeca, mas quase nunca conseguia falar com ela. Às vezes ia tarde da noite às cabines telefônicas da Cotelb, na W3 Sul, pra saber se ela estava em casa. Com mamãe eu falava mais frequentemente, ela dava notícias de meu pai e de minha filha. Mônica estava praticamente morando com eles, só ia pra minha casa quando eu estava no Rio.

Em Brasília, quase não havia opções de lazer, ainda mais pra uma pessoa que não ingeria bebida alcoólica como eu. Jornalistas e assessores me convidavam pra encontros regados a uísque na casa de políticos pra discutir intrigas palacianas. As reuniões não tinham hora pra acabar, e muitas vezes terminavam com meretrizes da Cidade Livre.

A proximidade com o poder me seduziu no início, mas depois passou a me cansar, sobretudo quando percebi que eu nunca seria uma peça-chave no governo Jânio Quadros. José Aparecido tinha perdido a confiança em meu trabalho, e eu nem sabia exatamente por quê. A cada dia eu estava mais isolado. Ultimamente minha obrigação era cumprir o expediente diário em dois turnos, conforme determinação do presidente pros servidores públicos.

Carlos Lacerda havia me pedido que intermediasse uma ajuda do governo federal à *Tribuna da Imprensa*. O jornal passava por dificuldades financeiras desde que Lacerda tinha tomado posse como governador. O seu filho Sérgio não possuía experiência pra administrar um jornal, principalmente depois das altas sucessivas no preço do papel.

Tentei tratar do assunto com José Aparecido, com Castelinho e com Pedroso Horta, mas nenhum deles se dispôs a me ajudar. Se minha função era ser uma pessoa de Carlos Lacerda no governo, parecia que não havia mais razão pra eu permanecer no cargo.

Lacerda recorreu à primeira-dama, dona Eloá, pra marcar uma reunião. Embora relutante, Jânio aceitou receber o governador da Guanabara no Palácio da Alvorada. No dia seguinte, eles iriam juntos à cidade de Vitória inaugurar uma instalação da Vale do Rio Doce.

Carlos Lacerda chegou no início da noite a Brasília num jato Paris da FAB, acompanhado de seu oficial de gabinete e piloto particular Wilson Machado. Fui buscá-lo no aeroporto com o general Pedro Geraldo. No caminho, o general tentou puxar assunto falando da condecoração do presidente a Che Guevara, mas Lacerda se recusou a tecer qualquer comentário.

Deixei Lacerda no Palácio da Alvorada aos cuidados do mordomo João Hermínio e fui pra casa escutar o jogo do Fluminense contra o Canto do Rio pelo rádio.

O meu time não ia bem no Campeonato Carioca, estava em quinto lugar na tabela. O líder era o Botafogo, invicto na competição, com um ataque formado por Garrincha, Amarildo, China e Zagalo. O Fluminense ganhava por um a zero, com gol de Pinheiro, quando recebi uma ligação do Palácio da Alvorada. Carlos Lacerda, com uma voz transtornada, me pedia que o acompanhasse a uma reunião no apartamento de Pedroso Horta.

— Bancar a campanha de Jânio Quadros foi um dos piores erros políticos que cometi durante toda minha vida pública — disse Carlos Lacerda em voz baixa pra que o motorista não escutasse. — Ele é um sujeito que não respeita a liturgia do cargo. Logo que cheguei ao palácio, deixei a valise no quarto de hóspedes no segundo andar e fui ao salão, jantar com o presidente. A mesa estava posta pra nós dois, mas ele não apareceu. Já tinha comido um sanduíche e assistia a um filme no cinema do palácio.

— Eu já estou acostumado com a impostura do presidente.

— Depois, ele apareceu e ficou me observando jantar com um copo de vinho na mão. Conversamos sobre amenidades, falamos mal de Brasília. Quando toquei no assunto das dificuldades em governar a Guanabara, ele desconversou e me chamou pra ir ao cinema do palácio. Passava um filme com o comediante Jerry Lewis, mas logo ele mandou trocar pra um faroeste.

— Jânio Quadros parece que perdeu o gosto pela política. Tem problemas no relacionamento com os deputados, não suporta conversar com eles. Agora passa horas assistindo a filmes no cinema do palácio e bebendo.

— Eu tomei algumas doses de uísque na esperança de que ele escutasse as demandas. Falei dos problemas financeiros da *Tribuna da Imprensa* e que estava pensando em renunciar pra tomar as rédeas do jornal. Ele disse pra eu não fazer isso, e que Pedroso Horta iria me ajudar. Mas eu vim a Brasília como governador da Guanabara pra tratar com o presidente da República, e não com o ministro da Justiça.

Tentei acalmar Lacerda, dizendo que Pedroso Horta era um dos homens mais sensatos do governo, muito mais do que José Aparecido. Uma conversa particular com o ministro da Justiça poderia ser muito mais proveitosa do que com o presidente. Aos poucos ele foi amansando.

Pedroso Horta nos recebeu em seu apartamento funcional na SQS 206. José Aparecido, San Tiago Dantas e Castelinho bebiam na sala. Lacerda quis ir embora, não falaria dos problemas pessoais e do estado da Guanabara na presença de tantas pessoas. Porém, Horta nos chamou pra conversar num quarto reservado.

— Estou ciente das dificuldades da *Tribuna da Imprensa* — disse Pedroso Horta antes que Lacerda tocasse no assunto. — Pode ficar tranquilo que nós vamos dar um jeito de ajudar.

— Esse é um dos motivos por que vim a Brasília hoje, mas não o único. A Guanabara precisa de mais recursos, precisa de obras. JK passou o governo dele tirando dinheiro do Rio pra colocar aqui nesta cidade maldita. Se eu não tiver dinheiro pra mostrar serviço, o comunista do Sérgio Magalhães vai ganhar as próximas eleições.

— O senhor tem toda a razão, governador, mas doutor Jânio vem encontrando dificuldades pra governar com esse Congresso hostil, que só quer saber de regalias, cargos e negócios espúrios. Conseguimos estancar os gastos com o funcionamento do Estado, controlamos a inflação. O Brasil está no caminho certo.

— Reconheço que o governo internamente vem corrigindo as irresponsabilidades de Juscelino, mas e a política externa? O que Jânio pretende fazer? Aliar-se aos comunistas? Nada justifica a aproximação com a ditadura cubana, a condecoração de Che Guevara, a recepção de Yuri Gagarin, o reatamento das relações diplomáticas com a União Soviética.

— O presidente não me escuta em assuntos internacionais. Ele quer manter uma política externa independente dos Estados Unidos. Mas temos que nos concentrar no que mais importa, que é resolver os problemas internos e, pra isso, precisamos dar um jeito de controlar o Congresso Nacional. Os deputados se aproveitam que o governo não tem maioria pra fazer chantagens. O senhor tem como conseguir os artigos que publicou sobre os poderes excepcionais ao presidente que saíram na *Tribuna da Imprensa*?

— Posso conseguir, mas aquela situação era diferente. Getúlio tinha acabado de se suicidar, o Brasil estava à beira de um colapso. Café Filho precisava de medidas de exceção naquele momento.

— O presidente está com muita resistência na implementação das reformas. Já pensou até em renunciar. Consideramos necessário preparar o país pra uma reforma institucional em que o Congresso, já que deseja recesso remunerado, fique realmente em recesso remunerado. Pra isso, precisamos do apoio de alguns governadores, a começar pelo seu. O de São Paulo ainda não está maduro pra esta conversa, mas depois falaremos com ele.

Horta pediu que eu buscasse uma garrafa de uísque e dois copos na sala. Quando retornei, ele ainda tentava convencer Lacerda da necessidade das medidas de exceção contra o Congresso.

— Os ministros militares Odílio Denys e Sílvio Heck já estão de acordo. Falta comunicar ao ministro da Aeronáutica. Gostaria que aproveitasse sua proximidade com Grün Moss pra falar com ele.

— Mas que providências vocês pretendem tomar?

— Profundas e sérias.

Carlos Lacerda tentou voltar a falar da política externa do presidente, mas Pedroso Horta insistiu no assunto.

— O que vocês querem? Um outro Estado Novo? — perguntou Lacerda.

— Não, eu quero o estado de exceção que o senhor defendeu em 1955.

— E como fica o povo?

— As reformas poderiam ser implementadas através de referendos populares.

— Até que ponto você tem autorização pra falar comigo nesse tom e sobre essa matéria? — quis saber Lacerda após beber uma dose de uísque.

— São instruções do presidente.

— Tenho duas posições a tomar: ou renuncio amanhã, ou vou pro Rio denunciar pela televisão o que vocês estão fazendo.

Horta abriu a janela do apartamento e pôs a cabeça pra fora. O seu rosto suava, apesar do tempo seco e frio de Brasília.

— Isso o senhor não pode fazer, governador. Não há nada que o autorize a uma denúncia sobre conspiração no governo.

— Mas você não me incumbiu de transmitir um recado ao ministro da Aeronáutica sobre o apoio militar a uma reforma da Constituição que pode chegar até a dissolução do Congresso? É isso que eu vou denunciar.

— Tenha paciência, não é uma conspiração, o senhor não entendeu.

Carlos Lacerda estava de saída na porta do apartamento quando Horta lhe pediu que não viajasse com o presidente e que ficasse em Brasília; eles precisavam conversar melhor sobre o assunto. Lacerda disse que voltaria pro Rio o mais rápido possível.

O Aero Willys preto foi barrado na entrada do Palácio da Alvorada, nem sequer abriram os portões. O mordomo João Hermínio se aproximou do carro e entregou uma valise de couro preta a Lacerda.

— O presidente manda pedir desculpas, estava muito cansado. Foi dormir e me disse pra lhe entregar a valise. Doutor Jânio mandou reservar pro senhor um quarto no Hotel Nacional.

Lacerda não retrucou, apenas pegou a sua mala e voltou pro automóvel.

— Fui enxotado do palácio — disse Lacerda, no carro. — Puseram minha mala no portão do jardim. Isto é um desacato a mim, pessoalmente, e ao governador da Guanabara. Horta e José Aparecido armaram essa pra me cobrir de ridículo nos jornais.

— É um absurdo, governador.

— Você vai pedir demissão e voltar comigo amanhã pro Rio. O descaso com que eles tratam você no governo é pra me atingir, é pra me humilhar.

O Palácio da Alvorada havia reservado o quarto presidencial do Hotel Nacional, mas Lacerda recusou a hospedagem e dormiu no quarto onde o seu oficial de gabinete, Wilson Machado, estava instalado.

* * *

Pedroso Horta tentou desfazer o mal-estar gerado com Carlos Lacerda no hotel. Eles beberam duas garrafas de uísque, e Horta deixou o Hotel Nacional às quatro da madrugada, com a promessa de que a crise gerada não afetaria a relação pessoal dos dois.

Embarcamos pro Rio às sete da manhã no avião da FAB. No aeroporto, Carlos Lacerda avisou ao general Pedro Cardoso que iria renunciar. A notícia se espalhou e foi publicada nos jornais. A própria *Tribuna da Imprensa* se encarregou de propagar a intenção de renúncia do governador, mas imputou a culpa do ato à política externa de Jânio e ao propósito deliberado do presidente em esvaziar o estado da Guanabara, inclusive com a transferência da Petrobras pra Bahia.

No dia seguinte à condecoração de Che Guevara por Jânio Quadros, Carlos Lacerda fez uma cerimônia no Palácio da Guanabara pra entregar as chaves da cidade ao líder anticastrista Manoel Verona, coordenador-geral da Frente Revolucionária Democrática Cubana.

De apoiador de primeira hora, Lacerda passou a ser o grande opositor de Jânio Quadros. Eu ainda estava formalmente subordinado ao presidente da República, por isso mesmo procurei não me envolver diretamente na disputa entre os dois. Carlos Lacerda poderia renunciar ao governo da Guanabara a qualquer momento, e Rebeca perderia seu emprego. A *Tribuna da Imprensa* estava à beira da falência, o meu trabalho na redação também não estava garantido.

José Aparecido me ligou algumas vezes cobrando a presença em Brasília. Aproveitei que Mônica precisou ficar internada no hospital Miguel Couto, devido a uma gripe forte, como desculpa pra permanecer no Rio. O mesmo motivo fez com que Rebeca se ausentasse do trabalho.

A internação de nossa filha durou apenas um dia, mas passamos a semana em casa. Mamãe havia se oferecido pra cuidar de Mônica, Rebeca aceitou prontamente, mas eu recusei. Não queria voltar pra Brasília enquanto a briga entre Carlos Lacerda e Jânio Quadros não estivesse resolvida.

Quando a crise começava a esfriar, Lacerda marcou um pronunciamento na TV Rio para as dez horas da noite do dia 24 de agosto de 1961, exatamente sete anos após o suicídio de Getúlio Vargas. Era o horário mais disputado no canal de maior audiência e retransmitido pra outras emissoras de rádio em todo o Brasil.

Rebeca achava que Carlos Lacerda anunciaria ao vivo a renúncia ao governo da Guanabara. Ela ficou nervosa, não queria perder o emprego e voltar a ser dona de casa. No fundo, eu torcia pra que ele renunciasse. Só assim eu teria minha mulher de volta e a levaria pra morar comigo em Brasília junto com Mônica.

Lacerda disse na televisão que, pra não silenciar, desistiu da renúncia. Seu sacrifício consistiria em permanecer. Ele usou o espaço da televisão pra denunciar um golpe em curso arquitetado pelo ministro da Justiça, Pedroso Horta. Iniciou o pronunciamento explicando as razões que o levaram a cogitar abrir mão do cargo. Lacerda detalhou o plano de Horta de ampliar os poderes do presidente da República e colocar o Congresso Nacional em recesso.

O discurso de Carlos Lacerda repercutiu pela madrugada. Rebeca fez algumas ligações, mas não conseguiu falar com ninguém do governo. Ela ficou acordada até a manhã do dia seguinte com o ouvido grudado no rádio de pilha em busca de novas informações.

Eu também não consegui dormir, com Mônica acordando de tempos em tempos com febre. Ela teve delírios, gritou coisas ininteligíveis. Por um momento, achei que mais uma vez o corpo tivesse sido possuído pelo demônio. Clamei pela ajuda de Nossa Senhora Aparecida e rezei dezenas de ave-marias até que ela melhorasse e conseguisse adormecer.

Logo que acordei, encontrei Rebeca arrumada na sala, escutando a rádio *Jornal do Brasil*. Tinha passado ruge pra disfarçar as olheiras.

— Aonde você pensa que vai, Beca?

— Não posso aguardar os acontecimentos aqui, quando Lacerda mais precisa de mim.

— O governador já tem gente demais ao lado dele. Quem realmente precisa de você é sua filha.

— Durante toda a semana recebi ligações do Palácio da Guanabara pra eu retornar, e você não deixou. O mundo caindo em cima de Lacerda, e eu presa nesta casa.

— Mônica passou a noite acordando, com febre e tendo delírios. Você não prestou atenção, porque estava mais preocupada com o governador do que com a própria filha.

— Ah, Fernando, deixe de drama... Essa menina está quase boa, ela poderia ficar na casa dos seus pais ou dos meus.

— Você está cada vez mais afastada de Deus, de nossa casa, de mim.

— Não estou afastada de Deus, estou querendo é me afastar de seus caprichos.

— "Vós, mulheres, sujeitai-vos a vossos maridos, como ao Senhor." Efésios, capítulo cinco.

— Pros infernos as citações bíblicas que lhe convêm. Eu vou-me embora daqui.

— Você está cansada, não dormiu direito, por isso está blasfemando. Seja racional, Beca. Ir a essa altura pro Palácio da Guanabara pode ser arriscado. Eu conheço essa gente do Jânio, essa turma é perigosa, é capaz de tudo. O golpe arquitetado por Horta é real, eu presenciei as conversas dele com Lacerda. Jânio vai decretar intervenção federal no estado e afastar Lacerda do governo. Todo mundo pode ser preso.

Não tínhamos percebido, mas Mônica havia acordado e assistia à discussão. A convalescença dela era pra ser um momento de reaproximação entre mim e Rebeca, mas acabou se tornando motivo pra mais conflitos. Não estávamos mais acostumados a passar tanto tempo juntos.

Toquei a testa de Mônica, parecia com febre. Dei-lhe um Melhoral infantil e preparei um leite quente com Nescau. Pouco depois, ela se sentou ao lado da cadeira onde estava o ventilador. Ela o desligou e começou a desmontá-lo.

— Posso ajudar? — perguntei.

— O senhor não sabe mexer, só eu e o vovô.

— Mas você poderia me ensinar como funciona esse ventilador.

— É um Elco de doze polegadas de diâmetro, quatro pás, pode ser usado na parede ou na mesa, fixo ou oscilante — Mônica falava sem me olhar. — Não é tão potente como o Super Arno da casa do vovô, mas se estiver sempre limpo pode funcionar bem.

— Mas precisa limpar todo dia, minha filha? —Rebeca quis saber.

— A sujeira trava o enrolamento do motor e compromete o funcionamento. Aqui em casa tem muita poeira.

— Pois termine logo de mexer nele, porque estou derretendo — Rebeca reclamou se abanando com um jornal que estava em cima da mesa.

— Como assim derreter? Em qual temperatura os seres humanos começam a derreter?

— É força de expressão, minha filha — intervim —, não precisa levar as coisas ao pé da letra.

Mônica parou de mexer no ventilador. Percebi que não estava entendendo nada.

— Pé da letra também é força de expressão. Você poderia aprender também a consertar rádios. Tem uns três quebrados aqui em casa.

— Quando eu estiver com dez anos, vou aprender a desmontar rádios também.

— Minha filha, você quer ir pra casa do vovô Marcos?

Mônica balançou a cabeça positivamente em resposta à mãe.

— Fernando, arrume a menina e leve pra casa de seus pais. Irei agora pro Palácio da Guanabara. Não vou perder o emprego e ficar dependendo dos outros pra pagar as contas de casa.

Rebeca estava de saída na porta quando a rádio *Jornal do Brasil* anunciou que Jânio Quadros havia acabado de renunciar à Presidência da República. O rádio começou a falhar. Procurei pilhas nas gavetas da sala, mas não encontrei nenhuma.

— Eu tenho umas pilhas no meu guarda-roupa, papai.

Encontrei mais de dez pilhas embrulhadas nas camisetas de Mônica.

— Pra que você guarda isso, minha filha? — perguntei enquanto trocava as pilhas do rádio.

— Quero fazer o ventilador funcionar sem ligar na energia.

— Psiu, vamos escutar — disse Rebeca.

O repórter leu o pronunciamento de Jânio:

— Desejei um Brasil para os brasileiros, afrontando, nesse sonho, a corrupção, a mentira e a covardia que subordinam os interesses gerais aos apetites e às ambições de grupos ou de indivíduos, inclusive do exterior. Sinto-me, porém, esmagado. Forças terríveis levantam-se contra mim e me intrigam ou infamam, até com a desculpa de colaboração...

Rebeca não esperou o fim do pronunciamento pra ir ao Palácio da Guanabara. Ainda tentei dissuadi-la, dizendo que os comunistas pegariam em armas pra garantir a posse do vice-presidente João Goulart, e o primeiro alvo seria Carlos Lacerda. O Brasil estava à beira do caos, e ela, no olho do furacão.

Não adiantou, Beca foi embora sem me escutar.

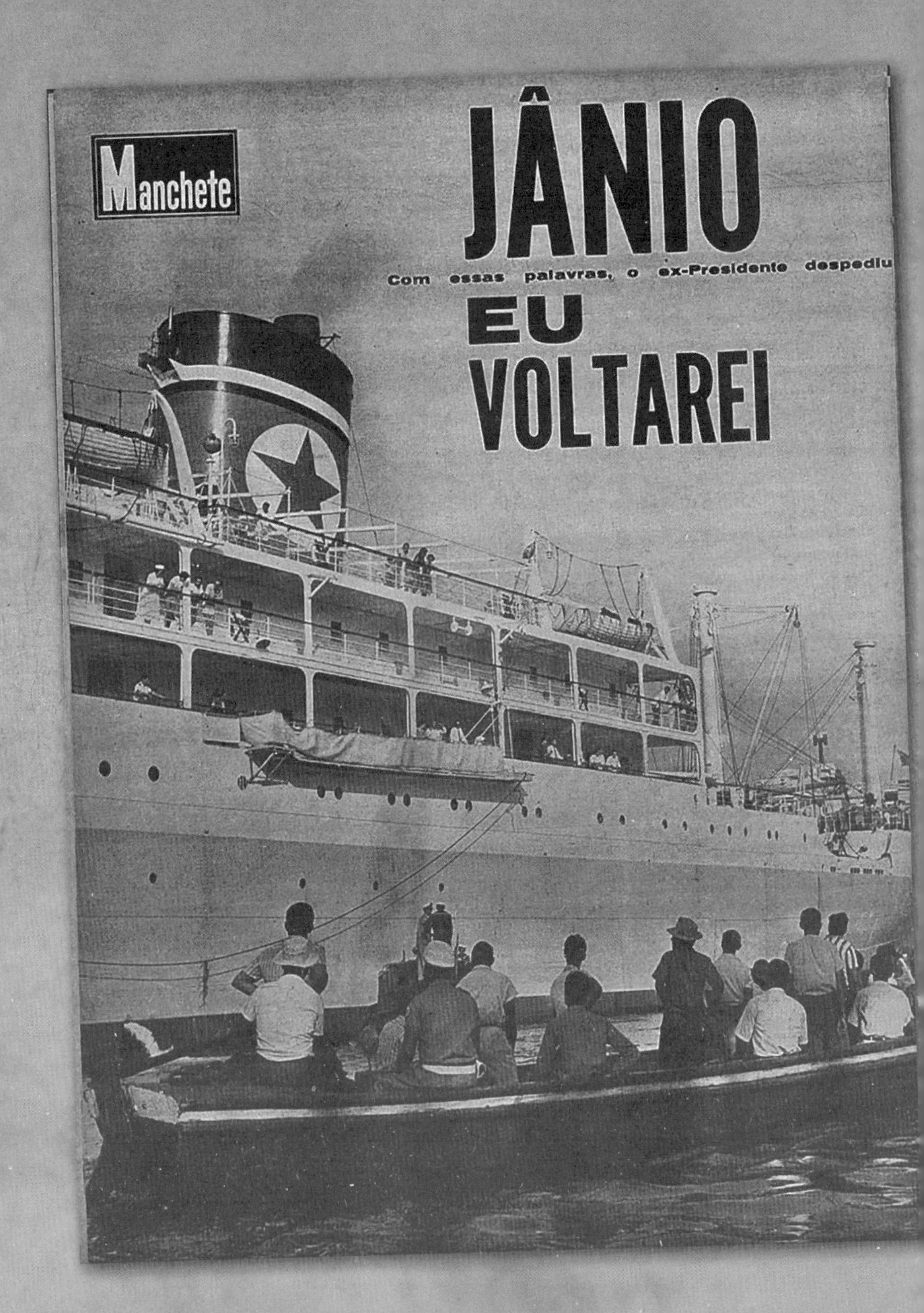

Despedida de Jânio Quadros após a renúncia
(*Manchete*, 09 de setembro de 1961)

Capítulo 12

Jânio Quadros contava que o Congresso Nacional não teria quórum para receber a renúncia numa sexta-feira. Apostava também na rejeição de João Goulart por parte do empresariado e dos militares de alta patente. O vice-presidente ainda estava em missão oficial na China, o que daria tempo para se fazer uma articulação para impedir a posse.

Auro de Moura Andrade, presidente do Senado, mandou anunciar nos alto-falantes do aeroporto de Brasília a convocação dos parlamentares para apreciar a renúncia de Jânio. Muitos deputados e senadores não haviam retornado aos seus estados em razão do depoimento que Pedroso Horta iria prestar a respeito da tentativa de golpe denunciada por Carlos Lacerda em rede de televisão.

Compareceram à sessão no Congresso Nacional quarenta e cinco senadores e duzentos e trinta deputados. Almino Affonso, líder do PTB na Câmara dos Deputados, anunciou que Jânio Quadros pretendia dar um golpe de Estado e que o partido aceitava a renúncia. Gustavo Capanema, por sua vez, defendeu que a renúncia era um ato unilateral, de maneira que não necessitava de aceitação do parlamento.

Auro de Moura Andrade, apoiado pela ampla maioria do Congresso, acatou os argumentos de Capanema e recebeu a renúncia de Jânio Quadros. Depois informou que, de acordo com a Constituição, o presidente da Câmara dos Deputados, Ranieri Mazzilli, deveria assumir a Presidência da República. Em seguida, Mazzilli tomou posse perante os três ministros militares.

A falta de esclarecimentos sobre os motivos que levaram Jânio Quadros à renúncia gerou protestos no Rio de Janeiro. Uma pequena multidão se aglomerou na Cinelândia em torno do busto de Getúlio Vargas. Tentaram invadir a *Tribuna da Imprensa*, pedindo a cabeça de Carlos

Lacerda. A embaixada dos Estados Unidos também sofreu atentado. Parecia que o país revivia a insurgência que se seguira ao suicídio de Getúlio Vargas. A grande diferença era que agora Lacerda tinha a polícia da Guanabara em suas mãos para reprimir os protestos.

Samuel Wainer deixou o Rio de Janeiro às pressas e foi se esconder em São Paulo. Em seguida, mandou a ex-mulher, Danuza Leão, com os filhos para Portugal. Wainer temia que Carlos Lacerda aproveitasse a instabilidade política e utilizasse a polícia contra sua família.

A *Última Hora* publicou um editorial pedindo calma aos trabalhadores, tentando exortá-los a ficar em casa e não aceitar provocações. O texto ainda pregava o respeito à Constituição para que João Goulart tomasse posse como novo presidente da República.

O tom moderado que o jornal adotou não foi suficiente para garantir seu funcionamento normal. Não demorou e a polícia da Guanabara comandada pelo coronel Ardovino chegou à redação da *Última Hora*. O acesso pela rua Sotero dos Reis foi interditado, e os milicos se puseram diante da entrada da sede. Ninguém entrava, ninguém saía.

Os repórteres mal conseguiam redigir, com medo de uma invasão da polícia de Carlos Lacerda. Ninguém queria ser preso com textos inacabados na máquina de escrever.

— Um oficial de Brasília acabou de me comunicar que os ministros militares não vão permitir a posse de Jango — afirmou Batista de Paula, responsável pela coluna "Plantão Militar". Ele era o repórter mais bem informado sobre os bastidores das três Forças.

— Eu não esperava outra posição dos milicos, por isso fui contra o editorial. O trabalhador tem que ocupar as ruas para garantir o cumprimento da Constituição.

— O editorial foi orientação do próprio Wainer, Marcos, e acho que ele tem razão. Se a gente incitar a desordem, o exército fecha o jornal. Tenho muitos informantes no meio militar, desde sargentos a oficiais graduados. Todos eles garantem que Jango não consegue tomar posse. Os tanques já estão nas ruas. Não há muito o que fazer.

— Tenho certeza de que Brizola não vai permitir que haja um golpe contra o próprio cunhado. Brizola é um homem de fibra, um revolucionário.

— Brizola é barulhento, mas não tem como resistir a uma investida do Ministério da Guerra. A Brigada Militar gaúcha não possui treinamento, muito menos armas, para um confronto dessa natureza. O III Exército, com sede no Rio Grande, tem o maior efetivo das Forças Armadas, são mais de cento e vinte mil homens.

— Mas o comandante pode aderir a uma resistência montada por Brizola.

— Impossível, o general Machado Lopes é um oficial muito disciplinado, não vai contrariar o ministro da Guerra. Além do mais, é anticomunista ferrenho.

— Como quase todos os gorilas das Forças Armadas.

— O general tem ainda mais motivos para odiar gente como você. Ele foi preso pelos insurgentes que formaram a Coluna Prestes, além de ter combatido a Intentona Comunista aqui no Rio. Com certeza Machado tem repulsa às ideias progressistas de Brizola.

— Não adianta, Batista. Você não vai me convencer de que tudo está perdido e de que não há nada que possamos fazer. Se for preciso, irei me juntar às trincheiras do Rio Grande.

Isabela se aproximou com um fac-símile na mão. Era uma nota do marechal Lott. Ele conclamava trabalhadores, estudantes, intelectuais e companheiros das Forças Armadas a respeitarem a Constituição e a assegurarem a posse de João Goulart.

— Temos que publicar o comunicado do marechal Lott em primeira mão.

— Acho melhor consultarmos Samuel Wainer antes — ponderou Batista. — A polícia está na porta do jornal, a publicação da nota vai ser o pretexto que eles querem pra empastelar a *Última Hora*.

— E o que faremos? Vamos ficar parados esperando se consolidar um golpe de estado?

— Marcos, você tem é que dar um jeito de sair daqui antes que seja preso — disse Isabela. — Todos conhecem a sua ligação com os comunistas.

— Não vou fugir e deixar os companheiros aqui.

— Isabela tem razão — disse Batista. — Wainer se escondeu em São Paulo, Etcheverry está na missão da China com Jango. Você é um dos poucos que estão no jornal desde a fundação. Será um alvo fácil.

Tentei convencê-los a me permitir ficar, mas acabei cedendo à pressão.

Não havia como me evadir da sede do jornal, as saídas estavam bloqueadas, e as ruas das proximidades, ocupadas por milicos. Guardei o paletó no armário e desci para a oficina. Abri a camisa de botão até próximo ao umbigo, sujei o rosto com tinta de papel recém-impresso e me misturei entre os trabalhadores; muitos não me reconheceram.

Era noite quando Isabela deixou a redação e me encontrou sentado atrás da rotativa.

— Recebi uma ligação do coronel Lauro Alves Pinto. Ele convocou você e Batista pra irem à delegacia. Perguntei qual era o motivo da visita, mas o coronel não respondeu. Ele insistiu de maneira mais agressiva. Fiquei nervosa, e na hora inventei que vocês dois estavam na sucursal de São Paulo.

— Mande o Batista se esconder aqui na oficina.

— Agora é tarde, a polícia já o levou. Procuraram por você embaixo dos birôs, nos armários, banheiros. Disseram que depois voltariam pra lhe pegar.

— Mas Batista se entregou assim? Sem nenhuma resistência?

— E o que você queria que ele fizesse, Marcos? Que se jogasse em cima dos homens armados até os dentes?

— Tem razão, Isabela, tem razão. Na verdade, Batista foi muito mais homem do que eu, que me escondi aqui feito um rato. Eu devia ter ficado na redação para enfrentar esses gorilas.

— De que adianta a sua prisão agora? Você já passou por isso, já foi torturado. Vale a pena se sacrificar por uma causa?

— Irei para Porto Alegre me juntar à resistência de Brizola.

— Não vou deixar você ser pego de novo, Marcos. As redações dos outros jornais foram invadidas. Disseram que o próximo a ser levado pro quartel será o redator-chefe do *Correio da Manhã*. O marechal Lott também foi preso.

— Diacho, já estamos numa ditadura.

— Os policiais foram embora do jornal, mas disseram que nada poderia ser publicado sem a supervisão de um milico. Vamos pra casa, antes que eles voltem. Só quem sabe onde moro é o pessoal da redação, ninguém vai entregar.

— É aí que você se engana. Na tortura não tem amigos, só dor. Todo mundo entrega todo mundo. O pessoal de Lacerda não sossegará enquanto não me pegar. A polícia vai levar Anita, vai torturá-la, vai fazer de tudo para que ela diga onde estou. Ela já passou por isso na ditadura de Getúlio Vargas, foi açoitada, foi violentada, seviciada. Não permitirei que isso aconteça de novo. Preciso tirá-la do Rio.

— Anita tem seu filho pra protegê-la. Você não tem ninguém além de mim.

* * *

O apartamento de Isabela era de apenas um quarto e ficava no edifício Rajah, em Botafogo. Eu o comprara por quinhentos e cinquenta mil cruzeiros da Predial com um dinheiro que recebera da Construtora Rabello por conseguir resolver entraves burocráticos em obras da construção de Brasília. Isabela não pedira, mas coloquei o conjugado no nome dela. Era o mínimo que eu podia fazer por ela depois de dez anos convivendo comigo.

Eu me mantive quase incomunicável no apartamento minúsculo, que não tinha televisão nem telefone. Nos primeiros dias, só conseguia notícias no início da noite, quando Isabela chegava da redação. A situação piorou. O secretário de segurança de Lacerda, general Syzeno Sarmento, determinou a invasão do jornal. Agora um censor dava expediente dentro da redação para aprovar tudo o que seria publicado.

A *Última Hora* não foi a única a sofrer com as medidas autoritárias. A rádio *Jornal do Brasil* abandonou as notícias e passou a veicular apenas músicas, e o seu impresso deixou de circular em protesto à censura. O *Diário de Notícias* foi às ruas com a primeira página em branco. Os jornais *Diário Carioca*, *Gazeta de Notícias*, *Correio da Manhã*, *A Noite* e *O Dia* tiveram edições impedidas de chegar às bancas.

Além do jornal de Carlos Lacerda, apenas *O Estado de S. Paulo* e *O Globo* apoiaram a Junta Militar e o golpe em curso para impedir a posse de João Goulart. Os editoriais não surpreendiam, os três jornais tinham um histórico de ataques à democracia.

Havia muita especulação, alarde e desinformação, porque não se podia confiar em nada do que saía na imprensa. Os censores da Agência Nacional passaram a escrever notas para dar a impressão de que estava tudo em perfeita ordem no país. Algumas notícias chegavam da imprensa de São Paulo, onde a repressão não era tão rígida. No Rio de Janeiro, nenhuma emissora transmitiu o manifesto do marechal Lott nem noticiou o movimento de resistência no Rio Grande do Sul organizado por Brizola. Até a entrevista dada por Pedroso Horta na TV Record teve a retransmissão impedida pela polícia da Guanabara.

Batista de Paula continuava desaparecido. Os repórteres da *Última Hora* se mobilizaram para impetrar quatro *habeas corpus* na tentativa de liberar o colega de redação, mas não obtiveram resultado positivo. Os tribunais negaram a liberdade com o argumento de que Batista não estava preso, pois a sua prisão não fora formalizada. Ninguém sabia sequer onde estava detido.

O apartamento de Luís Carlos Prestes, também localizado em Botafogo, foi invadido, mas ele conseguira escapar. A polícia se encontrava próximo do edifício Rajah, seria questão de tempo até me pegar. Eu deixava a porta do apartamento de Isabela fechada na chave e com um ferrolho na parte de cima. Colocava ainda uma cadeira apoiada no trinco, como se fosse capaz de impedir a polícia de entrar.

Isabela comprou no crediário da Mesbla um rádio de mesa que captava ondas curtas, médias e tropicais. Antes só havia um rádio de pilha velho que mal sintonizava a Tupi. Ela trouxe o aparelho para tentar captar a rádio improvisada por Brizola no porão do Palácio Piratini.

A Rede da Legalidade começou a ser veiculada apenas para o Rio Grande do Sul, com quatro emissoras. Mais tarde foi a cento e catorze, até alcançar quase duzentas rádios espalhadas por todo o Brasil. Com a difusão da resistência, os gaúchos começaram a ir do interior à capital, muitos a cavalo, de bombacha e lenço vermelho no pescoço. Nos dias seguintes, pessoas de várias partes do país viajaram para se juntar a Leonel Brizola.

O governador transformou o Piratini num campo de guerra, cercou o palácio com sacos de areia, armou funcionários públicos e jornalistas — muitos jamais haviam manuseado um revólver. As armas foram tomadas da fábrica da Taurus a mando de Brizola.

A Rede da Legalidade pegava com dificuldade no Rio de Janeiro, demorava a sintonizar e o som chiava — às vezes ficava quase inaudível. Depois descobri que a retransmissão fora montada por Josué Guimarães a partir de uma antena de quarenta metros em Petrópolis.

O comandante do III Exército, general Machado Lopes, negou apoio a Brizola e seguiu fiel ao ministro da Guerra. As tropas ocuparam as ruas de Porto Alegre. Em alguns lugares, quase houve confronto do Exército com a Brigada Militar. A cada chamada da Rede da Legalidade havia a tensão de que as forças do general invadissem o Palácio Piratini e provocassem um massacre dos civis.

Num final de tarde, escutei um barulho no trinco — alguém tentava abrir a porta. Perguntei quem era, mas não responderam. A cadeira na porta balançava com a força que se colocava do lado de fora. Troquei a Rede da Legalidade pelo programa de Manuel Barcelos na Rádio Nacional. Escondi os jornais e o caderno de anotações embaixo do sofá. Da janela, avistei a movimentação de carros de polícia na praia de Botafogo. O apartamento ficava no sexto andar, não tinha como escapar.

Aproximei-me mais uma vez da porta e escutei a voz de Isabela resmungando. Retirei a cadeira e abri o ferrolho. Ela estava com as mãos ocupadas com duas sacolas das Casas da Banha.

— Pensei que você não fosse abrir — disse Isabela depois de entrar e deixar as sacolas na mesa de jantar. — O mercado estava cheio de gente, as pessoas levavam de tudo, as coisas começam a faltar. Todo mundo desesperado pra abastecer as despensas. Não consegui nem comprar açúcar nas Casas da Banha da Rio Branco. A censura do governo não está fazendo efeito, o povo percebeu que o país se encontra à beira de uma guerra civil.

— Por que você veio tão cedo?

— A louca da sua mulher foi à redação. Eu já tinha avisado por telefone que você tinha ido pro Rio Grande, mas ela não acreditou em mim e foi lá ver pessoalmente. Pra não criar nenhum atrito, vim logo embora.

— Ela deve estar preocupada. Por que você não falou a verdade?

— E eu ia dizer o quê? Que você estava na casa da outra?

— Podia ter dito que me escondi na residência de um amigo.

— Ah, Marcos, até parece que você não conhece a chata da sua mulher. Ela ia me aporrinhar pra saber o local exato. Quanto menos gente tiver conhecimento do seu paradeiro, melhor. Um milico escutou o escândalo que ela fez lá. A polícia já deve estar seguindo Anita pra encontrar você.

— Vou sair pelo menos para fazer uma ligação de algum botequim da Voluntários da Pátria.

— Você não viu que a polícia e o exército estão por toda parte? Botafogo está toda vigiada por causa de Prestes. Até parece que você quer ser preso de propósito.

Isabela estava mais preocupada em me deixar longe de Anita do que com a minha segurança. Não adiantava discutir com ela, no dia seguinte eu daria um jeito de ligar para minha mulher e tentar acalmá-la.

Voltei a sintonizar na Rede da Legalidade. O locutor Lauro Hagemann anunciou que a resistência interceptara uma ordem para que os aviões da 5ª Zona Aérea fizessem rasantes sobre o Piratini e, se necessário, bombardeassem o palácio.

Brizola assumiu o microfone para um comunicado:

— *Povo de Porto Alegre, meus amigos do Rio Grande do Sul. Não desejo sacrificar ninguém, mas venha para a frente deste palácio, numa demonstração de protesto contra essa loucura e esse desatino. Venha, e, se eles cometerem essa chacina, retirem-se, mas eu não me retirarei e aqui ficarei até o fim. Poderei ser esmagado. Poderei ser destruído. Poderei ser morto. Eu, a minha esposa e muitos amigos, civis e militares do Rio Grande do Sul. Não importa. Ficará o nosso protesto, lavando a honra desta nação. Aqui resistiremos até o fim.*

Manchete

CRISE: PARA ONDE VAI O BRASIL?

Crise instalada após a renúncia de Jânio Quadros
(*Manchete*, 9 de setembro de 1961)

Capítulo 13

Carlos Lacerda permaneceu confinado no Palácio da Gua-nabara a partir do momento em que soube da renúncia de Jânio Quadros. Dispensou os funcionários que trabalhavam na sede do governo, reuniu-se com secretários e políticos da UDN. Os jornalistas foram orientados a ficar no pátio interno pra sua própria segurança. Lacerda determinou o fechamento dos portões. A partir daquele momento, só entrariam autoridades.

Rebeca estava entre os funcionários que ficaram no palácio. Trabalhava dia e noite, sem voltar pra casa. Tentei algumas vezes contato com ela, mas as ligações nunca completavam, os telefones estavam ocupados ou desligados. Fui pessoalmente por pelo menos duas vezes, porém a entrada não me foi autorizada.

Mônica estudava na escola Anne Frank, que funcionava junto ao Palácio da Guanabara. As aulas foram suspensas por ordem do governador. Ela ficou com mamãe, pra eu tentar recuperar o emprego e o prestígio, depois de ter perdido o cargo após a renúncia de Jânio Quadros.

Na redação da *Tribuna da Imprensa* não havia mais lugar pra mim. O birô e a Olivetti que eu usava eram agora ocupados por outro repórter. O jornal fechou apoio aos ministros militares e colocou a redação a serviço deles. A *Tribuna da Imprensa* reproduziu a entrevista que o marechal Odílio Denys, ministro da Guerra, deu ao *Repórter Esso*, na qual ele dizia: "Já chegou a hora de se escolher entre o comunismo e a democracia no Brasil. Pessoalmente, não sou contra o vice-presidente João Goulart. Sou contra a forma de governo que ele representa".

Além do marechal Denys, os outros dois ministros militares se empenharam em impedir a volta de João Goulart ao Brasil. Carlos Lacerda exercia influência direta sobre eles. As nomeações de Sílvio Heck pra chefe da Marinha e de Grün Moss pra Aeronáutica tiveram seu apoio.

No Rio Grande do Sul, Leonel Brizola tentava promover a baderna e o caos. Com um cigarro na boca, a Constituição em uma das mãos e uma metralhadora na outra, agia como um caudilho. Mas estava isolado. À exceção dos atos tresloucados do governador do Rio Grande, as Forças Armadas começavam a colocar ordem nas ruas, impedindo atos de agitadores.

Fidel Castro incitava os brasileiros a pegar em armas, chegou a oferecer tropas. O ditador cubano tentava implementar o comunismo aqui por intermédio de João Goulart e Brizola. Luís Carlos Prestes também devia estar envolvido na conspiração internacional. Corria nas ruas a notícia de que ele liderava a Brigada Militar de Brizola no Rio Grande do Sul.

A Junta Militar que passou a comandar o país agia com rigor. Períodos históricos extremos demandavam medidas extremas. Algumas prisões foram necessárias. O comunismo sempre se aproveitava das instabilidades dos países pra impor a desordem e tomar o poder. Foi assim na Rússia, foi assim em Cuba.

A União Nacional dos Estudantes decretou greve geral em favor de Jango. O efeito prático da paralisação era zero. Os comunistas da UNE não trabalhavam, não produziam, nem sequer estudavam. Usavam a estrutura estudantil pra pregar a subversão e usar drogas. Com medo de serem presas, as lideranças se refugiaram no Palácio Piratini, sob proteção de Brizola.

A crise não impediu a realização do jogo do Fluminense contra o Olaria no sábado à noite. Aproveitei a ausência de Rebeca pra ir ao Maracanã. O futebol me tirava da realidade. Por alguns minutos, os problemas com a família e com a situação política ficavam de lado. Era como se eu não estivesse na iminência de perder a mulher, e como se o país não estivesse numa guerra civil.

No estádio, alguns torcedores comentavam a renúncia de Jânio Quadros e a possível posse de João Goulart. Procurei ficar longe de qualquer discussão política. Tinha ido ver o Fluminense, e não homens de pouca instrução que associavam a renúncia de Jânio ao suicídio de Getúlio Vargas, como se não fossem de forças opostas.

O Fluminense iniciou bem a partida. A expulsão de Altair desorganizou a equipe. Telê precisou recuar da sua posição original na esquerda. O time passou a jogar mal. Acabou levando um gol. Com o placar em desvantagem, o Fluminense não conseguiu mais jogar. O Olaria ganhou de um a zero.

Depois da partida, fui à casa de minha mãe. Cheguei tarde da noite, mas ela não havia ido dormir. Mamãe esquentou uma sopa de músculo e cortou pão em rodelas.

— Nandinho, seu pai ainda não deu notícias. Não sei o que pode ter acontecido. Você não consegue ver com o pessoal de Lacerda se ele não foi detido nessa onda de prisões?

— Ele se colocou nessa situação de risco porque quis, vai ter que arcar com as consequências. Meu pai se juntou aos piores radicais hoje em atuação. Brizola quer dar um golpe e tornar o Brasil uma ditadura comunista. Os militares não permitirão, o povo não permitirá, e eu não ficarei de braços cruzados vendo esses vagabundos tomarem conta do país.

— Estou preocupada com Marcos, meu filho. Tenho acompanhado as notícias pela rádio do Brizola, e as coisas não estão boas. O Exército vai massacrar os gaúchos.

— A última notícia que eu soube é que o marechal Odílio deu a ordem pra bombardear o Palácio Piratini.

— E se o seu pai estiver lá dentro?

— Nós dois sabemos que meu pai nunca teve vocação pra ser herói. No primeiro disparo, dará um jeito de se esconder nos porões do palácio. O melhor mesmo seria a prisão dele, pelo menos não correria o risco de ser vítima de alguma bala.

— Marcos não tem mais idade pra essas extravagâncias. Comunismo é coisa de jovem de cabeça vazia, parece que seu pai não vai amadurecer nunca.

— Ou está vendo uma oportunidade de ganhar algo com isso tudo. Meu pai não é ingênuo, mamãe. A turma do PTB deve ter prometido algum emprego pra ele caso Jango tome posse. Mas dessa vez ele não vai se dar bem. Se Jango pisar no Brasil, será preso.

Mamãe foi à cozinha e abriu uma garrafa de Antarctica. Ela não costumava beber, mas sempre que ficava nervosa tomava as cervejas que comprava pra meu pai.

— Lacerda está articulando a destituição de Jango, antes que ele tome posse. Juracy Magalhães deve deixar o governo da Bahia e assumir a presidência numa eleição indireta. Com uma saída constitucional, o terrorismo de Brizola cai por terra, e a questão se resolve sem confronto.

— E como você vai ficar nessa história toda sem o emprego de Jânio?

— Quando acabar essa confusão toda, Lacerda deverá me colocar pra trabalhar no novo governo em Brasília. De qualquer forma, Rebeca está empregada, já dá pelo menos pra pagar as contas.

— Aqui em casa sempre terá espaço pra você e pra Mônica. Rebeca pode voltar pra Vassouras ou ficar na casa dos pais dela aqui no Rio.

— Não precisa se preocupar comigo, sei me virar. Eu e Beca já enfrentamos muita coisa, e vamos sair dessa juntos.

* * *

Mesmo com todo o aparato do Exército pra reprimir a subversão de Brizola, a desordem venceu. Os dezesseis jatos Gloster Meteor, que estavam prontos pra bombardear o Piratini, não decolaram. Os sargentos da FAB integrantes da 5ª Base Aérea esvaziaram os pneus dos caças e puseram dois caminhões de bombeiros na pista, impedindo a decolagem.

O general Machado Lopes, comandante do III Exército, aderiu a Brizola e deixou de obedecer às ordens do Estado-Maior do Exército. O ministro da Guerra nomeou o general Cordeiro de Farias pra assumir as tropas, mas ele não conseguiu se deslocar pro Rio Grande. Houve uma quebra de hierarquia dentro das Forças Armadas, e a Junta Militar perdeu o controle da situação.

Em Goiânia, o governador Mauro Borges Teixeira tentou montar um núcleo de subversão nos moldes de Leonel Brizola. Mas ele só contava com trezentos policiais mal armados. Tinha mais potencial de fazer barulho do que de enfrentar as tropas concentradas em Brasília, a poucos quilômetros.

Vendo a possibilidade de uma guerra civil, os caciques do PSD começaram a articular uma saída sem rupturas. O Diretor Nacional do partido, Amaral Peixoto, deu apoio à posse de João Goulart. A união do PTB com o PSD mais uma vez levaria o país à derrocada.

As eleições de Jânio Quadros tinham sido um sopro breve de esperança. O caudilhismo voltaria ao poder com sua figura mais nefasta. João Goulart representava o retorno de Getúlio Vargas, com todo o peleguismo e corrupção, agravados por sua aproximação com os comunistas.

No início da noite de sexta, o *Repórter Esso* anunciou a renúncia de João Goulart. Ser jornalista sem um veículo de comunicação me deixava de mãos atadas. Tentei confirmar a notícia em outras emissoras, mas não obtive informações. Seis governadores estavam reunidos no Hotel da Glória. Deviam articular a indicação de Juracy Magalhães pra assumir a Presidência da República.

Liguei pra redação da *Tribuna da Imprensa*, e Sérgio Lacerda disse que não tinha maiores detalhes sobre a renúncia de Jango, mas parecia otimista. Prometeu que em breve eu teria de novo o emprego em Brasília. Quando falei que queria voltar pro jornal, ele desconversou e desligou o telefone.

Procurei na geladeira e nos armários da cozinha algo pra comer. Não havia nada. Rebeca havia abandonado nossa casa desde o início da crise. Encontrei apenas metade da garrafa de Dimple. Abri a tampa, senti o cheiro de álcool; o uísque era a bebida que eu mais consumia antes de virar abstêmio. Tomei um gole e guardei a garrafa.

De madrugada, a rádio noticiou a aprovação da emenda constitucional adotando o parlamentarismo no país. João Goulart iria tomar posse com poderes reduzidos, o presidente da República nomearia o primeiro-ministro e o Conselho de Ministros.

Busquei o Dimple no armário e um copo americano. Bebi a metade da garrafa escutando a rádio. Depois que acabou, procurei por mais bebidas perto de casa em Laranjeiras, mas os botecos estavam todos fechados. Àquela hora, só devia encontrar uísque nos inferninhos de Copacabana. Peguei a chave do Impala e saí.

Manchete

OS 10 DIAS QUE ABALARAM O BRASIL

JANGO A BRIZOLA: "MINHA MISSÃO É DE PAZ E ESPERANÇA"

Com apoio de Brizola, Jango consegue tomar posse
(*Manchete*, 14 de setembro de 1961)

Capítulo 14

Eu acompanhava as notícias pelo rádio quando a vizinha de porta, dona Odete, tocou a campainha e chamou por meu nome. Disse que tinha uma ligação. Isabela costumava dar o número da vizinha para emergências. Sem abrir, avisei que ela não estava em casa, mas dona Odete disse que era Isabela que queria falar comigo.

Fechei os três últimos botões da camisa e fui atender. Isabela contou que Fernando sofrera um acidente. Ficara um dia internado no hospital Miguel Couto, mas já estava em casa aos cuidados de Anita. Isabela tentou me tranquilizar dizendo que ele só quebrara um braço, e pediu que eu continuasse no apartamento. Respondi que permaneceria escondido, mas assim que desliguei o telefone fui embora.

Quando cheguei em casa, encontrei Moniquinha sentada no chão da sala, com as pernas em W, junto à vitrola. Ela escutava *A Noite do Meu Bem*, de Dolores Duran. Os jovens deixaram de lado o samba-canção depois da bossa nova, mas minha neta gostava de se espelhar em mim. Eu ouvia o LP *A Música de Dolores* quase todos os dias desde o lançamento do disco no final de 1959.

— Cadê seu pai? — perguntei.

Moniquinha se assustou, não percebera minha chegada. Chamei-a para me dar um abraço, mas ela não veio. Sempre que passava uns dias longe dela, eu tinha que fazer todo um processo de reaproximação.

— Você gosta de Dolores Duran?

Ela fez que sim com a cabeça.

— Sabia que o vovô conheceu Dolores?

Moniquinha não respondeu.

— Eu acompanhava Dolores Duran desde quando ela cantava no Vogue, no início de carreira. Qual a música que você gosta mais?

Moniquinha trocou o lado do LP e colocou *Fim de Caso*.

— Ai, ai, você é uma graça, Moniquinha. Essa música não é para meninas da sua idade. Ainda bem que você não entende a letra.

— A música é sobre um casal que está se separando, que nem o papai e a mamãe.

— Seus pais não vão se desquitar. Não fale besteira.

— Quando eu escuto *Por Causa de Você*, me lembro do senhor e da vovó.

— Chega, menina. Você não vai mais escutar essas coisas.

Tirei o disco da vitrola e guardei na capa.

— Vovô, o senhor me leva pra conhecer Dolores Duran?

— Ela já morreu, Moniquinha, ela já morreu.

— De quê?

— Do coração.

— O senhor ficou triste?

— Muito, muito. No dia em que ela morreu, eu ia vê-la cantar no Little Club.

Minha neta ficou calada por alguns segundos. Eu tinha certeza de que estava com mais três ou quatro perguntas engatilhadas.

— O senhor acha que ela está no céu?

— Essa coisa de céu e inferno não existe. Ela morreu e pronto, acabou.

— Pai! — gritou Fernando.

Conversando com minha neta, eu tinha me esquecido dele. Meu filho estava deitado no quarto, com o braço direito engessado, um corte no lábio superior e um galo roxo na testa.

— Não quero o senhor ensinando coisas erradas pra minha filha. Ela é devota de Nossa Senhora Aparecida, e faço questão de que permaneça no caminho de Deus.

— Tudo bem. Se você, que é o pai, prefere contar historinhas bíblicas para explicar a morte, quem sou eu para desmentir?

— Sua aversão à religião é uma péssima influência pra ela. Não estranhe se eu proibir o senhor de vê-la novamente.

— Tudo bem, tudo bem, prometo não me meter mais nessas questões. O que aconteceu com você, meu filho?

— Tive uma recaída. Tomei um resto de uísque guardado lá em casa. Depois que acabou, saí pra comprar mais. Eu me desacostumei de beber, fiquei tão fora de mim que nem lembro como bati o carro. Só sei que foi lá perto do Beco das Garrafas.

— Essas coisas acontecem. Eu também já fiz muita bobagem por causa da bebida. O problema é que você deixou de beber e voltou com muita sede ao pote. Quando melhorar da ressaca moral, tome uma dose de uísque pelo menos um dia sim outro não para não perder o costume.

— Juro por Deus que eu nunca mais bebo na minha vida. Isso foi coisa do diabo, que se aproveitou de um momento de fraqueza pra me atentar. Não vou mais deixar que os problemas do trabalho e da política me levem de volta pros vícios.

Anita entrou no quarto.

— Resolveu aparecer em casa agora, Marcos?

— Estava me escondendo da polícia.

— Poderia ter avisado à família, pelo menos. — Anita deu um copo de água e um comprimido de Anador a Fernando. — Mônica há mais de uma semana escuta o mesmo LP pra matar a saudade de você.

— Todos os telefones estavam grampeados. Eu não podia arriscar.

— Onde o senhor estava escondido? — Fernando quis saber.

— Não posso falar, ainda tem muita gente em risco.

— Vocês ganharam, meu pai. Jango já está com a posse marcada. Agora vamos assistir ao país virar uma república sindicalista, como o senhor sempre desejou.

— Onde está Rebeca? — tentei mudar de assunto.

— Essa aí nem pisou nesta casa. Está mais preocupada com o Impala marrom-metálico de capota creme — disse Anita em tom de deboche.

— Não é bem assim, mamãe. O carro tinha um valor afetivo pra ela, foi presente do pai. Assumo a culpa, ela tem toda razão de estar com raiva.

— Nandinho, nada é mais importante do que sua vida. Aquela mulher não se preocupa nem com você nem com a filha.

— Tá bom, mamãe. Não vou deixar a senhora ficar falando mal de Beca na minha frente. Vou voltar pra casa. E Mônica vai comigo.

— E quem cuidará de vocês, Nandinho? Rebeca está enfurnada no Palácio da Guanabara. Aqui pelo menos eu e seu pai podemos ajudar.

Fernando ensaiou se levantar, mas sentiu uma dor no braço e voltou para a cama.

* * *

Isabela ligou para minha casa por três dias seguidos. Quando Anita atendia, ela desligava. Nas poucas vezes em que eu conseguia falar com ela, pedia para ter paciência, eu não podia voltar para o apartamento depois de ter passado tantos dias fora. Mas ela me chamava de ingrato, de frouxo, de filho da puta. Em seguida, batia o telefone em minha cara.

Voltei a trabalhar na *Última Hora* no dia da posse de João Goulart. Isabela me ignorou durante todo o expediente. Para se vingar, espalhou que eu me escondera na casa da mulher, enquanto muitos jornalistas estavam sendo presos. Disse que Anita encenara meu desaparecimento na redação para eu posar de herói.

Batista de Paula foi recebido no jornal com euforia depois de passar quatro dias na prisão. Ele escreveu uma matéria sobre as arbitrariedades cometidas pela polícia de Carlos Lacerda. Etcheverry também passou o dia cercado na redação, repetindo a história de como informou a Jango da renúncia de Jânio Quadros em Cingapura.

Senti alguma hostilidade dos colegas comigo, principalmente entre os que não me conheciam de longa data. Alguns riam quando passavam por mim. Os companheiros que acompanhavam minha carreira desde o início da fundação da *Última Hora*, como Octávio Malta, João Etcheverry e o próprio Samuel Wainer, sabiam que eu fazia parte da velha guarda comunista, sabiam que eu sonhava com a revolução todos os dias, sabiam que eu não era covarde.

Eu me arrependia de ter dado ouvidos a Isabela, devia ter ficado na redação para enfrentar os milicos, nem que fosse para ser preso como Batista de Paula. Tenho história de resistência no Partido Comunista, enfrentei a ditadura de Getúlio Vargas, fui torturado, jamais delatei um companheiro. Depois de velho, passei a ser motivo de troça por parte de focas que nunca levaram um choque no ânus ou na uretra.

Além da edição tradicional, tivemos que preparar uma extra para cobrir a posse do presidente em Brasília. A segunda edição do jornal chegou às bancas às dezoito horas, as pessoas se amontoaram para comprar nas bancas da Central e da Cinelândia. Em Copacabana, os moleques venderam nas filas do cinema. Em geral, os cariocas ficaram satisfeitos com o desfecho da crise, apenas alguns lacerdistas continuavam defendendo o golpe nas ruas.

Depois do expediente, chamei Isabela para tomar uma cerveja comigo no Amarelinho, mas ela mandou convidar minha mulher. Etcheverry, me vendo cabisbaixo, me chamou para beber com ele.

— Isabela tá chateada comigo porque passei os últimos dias na casa de Anita — eu disse depois de tomar o primeiro copo de Antarctica. — O que ela queria? Que eu me separasse da mulher?

— Isabela quer você só pra ela. Um dia você terá que resolver isso.

— O que ela falou de mim na redação enquanto estive fora? Me chamou de covarde, né?

— Escutei ruídos, mas não vou me meter mais nessa questão. Há dez anos acompanho idas e vindas entre vocês. No final, os dois sempre se ajeitam.

— Não quero mais negócio com ela. Me humilhou na frente dos colegas. O que Isabela não falou foi que eu fiquei escondido por orientação dela própria.

Etcheverry pediu mais uma cerveja e um maço de Hollywood ao garçom. Depois trocou de assunto:

— Você sabe que fui eu que dei a notícia da renúncia a Jango, né?

Respondi que sim, mas Etcheverry repetiu a mesma história que havia contado dezenas de vezes na redação.

— Raul Ryff me acordou de madrugada no hotel de Cingapura pra falar da renúncia de Jânio Quadros. Ele sem camisa e eu descalço fomos acordar Jango. Quando ele abriu a porta do quarto, eu disse: "Desperta bem despertado: o Jânio renunciou, e agora tu és o presidente".

— Presidente pela metade, né?

— Melhor aceitar o parlamentarismo do que sofrer uma deposição, ou o país entrar numa guerra civil. A pressão pra que Jango renunciasse foi grande. Carlos Jereissati foi a Paris pra tentar adiar o retorno do presidente ao Brasil. San Tiago Dantas chegou a sugerir a renúncia pra evitar o fechamento do Congresso Nacional. Pensei que Jango não fosse tomar posse.

— Mas não deixou de ser um banho de água fria, principalmente para quem arriscou a vida ao lado de Brizola. Agora quem vai tomar conta do país são os mesmos caciques de sempre do PSD. Dizem que quem assumirá como primeiro-ministro será Tancredo Neves.

— Pelo menos conseguimos acalmar as coisas no Brasil. Os milicos voltaram pra caserna, e os golpistas civis perceberam que Jango não tem nada de comunista.

— Aí é que você se engana. Os militares nunca estiveram tão perto de tomar o poder, nem mesmo na época do suicídio de Getúlio. Não demora, e eles colocarão os tanques nas ruas de novo, com o apoio da burguesia brasileira e de gente como Carlos Lacerda.

Nelson Rodrigues chegou ao Amarelinho e se sentou a duas mesas da nossa. Quando nos viu, acenou com a mão. Em seguida, Isabela chegou e foi se juntar a ele. Ela fingiu que eu e Etcheverry não estávamos lá. Nelson pediu uma dose de J&B, e Isabela, um martíni.

— Ela sabia que eu estava aqui, veio só para me provocar. E o patife do Nelson? Veja a cara de tarado dele, comendo os peitos de Isabela com os olhos. Eu vou tirar satisfação com esse filho da puta.

— Calma, Marcos. — Etcheverry segurou meu braço. — Você não é casado com Isabela. Ela tem o direito de fazer o que quiser da vida.

Eu me desvencilhei de Etcheverry e fui lá.

— Vamos agora comigo, Isabela, antes que eu faça uma besteira aqui.

— O amigo está nervoso? — indagou Nelson com a serenidade de canalha que ele costumava manter em todas as situações.

— Cale a boca, seu bosta, senão eu quebro sua cara.

— O que é isso, Marcos? — disse Isabela — Acabamos de chegar da apresentação de *Beijo no Asfalto* no Ginástico.

— Você já assistiu à merda dessa peça umas dez vezes, Isabela.

— Eu não tenho que dar satisfação da minha vida pra você, deixe a gente em paz.

— É melhor irmos beber em outro lugar. — Nelson tirou uma nota da carteira e deixou sobre a mesa.

— Sim, vamos pro meu apartamento. — Isabela pegou a mão de Nelson Rodrigues, e eles saíram.

— Vou matar Nelson amanhã na redação. — O cigarro tremia entre meus dedos.

— E você não está sabendo? Ele vai sair da *Última Hora*, não está mais nem indo trabalhar — disse Etcheverry.

— Vai pro *Globo*?

— Não, *Diário da Noite*, e ainda vai levar a coluna "A Vida como Ela É". Ele vai se juntar a Stanislaw Ponte Preta e Antônio Maria.

— Filho da puta, mais um motivo para eu dar uma surra nele. Você não devia ter me impedido.

DURANTE ALGUNS DIAS PÔRTO ALEGRE DEIXOU DE SER "CIDADE SORRISO" PARA SER PRAÇA DE GUERRA

NAS PRAÇAS CENTRAIS DA CAPITAL GAÚCHA, AS TROPAS DO III EXÉRCITO ATESTAM COM CARROS DE ASSALTO E CANHÕES A

Imagens da Campanha da Legalidade no Rio Grande do Sul
(*Manchete*, 14 de setembro de 1961)

Capítulo 15

Fiquei com receio de voltar pra minha casa depois do acidente. Beca aceitava minhas bebedeiras no início do casamento, mas agora ela era uma mulher mudada, trabalhava fora, não cuidava mais da filha, não cumpria os deveres conjugais. Rebeca não foi me visitar durante a convalescença, só falei com ela uma vez por telefone. Ela não perguntou sobre o Impala, mas percebi por seu tom de voz que ainda não tinha me perdoado.

Mamãe não queria que eu fosse embora. Ela preparava todas as minhas refeições, comprava os jornais do dia, lembrava os remédios. Só saía de perto de mim quando ia pra casa de dona Bianca e Emanoel no começo da noite. Eu ficaria mais tempo com ela se não fosse meu pai. Ele fazia questão de falar dos projetos políticos de João Goulart pro país, criticava os militares e Carlos Lacerda, me provocando a todo momento. Chegamos a discutir algumas vezes.

Eu também não concordava com os valores que ele transmitia pra minha filha. Meu pai ensinava os conceitos de burguesia, luta de classes, imperialismo norte-americano. A menina parecia prestar atenção, mas não entendia nada. Só tinha seis anos. Até que um dia o flagrei dizendo que a religião era o ópio do povo. Arrumei as coisas e voltei com Mônica pra nossa casa.

Beca nos recebeu com frieza, não demonstrou saudade nem de mim nem da filha. Minhas roupas agora estavam todas no quarto de Mônica. Deduzi que eu não dormiria mais com ela a partir daquele dia. Pedi desculpa pelo acidente, expliquei que o Impala estava na oficina e que em duas semanas ficaria pronto. Ela disse que não se importava com o carro, o que a preocupava era o fato de eu sempre fazer merda depois que bebia. Prometi por Nossa Senhora Aparecida que não beberia mais, mas ela não me deu ouvidos e saiu pra trabalhar.

Eu sabia que não bastava parar de beber, tinha que arrumar um emprego. Beca não ia sustentar um marido encostado. Ela não valorizava o tempo que eu dispendia em atividades domésticas, em cuidados com Mônica. Em casa, a menina mal abria a boca, mas, ainda assim, era um estorvo, comprometia os horários e atrapalhava os compromissos. Eu a deixei de novo na casa de mamãe, com a recomendação de que meu pai não se aproximasse dela.

Sem ajuda de Rebeca, consegui uma reunião com Carlos Lacerda no Palácio da Guanabara. Pedi o meu emprego de volta na *Tribuna da Imprensa*, mas ele prometeu algo melhor. Um grupo de empresários iria criar um instituto pra combater ideias comunistas no Brasil. Ele disse que indicaria o meu nome ao banqueiro João Batista Leopoldo Figueiredo, que era seu amigo e estaria à frente da organização, que se chamaria IPES.

Dois dias depois, recebi uma ligação pra uma entrevista com o presidente do instituto. João Batista me recebeu no vigésimo oitavo andar do Edifício Avenida Central. O local era amplo, quatro salas comerciais conjugadas. Ainda estava em reforma, com trabalhadores montando a instalação elétrica e os móveis.

— Não posso oferecer um café, porque ainda estamos sem copa. Mas um uísque não pode faltar — disse João Batista, servindo dois copos de Chivas.

Pensei em recusar a bebida, mas fiquei com medo de causar uma má impressão.

— O setor empresarial está apreensivo com o governo de João Goulart. O Brasil nunca foi amigável aos negócios, agora o país pode ir pro buraco de vez. O presidente fez a carreira política seguindo os passos de Getúlio Vargas, com demagogia, peleguismo, aproximação com os comunistas. Já estão falando em greve, décimo terceiro salário. Eu achava que Jânio Quadros ia colocar o país nos eixos, mas foi uma decepção.

— Eu trabalhei oito meses no governo de Jânio e posso garantir que ele é um tresloucado.

João Batista riu.

— E pensar que estivemos a um passo de impedir essa tragédia. A Junta Militar podia ter permanecido no poder até entregá-lo aos civis nas próximas eleições. Sabe por que não deu certo?

Eu achava que era uma pergunta retórica, mas ele ficou aguardando a minha resposta.

— Os militares deviam ter bombardeado o Palácio Piratini, prendido Jango assim que pisou no Brasil, fechado o Congresso Nacional — eu disse. — Faltou pulso, e isso abriu espaço pra agitação correr solta.

— As coisas não funcionam de maneira tão simples assim. Nós tínhamos o apoio da caserna, mas não tínhamos o apoio das ruas. Brizola conseguiu mobilização popular, com um discurso demagógico. Aí, os deputados fizeram os cálculos políticos e perceberam que a ruptura podia ser traumática. Agora sabemos que é preciso formar uma base ideológica, antes de tudo. Temos que abrir a mente das pessoas. O brasileiro não sabe votar, não sabe tomar decisões importantes. O povão precisa de pessoas esclarecidas que possam indicar um caminho pro país. Por isso, estamos organizando o IPES.

João Batista bebia rápido o uísque. Eu estava ficando tonto ao tentar acompanhá-lo.

— O instituto promoverá uma campanha constante contra o avanço do comunismo no Brasil, divulgará os benefícios de uma sociedade libertária e capitalista, impedirá os avanços do caudilhismo de João Goulart — prosseguiu. — Empresários, políticos, militares de alta patente da Escola Superior de Guerra, alguns órgãos de imprensa, muitos já se comprometeram com a criação do IPES. Não posso falar em nomes ainda, mas vamos abrir o instituto simultaneamente em São Paulo e aqui no Rio com uma entrevista coletiva.

— Ter o apoio da imprensa será fundamental.

— Por isso mesmo que convidei você pra esta conversa de hoje. Eu preciso de uma pessoa que produza notícias no IPES e faça a distribuição pra rádio, jornal e televisão. Vamos fazer inserções também nos cinemas, antes de os filmes começarem. Carlos Lacerda recomendou fortemente seu nome. E eu confio no governador. Quero saber se posso contar com você.

— Eu trabalharia até de graça pra combater a corrupção da esquerda no Brasil.

— Posso garantir que você terá um salário melhor que aquele que o governador lhe pagava na *Tribuna da Imprensa*.

João Batista me adiantou um cheque pré-datado de vinte mil cruzeiros pelo trabalho que eu iria começar a realizar a partir de janeiro de 1962. Aproveitei o dinheiro pra retirar o Impala da oficina. O carro estava pronto havia três dias, mas eu não tinha como pagar. O conserto custou dez mil. Negociei com o gerente o pagamento de doze mil pra receber o troco de oito mil em espécie.

Aproveitei o telefone da oficina e liguei pra Rebeca. Queria contar do novo emprego e chamá-la pra comer na Cantina Romana, seu restaurante preferido. Como ela não atendeu, resolvi jantar sozinho. Um espaguete com uma Coca-Cola não iria custar mais do que duzentos cruzeiros.

Baixei a capota do Impala e entrei na avenida Atlântica. Havia muita gente na praia e nos bares. O Rio começava a receber os turistas de fim de ano. Estacionei o carro na Nossa Senhora de Copacabana, mas a Cantina Romana tinha fila de espera. Eu precisava chegar cedo em casa, antes de Rebeca dormir. Atravessei a avenida e entrei num boteco que costumava frequentar nos tempos de boemia.

Sentei-me a uma mesa da calçada. Pedi um picadinho e uma Coca-Cola com gelo e limão. Usei o telefone do boteco pra ligar pro escritório de Carlinhos. Em menos de quinze minutos ele chegou.

— Está relembrando os tempos em que a gente bebia nos botequins?

— Você sabe que não bebo mais desde que...

— Sei, sei — Carlinhos me interrompeu. — Mas sei também que você tomou um porre uns dias atrás e bateu o carro. Dona Anita contou tudo pra minha mãe. Hoje não aceito nenhum tipo de desculpa familiar ou religiosa, nós vamos beber, e eu é que vou pagar.

— Se eu tivesse estudado pra ser advogado, como você, não viveria nessa pindaíba.

Ele pediu uma garrafa de Old Parr, dois copos e um balde de gelo. Carlinhos se sentia bem em esbanjar. Desde a época de estudante, pagava todas as contas e fazia questão de minha companhia. Eu tinha me afastado dele, porque Beca não o considerava uma boa amizade, atribuía a ele a dificuldade que eu tinha pra parar de beber.

— Como está seu Marcos? — Carlinhos quis saber. — Dona Anita está sempre na casa de meus pais, mas ele nunca aparece.

— Meu pai continua vivendo no mundo dele, em meio a comunistas e com a piranha da Isabela.

— Achava que ele já tinha largado aquela mulher. Espero que você não se chateie. Mas seu Marcos é o típico comunista *bon vivant*, reclama da burguesia, da exploração do trabalho, mas adora apreciar uma bebida boa e um rabo de saia.

— Sou contra o desquite, o que Deus uniu o homem não separa, mas ele bem que merecia que mamãe o largasse.

Carlinhos tirou uma carteira de Kent, acendeu o cigarro com um isqueiro cromado e virou seguidos copos de uísque.

— Fernando, considero você o grande amigo da vida. Eu vou lhe confiar um segredo, mas peço que não conte pra ninguém. Meus pais ainda não sabem. Minha mãe também está doente, não sei como ela reagiria.

— Você sabe que pode contar comigo, sempre.

— Estou me desquitando de Alessandra. Saí de casa já faz uma semana.

— O casamento é algo muito difícil, meu amigo. Eu mesmo já pensei em me separar mil vezes de Beca. Mas a família é uma instituição sagrada, é uma graça de Deus. Tenha fé que esse momento vai passar. Volte pra casa, converse com Alessandra, tenho certeza de que vocês vão se acertar.

— Você não está entendendo, não tem mais volta. Alessandra me traiu. Me traiu com meu sócio.

— Para de imaginar coisas, Carlinhos. Eu conheço Alessandra, ela é uma mulher de igreja, cansei de vê-la comungando na missa. Duvido que seria capaz de fazer uma coisa dessa.

— Fazia um tempo que eu desconfiava. Ela estava muito relapsa com a casa, com os filhos, não me dava mais atenção. Eu não conseguia mais comer a própria mulher, porra. Sempre tinha uma desculpa. Na terça-feira passada, depois do almoço, ela estava arrumada, perfumada, disse que ia fazer umas compras no centro. Em vez de ir trabalhar, passei o dia vigiando Alessandra de dentro do carro na Viveiros de Castro. Ela desceu do apartamento e veio a pé se encontrar com o safado aqui, na Nossa Senhora de Copacabana. Segui os dois e descobri que eles têm uma *garçonnière* no Flamengo.

— Mas você tem certeza de que eles estão mesmo tendo um caso?

— Ah, Fernando, eu não quis conferir o que eles faziam na *garçonnière*... Voltei pra casa, peguei minhas coisas e fui morar em Ipanema, num apartamento que comprei recentemente. Alessandra não sabia desse imóvel, nem de outros. Quase tudo que tenho está em nome de meu pai.

O meu picadinho chegou, mas perdi o apetite.

— Vou deixar pra ela o apartamento da Viveiros de Castro, o único no meu nome. Também saí do escritório sem falar nada pro meu sócio, levei os clientes e deixei as contas pra ele. Estou abrindo uma banca de advocacia sozinho na Rio Branco. Nenhum dos dois veio me procurar até agora, devem saber que eu descobri a traição.

— Neste momento, é melhor evitar qualquer contato pra não ter briga, até porque vocês têm dois filhos juntos.

— Ana Amélia se parece comigo, mas Carlos Filho tenho certeza de que não é meu. Ele não tem nada a ver com ninguém da minha família. Eu não tive sorte no casamento como você, meu amigo.

— Graças a Deus, não tenho motivos pra desconfiar de Beca. É uma mulher dedicada à família, ótima mãe, devota de Nossa Senhora Aparecida. Ultimamente começou a trabalhar fora pra ajudar nas despesas. Mas a vida dela é do trabalho pra casa.

— Você acredita que Alessandra chegou bêbada uma noite dessas? Fui tirar satisfação e ela falou que estava bebendo na sua casa com Rebeca.

— Isso eu posso garantir que não é verdade. Beca nem de bebida gosta.

— Claro. A piranha já estava me traindo e usou sua mulher como álibi.

O dono do boteco trouxe a conta e começou a recolher as mesas da calçada.

— Vamos terminar esta conversa no Beco das Garrafas.

— Não posso, Carlinhos, já bebi demais. Acabei de tirar o Impala da oficina, não quero bater de novo.

— Pode deixar o carro aí. Vamos no meu.

— Beca ainda tá chateada comigo. Acho melhor não abusar.

— Nunca deixe de fazer nada por causa de mulher. Desperdicei anos de vida por causa da minha. Garanto a você que não valeu a pena. — Carlinhos levou a garrafa de uísque e passou a beber no gargalo.

Não tinha muita gente no Beco das Garrafas, a maioria dos bares já havia fechado. Carlinhos queria entrar no Bottle's, mas só o *couvert* custava quinhentos cruzeiros. Iríamos passar pouco tempo, pois muitos clientes já estavam indo embora. Ele quis pagar, mas não aceitei.

Carlinhos foi me empurrando bebida pra eu não querer ir embora. Depois me convenceu a buscar garotas de programa na Galeria Alaska. Lá, ele me apresentou uma travesti magra e alta, chamada Nega Huga.

— Vê o que consegue pra gente hoje, Huga. De preferência duas novinhas.

— Ih, essa hora vai ser difícil, todas tão com clientes. Se tivessem me procurado mais cedo, conseguia duas *show girls* do Teatro Follies.

— Eu pago bem, Huga, você sabe. — Carlinhos pegou trezentos cruzeiros do bolso e colocou no meio do sutiã dela.

— Pera, acho que Valeska tá desocupada. Ela parece uma menininha que acabou de menstruar.

— Pode ir, Carlinhos. Não vou fazer sexo com uma criança que tem idade pra ser minha filha. Isso não é de Deus.

— Ela já tem dezoito, só o corpinho que ainda é de criança. Vocês querem que eu peça algo a Lulu Maconha? Cocaína, lança-perfume, baseado?

Carlinhos recusou.

Nega Huga nos levou a um apartamento de dois quartos na Prado Júnior. Valeska dormia no sofá da sala quando chegamos. Usava um pijama rosa de algodão, cheio de fiapos. Era magrinha, tinha mesmo corpo de criança.

— Vá se arrumar que tem cliente — disse Nega Huga, acordando a menina com uma tapa na cabeça. — Agora vou deixar vocês à vontade, mas faltam trezentos cruzeiros do seu amiguinho aí. Comer uma delicinha dessa idade não sai por menos de seiscentos.

Carlinhos pagou o valor restante do programa.

Depois que Nega Huga foi embora, Valeska nos chamou pra entrar no quarto. Tinha colocado um batom vermelho e trocado o pijama por um *baby-doll* preto barato. Parecia uma menina usando maquiagem e roupas da mãe. Carlinhos colocou o pau pra fora e a mandou chupar. Ela prendeu o cabelo com uma liga, segurou o pênis meia-bomba dele e colocou na boca.

— Vai, Fernando, come a bunda dela.

Eu só queria ir embora daquele lugar, mas tinha deixado o carro em frente à Cantina Romana. A bebida começava a me dar um mal-estar, vontade de vomitar as duas colheradas de picadinho que tinha jantado. Saí do quarto e fui me deitar no sofá da sala.

— Agora é sua vez — gritou Carlinhos do quarto. Ele não tinha demorado nem cinco minutos, eu apostava que havia brochado.

Não respondi, mas ele veio me chamar, sem roupa.

— Quero que você me leve pra casa, Carlinhos. Já demorei demais.

— Não vou deixar você perder essa oportunidade. A menina está peladinha no quarto esperando você. Levanta desse sofá que agora eu vou descansar. Se eu tiver pique, depois vou comer a gostosinha de novo.

Valeska, deitada na cama, fazia uma trança com os fios dos cabelos. Fiquei parado na porta. Percebendo que eu não sairia do lugar, ela se aproximou, tirou meu cinto e pegou no meu pau. Estava murcho. Ela começou a me beijar na boca e a friccionar embaixo com a mão. O pau não enrijecia, e começava a doer. Senti um cheiro de água sanitária nela e fiquei com a sensação de estar com o esperma de Carlinhos na boca. Empurrei a menina e cuspi no chão.

— Que idade você tem?

— Dezoito.

— Pode falar a verdade pra mim.

— Tenho quinze anos, mas já tô nessa vida há muito tempo.

Tirei duzentos cruzeiros do bolso e entreguei pra ela.

— Não diga a ninguém que eu brochei, senão pego o dinheiro de volta, ainda coloco você num abrigo de menores e Nega Huga na cadeia.

EMPRESÁRIOS TOMAM POSIÇÃO

META É PROGRESSO E DEMOCRACIA COM IPES

Afirmando que "é obrigação do homem de
emprêsa, no Brasil, rever e atualizar o conceito da
fundação social da emprêsa na vida moderna, sem
a preocupação exclusive do enriquecimento indi-
vidual, mas como fator de progresso social", o sr.
João Batista Leopoldo Figueiredo, antigo presidente do Banco do Brasil, em entrevista concedida
ontem à imprensa, no Clube de Engenharia, fêz
uma exposição sôbre o Instituto de Pesquisas e
Estudos oSciais — IPES — novel entidade que, con-
gregando os empresários democratas do país, co-
ordenará todos os esforços para que os ideais de
liberdade encontrem ressonancia, surgindo com um
plano de ação na esfera econômico-financeira, cul-
tural, cívica e social, para trazer sua colaboração
às entidades governamentais e ao povo. Organizado sob inspiração da encíclica "Mater et Magis-
tra" e da Carta de Punta Del Este, que deu forma
à "Aliança Para o Progresso", disse o orador que
o IPES será orientado por dirigentes de emprêsas
e profissionais liberais de convicção democrática,
e será mantido por contribuições voluntárias.

★ FLASHES

Em sua exposição aos jornalistas, disse, ainda, o sr. João Leopoldo Figueiredo, sôbre o IPES:

- E' um movimento de centro — centro que significa equilíbrio, que procura soluções para os problemas nacionais, com a preocupação de atender aos legítimos anseios da coletividade e, não, de uma classe isoladamente;
- a reforma agrária não é uma reivindicação comunista, mas, antes, eminentemente democrática;
- o IPES é de natureza apolítica, o que não o impede, contudo, de abordar assuntos políticos, ou que qualquer de seus elementos se candidatem a cargos eletivos;
- os homens de emprêsa não podem omitir-se da vida publica do país. Sua omissão e intransigências são, via de regra, a melhor contribuição para a desagregação;
- o IPES será uma afirmação de que a Democracia encontra solução para todos os problemas do país. Repelirá tôdas as doutrinas extremadas, incompatíveis com o sistema democrático, que visem a perturbar o nosso progresso e a paz social.

CNI DÁ POSSE A NOVOS

Foi eleita ontem e toma posse hoje a nova diretoria da Confederação Nacional da Indústria, que tem à frente, como vice-presidente, o sr. Domício Veloso, que ficará à testa da entidade até que a Justiça se pronuncie em definitivo sôbre a petição do sr. Lídio Lunardi. No ato de ontem, de que a foto registra um flagrante, o sr. Fernando Gasparian, que presidiu a Junta Administrativa que hoje encerra sua tarefa, disse: "Tenho o máximo prazer de entregar em ordem a nossa CNI". A nova diretoria ficou assim constituída: Vices-presidentes: Domício Veloso da Silveira, Diego Gonzalez Blanco, Miguel Vita, Antonio Sobreira do Amaral, Lydio Paulo Betega, Gabriel Hermes Filho, José Ignácio Caldeira Versani, Mário Di Pierro, Pedro Ribeiro Mariani Bittencourt, José de Aquino Porto, Abrahão Sabbá, Guilherme Renaux, Paulo Figueiredo Barreto, Newton Antonio da Silva Pereira, Segismundo Cerqueira, Haroldo Correia Cavalcanti, Thomaz Pompeu de Souza Brasil Neto e Dante Pires de Lima Rebelo. "Suplentes da Diretoria: — Renato Brito Bezerra de Melo, Germano Augusto Birckholz, Cândido de Almeida Athayde, Raimundo Nonato Fontenele de Araujo, João Rique Ferreira, Mário Leão Ludolf, Octávio José da Silva, Fernando Jorge Fagundes Neto, José Octávio Moreira, Randall do Espírito Santo Ferreira, Dante Costa Lima Vieira, Alberto Honorato Campos de Albuquerque, Antenor Martins Abreu e Breno Sassen. Conselho Fiscal: Efetivos: — Napoleão Cavalcanti Barbosa, Joaquim Sabino Ribeiro Chaves, Nelson Reis Cabral. Suplentes: — José Giorcelli Costa, Antonio Ferreira Pacheco, Moyses Banarroz Israel.

Lacerda vende seu camarote do Municipal: Cr$ 500 mil

O direito de assistir ao baile de carnaval no Teatro Municipal do camarote do governador foi vendido êste ano por 500 mil cruzeiros ao senhor Sidney Frey, presidente da Audio-Fidelity de Nova York. O sr. Frey, que é amigo dos brasileiros há muitos anos, pretende ver o carnaval diretamente do camarote e depois lançar um disco nos Estados Unidos. O dinheiro foi entregue à senhora Ruth Ferreira de Almeida, presidente da Casa da Velhice Desamparada, através do colunista José Rodolpho Camara. O dono do camarote governamental, no carnaval, deverá chegar ao Brasil dia 22 de fevereiro.

★ MY HOUSE

Muita gente importante fazendo compras no My House. O cirurgião David Adler, o sr. Augusto Frederico Schmidt e a sempre bonita Teresinha Solbiati Mayrink Veiga... Alberto Dines e Odylo Costa Filho até agora os mais votados pela imprensa carioca para compor o júri que escolherá o vencedor do Prêmio Esso...

★ AGORA SIM

O Ministério da Aeronáutica vai instalar radares meteorológicos em todos os aeroportos e em vários pontos do país. Objetivo: contrôle de vôos dos aviões comerciais... San Tiago Dantas chegará sábado ao Rio. O chanceler promete explicar a posição do Brasil na Conferência de Punta del Este, na próxima semana, perante o Congresso Nacional... O presidente da República, logo após visitar os Estados Unidos, passará também pelo Peru. E' provável que estenda sua viagem à Argentina...

★ VOLTA

O sr. Adhemar de Barros disse ontem na televisão que continua candidato: a deputado, a senador, a primeiro-ministro ou a presidente... O ministro Virgílio Távaro não tem a menor dúvida: o jipe usado pelos terroristas do MAC durante o atentado à embaixada soviética não pertence ao DNER.

★ AÇÃO

A Willys Overland está movendo ação contra a Divisão do Impôsto de Renda. Valor da causa: vinte e oito milhões de cruzeiros... Os títulos de sócios-proprietário da Hípica atingiram a 170 mil cruzeiros... Na rua o nôvo número de "Chuvisco"... Já existem dezessete candidatos a Rei Momo, na vaga aberta com a renúncia, por motivo de enfermidade, do famoso Nelson Nobre... Sinatra anunciado novamente para vir ao Brasil...

★ MESBLA

Muito bom o boletim que a Mesbla está distribuindo. Informações de todos os tipos, bem redigidas e num impresso simpático. Por êle ficamos sabendo que Chostakovitch, o famoso compositor europeu, está fazendo uma sinfonia cujo tema de inspiração é o futebol. Trata-se de iniciativa do Serviço de Imprensa daquela casa... Sucesso na conferência do jornalista Zevi Ghivelder, no Grupo Universitário Hebráico, sôbre "Arqueologia em Israel"...

★ DIVÓRCIO

Parece fora de dúvida que não passou de uma "barriga" a notícia do rompimento de Lyzabeth Taylor com Eddie Fisher. As agências internacionais de notícias não confirmaram a informação... Tônia Carrero, ao contrário do que foi divulgado, não vai dissolver a sua companhia. E tem grandes planos para todo êste ano...

★ VIAGEM

O senhor João Pessoa Sobrinho, recentemente nomeado assessor do Ministério da Indústria e Comércio no Escritório Comercial do Brasil no Chile, deverá partir na próxima quarta-feira... O jovem Odilon Pessoa chegou ontem de Brasília, depois de passar uma temporada na Nova Iorque... Ontem, foi realizado no "Au Bon Gourmet" o tradicional baile dos Pierrots organizado pela cronista Eneida. Sucesso absoluto... Na quarta-feira próxima, o senhor Miguel de Carvalho irá preparar um jantar para 30 pessoas na residência do senhor e da senhora Alberto Tittiglia... O public-relation Oskar Ornstein partiu para rápida viagem à Europa. Ficará sòmente uma semana tratando de novas promoções para o verão do Copa... O senhor Carlos Vaz está em grandes preparativos para uma circuito em Israel acompanhado da senhorita Eva Kirsteller da sociedade paulista.

Em recente "dinner party" o embaixador da Inglaterra, Lord Wallinger, senhora Celso da Rocha Miranda e senhor José Willemsens Junior

Empresários criam o IPES (*Diário da Noite*, 2 de fevereiro de 1962)

Capítulo 16

Fernando chegou de madrugada fazendo barulho. Eu o encontrei com a cabeça encostada na parede, mijando sobre os discos. Briguei em voz baixa para não acordar Moniquinha. Ele disse frases ininteligíveis, com uma voz embolada. Anita o levou ao banheiro e lhe deu um banho. Ele entrou no chuveiro com roupa e sapato. Ela fez um chá de boldo e o colocou para dormir em nosso quarto.

No dia seguinte, ele se levantou de ressaca, quase na hora do almoço. Não quis comer, tomou um café frio da garrafa e me pediu que o levasse para pegar o carro em Copacabana. Nesse sábado, eu não iria trabalhar no plantão do jornal. Não dei sermão, nem tinha moral para isso. Desde cedo sempre bebi, até fumava maconha. O problema era que Fernando não sabia beber de maneira frugal. Bebia até fazer uma arte.

O Impala estava com dois pneus furados e um arranhão na lataria recém-pintada. Um pneu deu para remendar, mas o outro não prestava mais. Ofereci o dinheiro para comprar um novo, mas meu filho recusou. Disse que arrumara um novo emprego. Ele não quis revelar, mas suspeitei que fosse um carguinho de assessor de Carlos Lacerda no Palácio da Guanabara.

Depois de deixar Fernando na oficina, fui às Casas da Banha comprar uma grade de Antarctica, verduras e carne verde para o jantar que Anita faria para Bianca e Emanoel. Anita pedira chã de dentro, mas troquei pelo acém, que custava setenta cruzeiros mais barato o quilo.

— Por que você nunca compra o que eu peço? — reclamou Anita assim que cheguei em casa.

— A carne acabou de ter um aumento. O quilo de chã de dentro ou de patinho não sai por menos de duzentos e vinte cruzeiros. Você pediu três quilos.

— Se soubesse, eu mesma teria comprado no mercado de Emanoel. Só não fui porque sabia que ele não ia querer cobrar.

— Pois perdeu a oportunidade. Não vou gastar carne de primeira para Emanoel comer. Você sabe que não gosto de fazer jantar em casa, muito menos para esse sujeito.

O açougueiro me empurrara a pior peça, e eu só percebi depois. Anita limpou o acém — tirou um terço da carne em nervos e gorduras —, temperou e colocou na panela de pressão. Deixou arroz e salada prontos. O creme de leite colocaria na hora do jantar para finalizar o estrogonofe. Ela se arrumou, pôs em Moniquinha um vestido novo e me fez vestir paletó numa noite de mais de trinta graus.

Emanoel e Bianca chegaram às dezenove horas, exatamente no horário marcado; a pontualidade indicava o quanto os convidados eram sacais. Anita costumava frequentar a casa deles, mas eu mantinha distância. Na última vez em que eu os vi, tive uma discussão a respeito da construção de Brasília com Emanoel e o chamei de burguês alienado. Anita e Bianca tiveram que nos apartar para não irmos às vias de fato.

Como eu não tinha assunto para tratar com Emanoel, sintonizei na Rádio Nacional. Havia um debate sobre o décimo terceiro salário recém-aprovado na Câmara dos Deputados. Fui à cozinha pegar uma Antarctica e quatro copos.

— Esses sindicalistas ainda vão quebrar o Brasil, com mais um encargo pro comerciante — disse Emanoel logo que retornei com a cerveja. — Eu sou pequeno, tenho seis funcionários. Como é que vou conseguir dobrar a despesa com pessoal em dezembro? Se essa aberração passasse no Senado neste ano, eu teria que fechar as portas e pôr os empregados no olho da rua.

— Por outro lado, o trabalhador ganhando mais em dezembro poderia passar um Natal melhor com a família.

— Ah, daqui a pouco vão criar um décimo quarto salário pra Páscoa, o décimo quinto pro dia da Independência, até acabar com os que geram emprego no país.

— Você não entende que, se o trabalhador ganhar mais, ele vai gastar esse dinheiro na praça.

— Nesse ponto você tem razão, pobre não pode pegar em dinheiro que torra. Pode até movimentar o comércio momentaneamente, mas é ruim pra economia do país. A poupança tem que ficar na mão de quem sabe usar o recurso. O trabalhador não tem instrução pra lidar com dinheiro. Hoje eu tenho mais de dez casas alugadas. Por quê? Porque sempre juntei cada centavo do dinheirinho suado que eu ganhava.

— Camarada, o trabalhador tem que escolher se vai almoçar ou jantar no dia. Não tem como poupar dinheiro e acumular como você, um pequeno-burguês.

— Eu também comecei de baixo e sempre trabalhei duro pra conquistar um patrimônio.

— Você sabe quanto está o preço da carne?

— Esqueceu que sou dono de mercearia? O preço de tudo vem subindo, Marcos. E é culpa do seu presidente, Jango está destruindo a economia. Se eu tiver que pagar o décimo terceiro salário pros meus empregados, terei que aumentar o preço dos meus produtos. Quem vai arcar é o comprador. Esta sua cerveja aqui irá lhe custar mais caro. — Emanoel levantou a garrafa.

Moniquinha desligou o rádio e colocou o LP *A Noite de Dolores*. Corri para tirar das mãos dela a capa do disco, que ainda estava úmida do mijo de Fernando. Eu me ofereci para fazer o estrogonofe, mas Anita disse que eu estragaria o jantar. Pus na mesa a travessa de arroz e a salada, enquanto ela terminava a carne. Eu mesmo servi os pratos de Moniquinha e dos convidados. O jantar tinha que acabar o mais rápido possível. Quando Anita trouxe a panela de estrogonofe, Moniquinha já tinha comido o prato de arroz.

— Vocês vão desculpando, porque Marcos não encontrou carne de primeira hoje nas Casas da Banha — disse Anita depois que percebeu que Emanoel estava mastigando a carne e deixando os nervos no guardanapo.

— Por que você não falou, Anita? — Bianca sorriu. — Nós teríamos mandado deixar uma peça de patinho.

— Não queria incomodar. Essa situação de Carlinhos deve ser difícil pra vocês.

— Não estou entendendo. — Bianca franziu as sobrancelhas.

— A separação dele e Alessandra.

— Meu filho não vai se desquitar, está muito bem com a mulher, com meus netos. Quem lhe contou esse absurdo?

— Acho que confundi com outra pessoa. — Anita se levantou e foi pegar outra cerveja.

Na volta, ela tirou o LP de Dolores Duran e colocou *Barquinho*, de Maysa.

— Coloque Dolores Duran, bote Dolores Duran agora. Eu quero Dolores Duran — Mônica começou a gritar.

— Cala a boca, menina chata.

— O que é isso, Anita? — Tentei acalmar a situação. — Você sabe muito bem que não pode tirar Dolores Duran quando Moniquinha está escutando.

— Ela tem que respeitar os adultos da casa, Marcos. Não o contrário. Agora todo mundo vai passar a noite ouvindo o mesmo disco porque ela quer?

Moniquinha voltou a se acalmar logo que pus o LP de Dolores Duran novamente.

— Vocês perdoem a falta de educação dela — Anita pediu —, mas é porque a menina é doente. Ela tem problemas mentais.

— A louca da casa é você, não minha neta.

— Me respeite, Marcos. Isso é jeito de falar comigo na frente das pessoas de fora?

— Você que começou, falando mal de Moniquinha.

— Por que você não ficou na casa de sua rapariga hoje? Pelo menos não teria estragado o jantar.

— É o que eu vou fazer. Amanhã muito cedo irei embora. Só não vou de vez por causa de minha neta.

* * *

Toquei a campainha, bati na porta, mas Isabela não apareceu. Ela costumava passar os domingos deitada escutando rádio, apenas se levantava na hora do almoço. Procurei as chaves do apartamento nos bolsos. Lembrei que tinha deixado no porta-luvas do carro.

— Bom dia, seu Marcos — cumprimentou dona Odete, no corredor. — O senhor está melhor?

— Mas eu não estava doente.

— Isabela me pediu um Sonrisal ontem à noite pro senhor.

— Ela estava meio ruim do estômago.

— Não precisa bancar o durão o tempo todo, seu Marcos. Eu vi o senhor sair ontem quase carregado por Isabela.

— Estou apressado, dona Odete. Depois a gente conversa.

Peguei a chave no carro e voltei. Dona Odete me observava do seu apartamento. Entrei antes que ela fizesse outro comentário a respeito da noite anterior.

A cama estava arrumada, não havia louça suja na pia. Na geladeira, as três Antarcticas que eu deixara não tinham sido tomadas. Não havia sinal de que outras pessoas tivessem visitado Isabela no período em que estive ausente. Notei apenas a garrafa de gim com o nível mais baixo, mas ela costumava tomar uma ou duas doses quando tinha insônia.

Tirei os sapatos, liguei o rádio e abri uma cerveja. Eu mal bebera na véspera. Depois da discussão com Anita, Emanoel e Bianca foram embora. Moniquinha ficou em estado de choque; tentei acalmá-la escutando Dolores Duran, só nós dois. Anita ficaria alguns dias aborrecida, sem falar comigo. Depois, voltaríamos à nossa vida normal de duas pessoas casadas há vinte e cinco anos.

Cochilei no sofá e só fui acordado quando Isabela chegou, no final da tarde.

— O que está fazendo aqui? — ela perguntou.

— Este apartamento é nosso.

— É meu. Está em meu nome. Vou mandar trocar a fechadura pra você não entrar mais sem autorização.

— Dona Odete falou que viu um homem aqui ontem. Com quem você está me traindo?

— Quer saber a verdade, Marcos? Eu não recebi nenhum homem aqui nem ontem, nem nunca. Mas você não merece o respeito que lhe dou. Estou com você há mais de dez anos, e você não teve a hombridade de deixar sua mulher. Eu sou sempre colocada em segundo plano.

— E por que a vizinha ia inventar história?

— E eu sei? Pergunte a ela. Dona Odete é uma fuxiqueira que passa o dia tomando conta da vida da vizinhança. Saí hoje cedo pra visitar minha mãe. Depois do almoço fui à redação.

— Em pleno domingo?

— Teve um incêndio num circo de Niterói. Não se sabe ao certo quantas pessoas morreram, mas falam em mais de cem, a maioria criança. Fiquei recebendo ligações na redação e chamando equipes.

— Então por que ninguém me chamou para fazer a cobertura?

— Não sei se percebeu, Marcos, mas sua moral entre os repórteres não anda muito boa desde que você se escondeu, depois da renúncia de Jânio Quadros.

— Ah, Isabela, você sabe muito bem que eu queria estar lá no Rio Grande com Brizola. Mas não vou voltar a essa discussão com você. Irei para a sucursal de Niterói agora ver esse negócio do circo.

— Não precisa, Pinheiro Júnior já foi pra lá e levou uma equipe. Você conhece Alberto Dirma, repórter fotográfico? — Antes que eu respondesse que não sabia quem era, Isabela prosseguiu: — Ele estava no circo com a filhinha. Graças a Deus, conseguiu salvar a menina e ainda ajudou uma senhora. O danado deixou a menina em casa, passou na redação de Niterói pra pegar a câmera e voltou pra cobrir a tragédia.

Sintonizei na Rádio Nacional para saber mais informações. O Gran Circus Norte-Americano estava lotado quando o incêndio começou. Quase duzentos corpos carbonizados foram encontrados, mas ainda havia desaparecidos. Para piorar a situação, o Hospital Antônio Pedro, o único pronto-socorro de Niterói, estava fechado.

— Eu tenho que ir, Isabela. Já me penitencio todos os dias por ter deixado de ir ao Rio Grande cobrir a resistência ao golpe. Não deixarei passar mais essa oportunidade. Eu ainda sou repórter.

— Faz tempo que não ficamos juntos. Durante a semana, você vai ficar com sua mulher.

— Só não deixei Anita ainda por causa de minha neta. Prometo a você que volto ainda hoje.

— Eu vou também, pra garantir que você não me enganará de novo.

PORTUGUÊSES E INDIANOS EM FEROZES COMBATES PELA POSSE DE GOA

(LEIA NA PÁGINA 6)

POVO, GOVÊRNO E FÔRÇAS ARMADAS UNIDOS NO SOCORRO ÀS VÍTIMAS DE NITERÓI

ELEVA-SE A 300 O NÚMERO DE MORTOS

POLÍTICA FLUMINENSE

A LIÇÃO DA TRAGÉDIA

No momento em que escrevo essas linhas está-se realizando no Ministério da Fazenda um encontro do Sr. Walter Moreira Salles com o Ministro da Saúde, nosso companheiro de Câmara e de partido, o Dr. Estácio Souto Maior, com o objetivo de ser liberada imediatamente uma verba suficiente para o funcionamento em condições melhores e menos penosas do Hospital Antônio Pedro. Esta providência foi assentada, quando voltávamos de Niterói, na lancha do Ministério da Marinha, posta à disposição do Presidente João Goulart e do Primeiro-Ministro Tancredo Neves, ainda com o sofrimento estampado em nossas fisionomias das cenas dantescas que acabávamos de assistir, de crianças, homens e mulheres, deformados e moribundos, vítimas da tragédia sem precedentes que se abateu sôbre a nossa gente.

Com a concordância imediata do Ministro Tancredo Neves, João Goulart determinou a liberação da verba, que a esta hora já deve estar em mãos do Dr. Carlos Antônio da Silva, ou de nome indicado por êste grande líder da classe médica, que por carta do Ministério da Saúde e por sugestão que fiz ao Presidente e ao Ministro da Saúde, deverá ser o escolhido para diretor do Antônio Pedro (se não fôr o Dr. Carlos Antônio, por não poder aceitar a incumbência, deverá ser por êle indicado diretor do Hospital, possivelmente o Dr. Paulo César).

Vamos, ao menos, dotar de recursos oficiais o nosso principal estabelecimento hospitalar, que está abandonado pelos responsáveis dos Executivos Estadual e Municipal. Nesta hora tão triste, entretanto, louve-se a dedicação de seus servidores abnegados que, sem receber seus salários (já atrasados há tanto tempo, dão um admirável exemplo de solidariedade humana.

Esta solidariedade humana, aliás, que o povo fluminense demonstra a todo instante, esta compreensão da infelicidade que é comum a todos nós, esta fraternidade para com o seu semelhante, são o nosso grande consôlo, como a que a nos demonstrar que as qualidades de generosidade, de amor ao próximo, que estas características fundamentais do homem e da mulher do nosso País, estão a indicar as possibilidades de dias melhores, de menores sofrimentos e tristezas, quando os nossos dirigentes se capacitarem de que é preciso, realmente, ser grande e ser forte para ser digno de nosso povo.

Esta a lição que tiramos da tragédia, esta a esperança que todos devemos abrigar em nossos corações, para podermos enfrentar as angústias dos dias de hoje.

BOCAYUVA CUNHA

Zero Hora

● CAÇADA — Policiais da Delegacia de Vigilância cercaram o Morro da Boa Viagem, na caça que estão empreendendo ao principal suspeito de haver ateado fogo ao circo. Contudo, às 24 horas, o marginal ainda não havia sido prêso.

GOVÊRNO VIVEU CADA MINUTO DO DRAMA

O Presidente João Goulart e o Ministro Tancredo Neves foram pessoalmente a Niterói, em companhia do Deputado Bocayuva Cunha e de outras autoridades, levar a solidariedade do Govêrno Federal às vítimas da tragédia. O Governador Celso Peçanha — com sinais visíveis de profundo abatimento provocado pelo cansaço proveniente de mais de 24 horas de vigília — recebeu aquelas autoridades na estação hidroviária de Niterói. Era o Govêrno vivendo minuto a minuto o drama da grande catástrofe. (LEIA NOTA OFICIAL DO INGÁ NA TERCEIRA PÁGINA)

ANO XI — Niterói, Têrça-Feira 19 de Dezembro de 1961 — N.º 734

Ultima Hora

10 CRUZEIROS

Nada menos de 600 homens foram contratados pelo Estado para cumprir a tarefa de escavar sepulturas, no cemitério especialmente preparado para as vítimas da catástrofe de Niterói. Ainda ontem, 30 corpos foram sepultados naquele nôvo cemitério, enquanto filas enormes permaneciam à porta do Instituto Pereira Faustino, onde parentes e amigos das vítimas se empenhavam no trabalho de identificação. (LEIA NOTICIÁRIO NA PÁGINA DOIS)

Polícia Mobilizada na Caça ao Incendiário

A primeira vítima do pavoroso incêndio que destruiu o Circo Americano a ser sepultada, ontem, foi a menina Márcia de Souza Grijó, de sete anos de idade, filha do casal José e Aldéia Rodrigues Grijó, residentes à Rua Visconde do Uruguai, 198, em Niterói. Com o acompanhamento de inúmeros populares, o corpo de Márcia foi trasladado para o Cemitério de Maruí, descendo à sepultura 597, exatamente às 10.40 horas. Pouco depois, outros cortejos davam entrada naquela necrópole, que ao cair da tarde estava tomada por uma multidão incalculável.

SOCORRO VEIO DE TÔDAS AS PARTES

O plasma sanguíneo que faltou nos primeiros socorros aos sobreviventes do inferno de chamas, veio em grande parte de São Paulo e do Estado da Guanabara, através dêste helicóptero que de 30 em 30 minutos deixava o Aeroporto Santos Dumont rumo a Niterói, trazendo a preciosa carga que salvou dezenas de vidas.

PEQUENO HERÓI (11 ANOS) SALVA DEZENAS DE VIDAS

A imensa tragédia de centenas de vidas ceifadas na voragem do incêndio que consumiu o "Gran Circo Norte-Americano", produziu um pequeno e grande herói: Sérgio Pfiel Manhães, filho do advogado Evandro Manhães, de apenas 11 anos de idade. Dentro do inferno de fogo e munido de um pequeno canivete Serginho salvou dezenas de vidas, abrindo uma fenda na lona do circo. (Leia na página 2)

■ SOCORRO ARGENTINO

Para colaborar com os médicos brasileiros que atendem às vítimas da tragédia, desembarcou, às 17 horas de ontem, no Aeroporto do Galeão, uma equipe composta de 6 médicos e 8 enfermeiras argentinos, chefiade pelo Dr. Fortunato de Maime.

■ "FOI CRIMINOSO"

O Comandante do Corpo de Bombeiros de Niterói, em declarações feitas, ontem, à imprensa, reafirmou a sua convicção de que o incêndio que destruiu o Circo Norte-Americano foi criminoso. Adiantou, ainda, que o fogo começou na parte de baixo e não na cobertura.

■ AJUDA DA CSN

O almirante Lúcio Meira, presidente da Companhia Siderúrgica Nacional, ofereceu tôda a cooperação da emprêsa ao Govêrno do Estado do Rio, para o trabalho de assistência às vítimas do incêndio de domingo em Niterói.

A remessa de plasma sanguíneo, antibióticos, fazes e medicamentos de urgência, feita pela CSN na parte da manhã, foi dobrada: até às 16 horas, Volta Redonda já havia fornecido oitenta frascos de plasma aos hospitais de Niterói. Os medicamentos enviados na parte da manhã somavam 300 mil cruzeiros.

■ LEGISLAÇÃO

BRASÍLIA, 19 (UH) — Tendo em vista a catástrofe de Niterói, o Ministro da Justiça, Sr. Alfredo Nasser, decidiu rever tôda a legislação sôbre segurança pessoal nas diversões públicas — principalmente o disposto sôbre as exigências de saídas rápidas para o público e material combustível. Desde domingo, o Sr. Alfredo Nasser está em contato permanente com as autoridades fluminenses, para o socorro às vítimas do incêndio.

■ PERÍCIA

As autoridades da Divisão de Polícia Técnica Fluminense prosseguem na coleta de material para a elaboração do laudo pericial, que deverá ser divulgado dentro de 24 horas. Todavia, o Perito Geraldo Reis, antecipou a sua opinião, declarando acreditar que a origem do sinistro tenha sido um curto-circuito na instalação elétrica.

■ CR$ 200 MIL

Até as 23 horas de ontem as autoridades da Delegacia de Plantão haviam arrecadado cêrca de Cr$ 200 mil em jóias entre os escombros do "Gran Circo Norte-Americano". Vários punguistas foram presos quando tentavam agir nas proximidades dos Hospitais e dos Cemitérios.

■ PRISÃO NO RIO

As últimas horas de ontem, notícias procedentes dos meios policiais fluminenses informavam que Dirceu de Tal, que, denunciado por um cabo da PM, passou a figurar como suspeito n.º 1, estaria prêso, no Rio, fortemente guardado, e que sòmente viria para Niterói, quando já não houvesse perigo de linchamento

■ SEPULTAMENTO

Às 22 horas continuava ainda o sepultamento de vítimas nos Cemitérios de Maruí e de São Gonçalo. Cenas dramáticas sucediam-se a cada instante e socorros médicos para os familiares eram solicitados constantemente aos hospitais. Calcula-se que cêrca de uma centena de corpos desceu à sepultura ontem. (Leia Noticiário completo nas Páginas 2, 3 e 12)

EUA TENTAM ÚLTIMO CONTATO COM CHOMBE PARA ACABAR GUERRA DE CATANGA

(LEIA NA PÁGINA 6)

Tragédia do Gran Circus Norte-Americano
(*Última Hora*, 19 de dezembro de 1961)

Capítulo 17

Rebeca passou uns dias brigada depois da minha farra no Beco das Garrafas. Prometi que deixaria de beber e voltaria a frequentar a igreja. Mas ela exigiu que eu me afastasse de Carlinhos. Ele era um homem em processo de desquite e estava na fase de aproveitar a liberdade com bebedeiras e mulheres. Sempre que eu saía com ele, me excedia.

Outra condição pra me perdoar foi que eu passasse as festas de fim de ano em Vassouras com os pais dela. Eu não gosto de roça. Nasci na capital, prefiro multidão, carro, barulho das ruas. Na última visita à fazenda, tive problemas com o sogro. Ele achava que podia se meter na nossa vida só porque mandava dinheiro pra Rebeca pagar as contas de casa.

— Oh, Nandinho, achei que você passaria o Natal com a gente. Eu tinha até encomendado um peru a Emanoel — mamãe reclamou quando fui buscar Mônica.

— A senhora sabe que eu e Rebeca não estamos bem. Voltei a ter vícios que eu já tinha abandonado, estou me afastando cada vez mais de Deus. Os dias na fazenda serão benéficos pra nós. Nossa Senhora Aparecida há de nos ajudar a superar tudo isso.

— Eu passo o ano inteiro cuidando de sua filha e é assim que você retribui?

— Mônica vai se divertir na fazenda e ainda lhe dará uma folga. Ela já atrapalhou muito a senhora nos últimos tempos.

— Acho que a menina não vai querer ir, passa o dia grudada no avô. Quando Marcos está em casa, eles ficam escutando música, jogando paciência. Agora mesmo os dois estão lá no quarto.

— E ele não foi trabalhar hoje?

— Seu pai anda meio adoentado, desde que foi cobrir aquela tragédia do circo. Ele passou quase uma semana em Niterói, visitando hospitais, entrevistando familiares dos mortos, autoridades. Falou até com os carpinteiros que usaram o estádio Caio Martins pra fabricar caixão. Acho que você não deveria tirar Mônica de perto dele agora. Nunca vi seu pai assim tão pra baixo.

— Ele é um repórter experiente, não tem mais idade pra se envolver emocionalmente com reportagens.

— Quem não se abalou com o caso? Eu chorei por dias. Tantas crianças morreram... Não quero nem imaginar o sofrimento das famílias.

— Meu pai tem um dedo de culpa nisso tudo.

— O que Marcos tem a ver com isso, meu filho?

— O bandido que colocou fogo era empregado do circo. Desde que Jango assumiu o governo, os trabalhadores estão se sentindo no direito de incendiar o país, literalmente. Meu pai sempre apoiou a baderna do povo. Saiba, mamãe, que coisas piores virão. Daqui a pouco, os comunistas vão invadir a casa das pessoas de bem. O Brasil está se tornando um inferno.

— Deus me livre, Nandinho, vire essa boca pra lá.

Joaquina começou a cheirar meus sapatos, eu a empurrei com o pé. Ela latiu pra mim. Minha mãe a pegou no colo, mas ela continuou rosnando. Qualquer dia ainda dou uma bola de carne e vidro pra essa cachorra.

— Carlinhos contou que dona Bianca foi perguntar a ele sobre o desquite.

— Falei sem pensar, mas mais cedo ou mais tarde ela ia descobrir.

— Mas a senhora não abriu a boca sobre os cornos que Alessandra colocou na cabeça dele, não, né?

— E eu sou doida, Nandinho?

Meu pai e Mônica jogavam baralho sentados na cama.

— Arrume as roupas que a gente vai passar o Natal com os outros avós na fazenda.

Mônica fingiu que não escutou e continuou jogando. Meu pai também fez de conta que eu não tinha chegado.

— Está me ouvindo, Mônica?

Ela permaneceu calada.

— Essa menina está um caso sério, Nandinho, não respeita ninguém. Ela precisa da presença do pai pra botar ordem. Você não sabe a vergonha que ela me fez passar na frente de Emanoel e Bianca.

— Não exagere, Anita. Moniquinha não fez nada de mais — interveio meu pai.

Mamãe saiu do quarto, e foi juntar as roupas de Mônica.

— Por que você não viaja sozinho com Rebeca e deixa minha neta aqui? Ela nem gosta de mato, tem medo de aranha, sapo, cobra...

— Se eu chegar em casa sem Mônica, vai ser mais um motivo de briga.

— Moniquinha vai dar trabalho lá e estragar as férias de vocês. Aproveitem para descansar. Quem sabe vocês não me dão mais um neto?

— Não quero ir, vovô. Eu não vou, eu não vou. Já disse que não vou.

— Ou vai por bem ou vai por mal. — Eu tirei o cinto da calça.

Mônica pulou pros braços de meu pai e começou a chorar.

Ele se levantou da cama e ordenou:

— Saia da minha casa agora. Vá embora antes que eu lhe tome a cinta e lhe dê uma surra aqui na frente de sua filha.

— Parem os dois. Não quero saber de briga — disse mamãe com uma pilha de roupa de Mônica nas mãos.

— Não saio daqui sem ela.

— A menina fica, Nandinho. Está decidido. Você que se vire pra se explicar com Rebeca. Eu e seu pai não vamos passar o Natal sozinhos nesta casa. Pelo menos Mônica faz companhia pra gente.

* * *

Beca gostou de viajar sem nossa filha. Ela precisava de um descanso. Retornaríamos em 2 de janeiro, mas prorrogamos por mais uma semana. Não houve intercorrências na viagem. Apenas num dia começamos a discutir, porque ela não queria me deixar tomar uma dose de cachaça com meu sogro. Mas eu cedi, como quase sempre acontecia. Fizemos sexo apenas uma vez, numa tarde depois do almoço, quando os pais dela tomavam café na sala. Tentei outras vezes, mas Beca teve crise de enxaqueca todas as noites.

Depois das férias, comecei a visitar as redações dos principais jornais do Rio pra divulgar o lançamento do IPES. Embora tivesse um propósito anticomunista e se posicionasse contra o governo João Goulart, o instituto precisava ter um verniz apartidário. O objetivo declarado era promover o civismo e a educação, combatendo toda espécie de extremismo.

Os jornais receberam bem a notícia da criação do instituto. Havia muitos empresários envolvidos. Dinheiro também. Eu me comprometi a conseguir contratos de publicidade com as empresas parceiras do IPES. A *Última Hora* foi o único jornal que me recusei a visitar — os repórteres guardavam rancor de mim, e ainda corria o risco de eu deparar com

Isabela e meu pai. O próprio presidente João Batista se encarregou de marcar um almoço com Samuel Wainer no Bife de Ouro pra fechar um apoio.

Eu me esquivei de encontrar com Carlinhos por alguns dias, até que meu amigo me procurou no trabalho. Ele havia transferido o escritório de advocacia pro Edifício Marquês do Herval, onde mantinha duas salas, a poucos metros da sede do IPES. De tanto Carlinhos insistir, combinamos um encontro na Livraria Leonardo da Vinci depois do expediente.

— Jorge Amado é um dos poucos brasileiros contemporâneos que acompanho — disse Carlinhos, folheando uma edição de *Gabriela*. — Ainda não li *Os Velhos Marinheiros*. Meu ex-sócio falava muito bem da novela do defunto Quincas Berro d'Água. Mas não estou encontrando o livro aqui, deve ter esgotado. Tudo que Jorge Amado escreve vende bem.

Vanna, a livreira, conseguiu pra Carlinhos um exemplar de *Os Velhos Marinheiros*, que estava reservado pra um outro cliente. Ela também tentou empurrar *Encontro Marcado*, de Fernando Sabino, mas Carlinhos já havia lido.

— Pra um comunista, Jorge Amado cobra bastante caro, hein? Um livro por quatrocentos e cinquenta cruzeiros... — comentei.

— Conheço os donos da editora Martins. Livro não dá dinheiro no Brasil, nem pra editora, muito menos pro escritor. Dizem que Jorge Amado recebe dinheiro é da União Soviética.

— Não duvido. De qualquer forma, se eu fosse você, não daria dinheiro prum comunista como ele. Com quatrocentos e cinquenta cruzeiros dá pra comprar meia garrafa de Drury's.

— E passar outro dia de ressaca com uísque nacional? Melhor gastar com livro mesmo.

— Recentemente eu li uns contos de Zé Rubem Fonseca. Ele faz uns trabalhos comigo no IPES. Parece um escritor promissor, apesar de eu não entender muito de literatura.

— Depois consiga um livro dele pra mim. Não conheço.

— Cada dia tenho menos paciência pra literatura. Sou um homem pragmático, a vida real é que me interessa. Quando quero me informar, leio jornal ou escuto rádio. Quando quero me entreter, vou ao cinema. Admiro quem gosta, mas literatura não serve pra nada.

— Talvez você tenha razão, mas a literatura é um hábito que eu tenho desde pequeno. Não consigo dormir antes de ler pelo menos umas dez páginas.

— Como sou obrigado a ler quase todos os jornais diariamente, o que eu menos quero quando chego em casa é abrir um livro. No máximo, alguns Provérbios de Salomão.

— O que você acha de a gente passar no Bottle's ou no Sacha's? Coisa rápida, só tomar duas doses de uísque pra chamar o sono.

— Hoje tem Fluminense e Botafogo. Não vai dar pra ir pro Maracanã, mas quero acompanhar pelo rádio.

— Você vai se aborrecer. Aposto que o Fluminense leva de três a zero do meu Botafogo hoje. Só Garrincha mete dois. Pode anotar.

— Nós temos Castilho, Jair Marinho, Altair, tudo jogador de seleção. Vamos ganhar o Campeonato Carioca e ajudar a seleção brasileira a trazer o bicampeonato mundial do Chile.

— Que nada, o Botafogo é muito mais time. É melhor você beber comigo pra não se decepcionar. Prometo que desta vez peço a Nega Huga duas mulheres. Percebi que você não gosta de uma suruba.

— Você me colocou pra fazer sexo com uma menina de quinze anos.

— Confesse: bem que você gostou de comer uma ninfetinha.

— Comi por obrigação — menti —, mas isso não é coisa de Deus. Se eu aprontar mais uma dessa, Beca me deixa de vez, e ainda vou parar no inferno.

Passei nas Casas da Banha e comprei azeitona, palmito, queijo mineiro, salame, fiambre, Coca-Cola, limão e uma garrafa de Bacardi. Quando cheguei em casa, deixei a sacola com a bebida no carro pra Beca não ver. Só levei pra cozinha quando vi que ela ainda não havia chegado do trabalho.

As caçambas de gelo estavam secas. Rebeca não se dava ao trabalho de encher e ainda guardava as caçambas vazias na geladeira. Tive que tomar o Bacardi com Coca quente. Coloquei um dedo de rum no copo americano e enchi o resto com refrigerante e sumo de limão. Mal dava pra sentir o cheiro de álcool. Apesar de fraco, o drinque desceu queimando na garganta.

Liguei o rádio de pilha pra acompanhar o jogo, enquanto preparava a tábua de frios. O Fluminense começou com o esquema 4-2-4, mas às vezes atacava com seis homens. O Botafogo jogava no contra-ataque. Zagalo abria pela ponta e recuava pro avanço de Garrincha. Aproximava-se o final do primeiro tempo quando Garrincha dominou a bola, atraindo a marcação pra deixar Zagalo livre, que cruzou pra área. China conseguiu marcar o gol, mesmo sofrendo falta de Pinheiro.

Até o intervalo da partida, eu já tinha preparado quatro cubas-libres, sendo que a cada copo aumentava a proporção de Bacardi e reduzia a de refrigerante e limão.

Quando acabou o primeiro tempo, liguei pra casa dos pais de Rebeca. Ela já era pra ter chegado. Dona Antônia atendeu e disse que Beca não havia aparecido por lá nos últimos dias. Se até o final do jogo não estivesse em casa, eu iria buscá-la nem que tivesse que arrombar o Palácio da Guanabara.

O Fluminense começou o segundo tempo mais ofensivo, com a entrada de Waldir. Mas faltava entrosamento, e o time logo cansou. O Botafogo fez mais um gol com China, numa jogada de Garrincha, mas o juiz marcou impedimento. O jogo terminou um a zero pro Botafogo. Tinha certeza de que no dia seguinte Carlinhos iria me procurar no IPES pra me sacanear.

A Coca-Cola havia acabado, e restavam dois limões. Ainda tinha mais de meia garrafa de rum. Passava das dez da noite, o comércio já estava fechado. Dali a pouco só restaria o Bacardi puro e quente pra beber. Da cozinha, escutei a porta da sala se abrir.

— Onde você estava até essa hora? — perguntei a Rebeca.

— Trabalhando. Você sabe que quem está na lida diretamente com o governador não tem horário pra chegar em casa. — Ela deixou a bolsa no sofá e foi pro quarto.

Rebeca estava muito cheia de si. Não falou em preparar janta, não me fez nenhum gesto carinhoso, não perguntou como eu me saía no novo emprego. Ela tirou a camisa, o sutiã e a saia. Eu me aproximei sem que ela percebesse, beijei seu pescoço e lhe apertei os seios quando ela estava de costas.

— Para, Fernando. Estou cansada — disse ela, me empurrando. Em seguida, vestiu a camisola.

— Vamos fazer outro filho. Quem sabe agora vem um menino...

— Não tenho tempo pra cuidar de uma criança, quanto mais de duas. Mônica praticamente vive na casa de seus pais. Daqui a pouco, não vai nem me reconhecer como mãe.

— Você precisa se dedicar mais à família. Agora estou ganhando bem no IPES, posso pagar uma ou duas empregadas pra ajudar. Você também não precisa mais trabalhar. Deixe esse empreguinho de merda.

— Você está bêbado, Fernando?

— Qual o problema? Estou sentindo cheiro de uísque no seu pescoço também.

— Só tomei uns goles do Dimple de Lacerda pra relaxar antes de voltar pra casa.

— Se você pode, eu também posso.

— Você não sabe beber, Fernando. Essa é a diferença. Você só para quando faz uma merda.

— Deixa disso, Beca.

Tentei me aproximar de novo e afastei as alças da camisola.

— Chega, vou dormir no quarto de Mônica. Pode ficar aqui.

— Por Deus, Rebeca. Com quem você está me traindo? É o governador que tá comendo você? Diga.

— Você não me respeita mais, Fernando. Não aceita meu trabalho, não aceita que eu ganho mais do que você, não aceita que eu tenha independência. Acho que já basta. Amanhã vou pra casa de meus pais.

— Não deixarei você fazer comigo o que Alessandra fez com Carlinhos. Saiba que eu não sou frouxo como ele. Se for preciso, mato você e seu macho.

— Como é que fui me casar com um bosta como você? Um bosta que nem seu pai.

Segurei as bochechas dela e apertei.

— Você não irá pra canto nenhum. Você é minha mulher e vai aprender a me obedecer e a cumprir os deveres conjugais. Tire a roupa.

— Para com isso, Fernando. Me deixe em paz.

— Tire a roupa.

— Vá tomar no cu, Fernando. Vá tomar no cu.

Empurrei Rebeca sobre a cama e segurei seus pulsos. Ela ficou se estrebuchando. Coloquei o pênis pra fora da calça e tentei beijar sua boca, mas ela não parava. Dei um tapa em seu rosto. Ela começou a gritar. Me chamou de merda, canalha, monstro. Conseguiu acertar uma joelhada no meu saco. Em vez de sentir o golpe, o pau ficou ainda mais duro. Tentei afastar a calcinha pro lado, mas ela mexia as coxas e não me deixava penetrar. Dei um golpe de mão fechada na cara dela. Suas pernas pareceram perder as forças. Dei-lhe outro murro na cara. Ela desmaiou, ou fingiu estar desacordada. Rasguei a calcinha, mas parecia que ela fechava a vagina com a força da mente. Cuspi na mão e a lubrifiquei. Finalmente consegui penetrá-la. As pernas dela estavam moles. Parecia que eu comia um cadáver. Mas ela não estava morta, nem desacordada. Eu sabia que Beca tinha consciência de tudo. E estava gostando. Tinha certeza de que ela estava gostando, tinha certeza de que estava gozando, como eu.

BOTAFOGO Nº 1 DO BRASIL

LIDERADO POR MANÉ GARRINCHA, DIDI E NILTON SANTOS, ÊSTE TIME LEVANTOU O IMPORTANTE TORNEIO RIO-SÃO PAULO DE 1962.

Doze anos atrás, durante a disputa da Copa do Mundo de 50, quando o Brasil ganhava da Espanha por seis a zero, a torcida começou a cantar num côro impressionante: "Eu fui às touradas de Madri..." Agora, graças ao Botafogo, as touradas de Madri voltaram ao Maracanã. Quando o time de Garrincha faz uma exibição de gala, os torcedores brindam as jogadas de seus ídolos com um unissono "olé". E depois de gritarem muitos eufóricos "olés" os alvinegros acabaram comemorando a conquista do Rio—São Paulo.

Havia, antes da decisão dêste torneio, uma dúvida nacional: qual o nosso melhor time, Santos ou Botafogo? Num espetacular "tira-teima", a equipe de Didi derrotou a de Pelé por três a zero. Depois, o Santos não participou do Rio—São Paulo, e deixou o seu rival com a faca e o queijo nas mãos. Ao disputar a partida decisiva daquele torneio, derrotando o poderoso conjunto do Palmeiras por três a um, o Botafogo de Futebol e Regatas provou que possui, atualmente, o melhor entre todos os times do Brasil.

Time do Botafogo de 1962, com Garrincha, Didi e Nilton Santos (*Manchete*, 31 de março de 1962)

Capítulo 18

Anita disse estar preocupada com os tufos de cabelo que apanhava na sala. Bianca também começara com pequenas alterações no corpo antes de ser diagnosticada com câncer. Anita reclamou de dores no ventre e de enxaquecas. Então, procurou um médico e fez uma série de exames. Tirando a candidíase na vagina, da qual ela tratou logo de me culpar, estava com a saúde perfeita.

Certa tarde, Anita percebeu uma falha de cabelo na parte de trás da cabeça de Moniquinha, quando a penteava após o banho. A abertura deixava exposto o couro branco, com pequenas feridas nos folículos capilares. Anita passou a observar a neta antes de dormir. Depois do apagar das luzes, Mônica começava a arrancar os cabelos, fio a fio. No dia seguinte, a menina apanhava os tufos e espalhava na sala. Joaquina ajudava a ocultar os cabelos ao farejar os restos de comida pela casa.

Após ter sido descoberta, Moniquinha passou a puxar os cabelos durante o dia, na frente de todos. Anita brigava, deixava a menina de castigo, dava maracugina, chá de camomila, chá de cidreira, chá de alfazema. Nada resolvia. Chegou a bater nela, no dia em que a cachorra ficou gemendo com constipação, antes de expelir com dificuldade a merda emaranhada em fios.

Notei que, quando eu colocava um LP de Dolores Duran, ela se acalmava e parava de puxar os cabelos. Passei a lhe dar mais atenção. Ela não se interessava mais por desmontar ventiladores, mas gostava de jogar paciência, escutar música e brincar de arrancar as pernas das formigas no quintal. Um dia perguntei se sentia falta da mãe ou do pai, mas ela não respondeu, não costumava falar de assuntos que lhe causavam desconforto. Fernando não dava mais notícia. Desde que voltara de férias, só tinha feito duas visitas. Rebeca praticamente abandonara a filha.

A situação de Moniquinha me trouxe problemas com Isabela. Desde o início de 1962, eu dormira poucas vezes com ela. Tomava duas ou três cervejas no apartamento, dava uma foda rápida e voltava para casa. No início, ela achava graça, dizia que eu estava velho e caducando com a neta. Aí, passou a ameaçar me deixar, o que acontecia com uma certa frequência nos últimos anos.

Etcheverry também me chamou a atenção pelo estado aéreo, sem procurar matérias novas. Eu estava perdendo a gana de repórter, não só por causa de Moniquinha, mas também pela idade. Trabalhar em redação exigia uma busca constante por informantes, por notícias. A pauta dificilmente chegava pronta. Ser jornalista num jornal que apoia o governo era desestimulante, pior ainda quando o próprio jornalista era entusiasta do presidente da República. Talvez fosse o momento de procurar outro trabalho, quem sabe um cargo público. Samuel Wainer poderia me ajudar a conseguir uma função com João Goulart, qualquer coisa que me desse um rendimento razoável e pouca dor de cabeça.

Passadas duas semanas sem entrar em contato, Fernando ligou para a mãe. Não foi para saber da filha, mas para contar da morte de Bianca. Anita recebeu a notícia com serenidade, não se abateu, não chorou, apenas pediu que nos apressássemos para ir ao velório. Tentei convencê-la a me deixar ficar em casa com Moniquinha, porém ela não permitiu. Disse que Bianca era a irmã que ela não teve.

Havia pouca gente no velório. O casal tinha poucos amigos, não por causa de Bianca, e sim de Emanoel. Na mercearia, ele aumentava o peso da carne na balança, comercializava produtos vencidos e cobrava de maneira ostensiva as contas penduradas pelos clientes. Ele ainda costumava despejar os inquilinos antes de vencer o segundo mês de aluguel atrasado. À exceção de Anita, quase todo o mundo o detestava.

— Acho que podemos ir embora, Anita. Já fizemos o social. Moniquinha está com fome.

— Tenha calma, Marcos, mal chegamos. Mônica comeu biscoito antes de vir. Você sabe que ela reclama sempre que a gente sai de casa. Vamos esperar pelo menos Carlinhos chegar.

Depois de se despedir de um amigo, Emanoel veio falar conosco.

— Bianca estava sofrendo demais com a doença. Agora ela vai descansar em paz — afirmou Anita. — Deus lhe reservou um lugar bom.

— Não sei como vou tocar a mercearia sem ela. Bianca trabalhava no caixa, no açougue, fazia limpeza, nunca fugiu do trabalho. Era meu braço direito. Carlinhos jamais quis se envolver nos negócios. Talvez seja hora de fechar a mercearia e viver dos aluguéis.

— Deus lhe dará força pra prosseguir — disse Anita.

— Eu preferia ter partido primeiro, mas Deus quis que ela fosse na frente.

Pensei em dizer algumas palavras reconfortantes, mas falar em Deus, em paraíso, não soaria natural. Todos sabiam que eu não era religioso. Para um ateu, a morte não é nada além do fim. Em vez de me solidarizar com Emanoel, fiquei me imaginando quando chegasse minha vez. Meu velório não teria muito mais gente do que o de Bianca. Talvez aparecessem alguns poucos colegas de redação, Etcheverry, Octávio Malta, um ou outro foca. Wainer não teria tempo de comparecer. Se Isabela fosse se despedir de mim, Fernando faria um escândalo. Meu enterro teria menos gente do que o de Brás Cubas.

Carlinhos chegou abatido. Era mais próximo da mãe do que do pai. Ele passou por nós sem nos cumprimentar, parecia ter tomado um sedativo.

— Agora não falta mais nada para irmos embora.

— Marcos, temos que prestar solidariedade neste momento. Não vê que Emanoel tá precisando da gente?

— Eu conheço esse sujeito, Anita. Não derramou uma lágrima. Está mais preocupado com o desfalque de mão de obra na mercearia. Quer apostar que ele fez um seguro de vida para ela depois que descobriu o câncer?

— Tenha respeito pela dor dos outros. Nem todo mundo é materialista como você.

Moniquinha voltou a reclamar de fome.

— Como ela tem coragem de aparecer aqui depois de tudo? — perguntou Anita, ignorando a neta.

— Alessandra deve ter os motivos dela para trair Carlinhos, que sempre foi um pequeno-burguês arrogante, como o pai.

— Queria ver você falando assim se fosse com Nandinho.

— Não demora e ele leva um belo par de chifres também — eu disse, sem me tocar de que Moniquinha estava conosco, mas ela não parecia prestar atenção à conversa.

— Vovô, não aguento mais ficar aqui.

— Anita, se você quiser, fique, mas eu já vou com Moniquinha.

— Não vai nem esperar Nandinho?

— Ele só deve aparecer depois que Rebeca sair do trabalho.

Eu tinha ligado o motor do carro quando Fernando estacionou do nosso lado o Impala marrom-metálico com a capota aberta. Rebeca não estava com ele. Anita queria falar com o filho, havia mais de mês que não se encontravam. Moniquinha falou que não ia descer. Anita abriu a porta, mas, antes que saísse do carro, Fernando acenou com mão para ela parar e entrou na casa de Emanoel.

* * *

Anita sentiu a indiferença com que Fernando a tratava. Tentou ligar por alguns dias, mas ele nunca atendia. No início, ela achou que estaria abalado com a morte de Bianca, mas ele sumira desde a última viagem de férias para Vassouras. Não demorou para ela relacionar a ausência do filho a Rebeca. Acusou a nora de afastar Nandinho da família, inclusive de Mônica.

Na redação da *Última Hora*, eu tentava me reaproximar de Isabela. Convidei-a para ver *O Pagador de Promessas*, que seria exibido em sessão exclusiva para jornalistas, críticos e convidados no auditório do Instituto Nacional de Cinema Educativo. O filme era aguardado, pois tinha sido escolhido para representar o cinema brasileiro no Festival de Cannes.

— Como posso confiar no que diz, Marcos? Você sempre marca comigo e depois fura. Só quer saber da neta, agora, ou da bruaca da esposa — disse Isabela.

— Esses convites foram disputados na redação. Só vai gente importante. Dizem que o ministro Ulisses Guimarães e até o próprio Dias Gomes estarão presentes.

— Então, deixe os convites comigo. Se você não for, arrumo alguém pra me acompanhar. E não aceito ciumeira depois.

Paulo Francis se aproximou para mostrar um anúncio de quase meia página que saiu na *Última Hora* com propaganda do Instituto de Pesquisas e Estudos Sociais, o IPES. Com o título "Diálogos Democráticos", a propaganda simulava uma discussão entre duas mulheres. Uma delas fala que o aperfeiçoamento da produtividade é indispensável para o barateamento do preço e para democratização do capital. O texto terminava com uma máxima do capitalismo: aos mais capazes, o maior prêmio.

— Quem está por trás disso? — perguntei.

— Não sei ao certo — disse Etcheverry. — Quase todo dia saem matérias pagas nos jornais falando do IPES. João Pinheiro Neto esta semana almoçou com o presidente do instituto no restaurante da *Manchete*. Saiu empolgado, acha que os empresários podem ajudar João Goulart no plebiscito pra volta do presidencialismo.

— Como um governo dos trabalhadores vai ser apoiado pela burguesia? Será que não lembram como a burguesia brasileira derrubou Getúlio Vargas? Na primeira oportunidade que tiverem, esses parasitas vão puxar o tapete de Jango.

— O IPES se diz apartidário, e tenta se afastar de extremismos.

— Ah, meu amigo, quem acredita numa baboseira dessa? Não existe organização política apartidária. No próprio anúncio publicado no jornal, duas donas de casa falando sobre produtividade e desburocratização do trabalho para democratizar o capital? Isso é uma tentativa de alienação das massas. Um operário nunca subirá na vida com o próprio esforço no capitalismo. A democratização do capital só vai acontecer com a socialização dos meios de produção. Quando os trabalhadores estiverem no comando das fábricas, quando os camponeses puderem produzir nas próprias terras.

— Não nasci ontem, Marcos, eu sei que essa gente pode tentar interferir no processo político, inclusive nas eleições deste ano.

— Vou propor a Wainer uma série de matérias sobre o IPES para investigarmos as empresas envolvidas e suas verdadeiras intenções.

— E você acha que ele baterá de frente com essa gente pra perder os anúncios do IPES e das empresas que apoiam o instituto?

— Procurarei saber mais informações sobre o IPES. Quando eu tiver apurado os interesses envolvidos, levo para Wainer. Se ele não quiser publicar, sei para quem repassar o material.

— Por que você não pega informações com seu filho? Soube que ele tá trabalhando com o pessoal do IPES.

— Para falar a verdade, eu nem sabia que ele estava envolvido com essa gente. Fernando não me conta nada dessas coisas de trabalho. Ele me vê como inimigo em tudo.

O telefone do birô de Isabela tocou.

— Marcos, a bruaca quer falar com você — disse Isabela, tapando o telefone com a mão.

Fiz sinal de silêncio para Isabela, mas ela fez cara debochada.

— Rebeca veio com o pai dela e levou Mônica — informou Anita. — Sua neta não vai mais voltar pra cá.

— Ah, Anita, você me ligou para isso? Estou trabalhando, e já vou logo dizendo que não tenho hora para voltar hoje. Nem se preocupe que Rebeca logo devolve Moniquinha, ela não tem paciência para ficar com a filha por muito tempo.

— Você não está entendendo, Marcos. Rebeca veio com o pai dela. Antes de sair, ela disse que nós nunca mais veríamos Mônica. Rebeca e Nandinho estão em processo de separação.

Desliguei o telefone e arrumei as coisas para ir embora.

— E o filme? — perguntou Isabela.

— Pode ir com Etcheverry. Quando estiver passando em todos os cinemas, nós vamos.

PAGINA 6 — Quarta-Feira, 25 de Abril de 1962 — ULTIMA HORA

Kennedy Manda Reiniciar Explosões Atômicas

DO PONTO-DE-VISTA INTERNACIONAL

GUDINISMO SOFRE REVES NA ITALIA

DECIDE-SE HOJE A SORTE DO EX-GENERAL JOUHAUD

Argentina Sob Virtual Ditadura Militar

Teletipo

SATÉLITE DOS EUA AVANÇA PARA LUA; "COSMOS III" EM ÓRBITA

BRIGA DE AMOR

AUTOMÓVEIS

ANORMAL

CHURCHILL

DIONE

TELEVISÃO

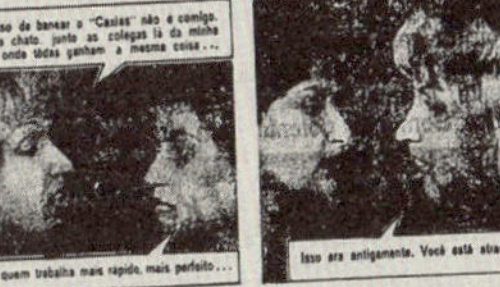

Premiar diferentemente o Trabalho, pelo reconhecimento da dedicação, da destreza e da capacidade, é forma de solidificar as bases sôbre que assenta o Bem-Comum — sobretudo quando vem ao encontro dos anseios da democratização do Capital. Aos mais capazes, o maior prêmio!

IPÊS - Instituto de Pesquisas e Estudos Sociais
Av. Rio Branco, 156, s/2739 - Ed. Avenida Central - Rio

IPASE
DEPARTAMENTO DE APLICAÇÃO DE CAPITAL
Convocação de Segurados para Lavratura de Escritura de Propostas Imobiliárias

NAS SUAS VIAGENS ENTRE RIO-PÔRTO ALEGRE-RIO
CENTAURO
NOVA ADMINISTRAÇÃO

BRASIL NÃO OFERECEU MEDIAÇÃO À BOLIVIA

Propaganda "Diálogos Democráticos" promovida na imprensa pelo IPES (*Última Hora*, 25 de abril de 1962)

Capítulo 19

Acordei com gritos e palmas chamando por meu nome. Levantei-me rápido da cama. Senti tontura e ânsia de vômito. Voltei a me sentar. No dia anterior, havia bebido meia garrafa de uísque nacional no Sacha's. Carlinhos tinha me alertado de que dava ressaca, mas a dose custava a metade do uísque doze anos que ele tomava. Um carro começou a buzinar da calçada.

— Já vai — gritei.

Dissolvi um comprimido de Sonrisal no copo d'água que costumava deixar no lado da cama.

— Abra, antes que a gente arrombe. — A voz vinha da porta da frente. Alguém tinha pulado o muro.

— Quem é? — perguntei do quarto, enquanto tomava o Sonrisal.

— É a polícia, cacete.

Deviam estar atrás do filho da vizinha, que vivia metido com jogo do bicho, roubo de carro e tudo o que não prestava. Passava mais tempo preso do que solto. Todo o mundo da rua Alice tinha medo dele.

— A gente sabe que você tá aí, Fernando. É melhor não abusar da paciência. Abra logo essa porra.

Eu devia ter feito alguma merda no dia anterior. Não lembrava nem como tinha chegado em casa. A calça tinha rastro de mijo na perna, e a camisa fedia a cachaça. Escovei os dentes e troquei de roupa o mais rápido que consegui. A cabeça latejava.

Dois policiais à paisana me esperavam à soleira. O menor tinha cara mais amigável do que o alto, que me encarava com expressão de raiva. Percebi que o carro não estava na garagem. Alguém o tinha roubado, e eu apostava que tinha sido o filho da vizinha.

— Vocês me acordaram, pularam o muro, invadiram minha casa. Espero que tenham uma justificativa plausível pra isso tudo.

— Ele quer uma justificativa plausível, inspetor Ramos — disse o policial menor em tom de galhofa.

— A polícia tinha que estar atrás de bandido, e não invadindo a casa de um cidadão de bem.

— Vamo pra delegacia, malandro. Sem perda de tempo, faz quase uma hora que a gente tamo aqui fora, neste calor do cacete. — A testa do inspetor Ramos suava.

— Não vou a lugar nenhum sem uma ordem judicial. Eu sou jornalista, sabiam? Se eu der uma ligação aqui pro governador, vocês vão pro olho da rua.

— Já vi muita gente dar carteirada por aí — disse o policial menor —, mas nunca como jornalista. Saiba que a gente na polícia odeia vocês. São todos uns bostas, uns mentirosos, fazem de tudo pra vender jornal. Quando vejo alguém da sua laia, puxo logo meu revólver. Por mim, vocês não existiam. Por mim, estariam todos presos ou mortos.

O inspetor Ramos pegou meu braço com força. Quando fui me desvencilhar, o cotovelo bateu no queixo dele. Antes que eu pudesse me desculpar, ele me deu um tapa no rosto. Não senti dor, ainda estava sob efeito do uísque, mas fiquei quase desacordado em pé. Pus as mãos na parede e fui tateando até me sentar no sofá. Os dois policiais me pegaram, um em cada braço, e me puseram no banco traseiro de uma Kombi descaracterizada.

Entrei na 2ª DP em Copacabana algemado com as mãos pra trás. O inspetor Ramos disse que, se eu fizesse qualquer movimento brusco, quebraria meu braço. Fiquei sentado no corredor, com Ramos me observando. O policial menor tinha ido embora.

A todo momento chegavam michês, cafetões, batedores de carteira e traficantes. Provavelmente eu tinha esbarrado com alguns deles na noite anterior no Beco das Garrafas, pra onde eu e Carlinhos havíamos ido depois do Sacha's. Pensei em pedir ao inspetor Ramos autorização pra ligar pro meu advogado, mas eu não lembrava o telefone novo do escritório de Carlinhos.

— Você não é o filho de Marcos? — Era um repórter ao lado de um fotógrafo com um crachá da *Última Hora*.

Não respondi, mas ele insistiu:

— É você, sim. Fernando, né? O que tá fazendo aqui?

— Não sei, me pegaram em casa, mas não me falaram nada. Não disseram nem do que estou sendo acusado.

— Que absurdo, vou falar com doutor Hamilton. O delegado é parceiro da *Última Hora* há muitos anos. Sempre que chega notícia quente ele passa em primeira mão pra gente. É amigo de Samuel Wainer, talvez conheça o seu pai também.

Logo depois que Amado Ribeiro entrou na sala do delegado, o inspetor Ramos veio me chamar. Tirou as algemas e disse que eu não precisava mais ficar com as mãos pra trás. O repórter e o delegado conversavam em voz alta e gargalhavam. Amado pediu que o delegado me tratasse com respeito e saiu pra terminar uma matéria na redação. O inspetor saiu da sala junto com ele.

— Recebi uma ligação do Palácio da Guanabara me pedindo pra investigar um estupro ocorrido em Laranjeiras. O crime está fora de minha jurisdição, mas sou um delegado da confiança do governador. Vamos logo encerrar isso. Conte como foi que você estuprou a moça, depois eu vejo como posso ajudá-lo.

— Doutor, não sei do que o senhor tá falando...

— É melhor dizer a verdade, rapaz — o delegado me interrompeu. — Eu posso até aliviar pra você por causa de Amado Ribeiro, mas o inspetor Ramos não costuma ser delicado com quem comete estupro. Quer que eu chame o inspetor aqui pra lhe dar um trato? Ou prefere que eu jogue você numa cela lotada? Sabe o que os outros presos fazem com um estuprador?

— Eu sou um homem de bem, delegado. Sou jornalista, trabalho no IPES, fui assessor direto do presidente Jânio Quadros. Sou casado, pai de uma menina de sete anos. Sou católico apostólico romano e temente a Deus. Como eu posso estar envolvido num crime de estupro?

O delegado abriu uma pasta e começou a analisar os documentos.

— Estou lendo aqui que o crime aconteceu na rua Alice, Laranjeiras, por volta da meia-noite.

— Eu moro na mesma rua, mas nunca estuprei ninguém.

— A vítima é casada, tem vinte e cinco anos, o nome completo é Rebeca Werneck Levy.

— Doutor, Rebeca é minha esposa.

— Sua esposa?

— Sim, doutor. Somos casados há sete anos. A certidão de casamento está em casa, posso trazer pro senhor.

O delegado voltou a ler os documentos da pasta.

— É verdade, aqui no ofício diz que vocês são casados. Essa história está muito mal contada. Não há estupro entre marido e mulher. Me lembro bem das lições do professor Nelson Hungria.

— Claro que foi um engano, doutor. Como é que eu vou estuprar a própria esposa?

— A queixa partiu dela mesma. Sua mulher relatou o caso ao governador, que mandou um ofício pra apurar o crime de estupro. Desde então, recebo ligações do Palácio da Guanabara pra saber como está a investigação.

— Vou falar a verdade pro senhor, delegado. Eu e minha mulher estamos em processo de separação. Ela sempre foi negligente com nossa filha. Trabalha, passa o dia fora de casa. Quando chega, não quer nem saber da menina. Nossa filha vive abandonada na casa de meus pais. Minha esposa inventou esse negócio de estupro pra ficar com todos os bens.

— Ela podia ter inventado uma história menos mirabolante. Agora, estupro do marido contra a mulher? Podia ter dito que o senhor abusava da filha, ou que batia nela.

— E o pior, doutor, é que ela não quer ficar com a menina. É só pra infernizar minha vida. É só porque eu a deixei, doutor. Ela não se conforma com a separação e usa a menina pra gente voltar a ficar junto.

— Veja bem, eu não posso arquivar esse caso assim. Não posso contrariar uma ordem do governador. Mas não se preocupe que eu não vou abrir inquérito. Vou liberar você hoje e guardar o ofício do Palácio da Guanabara aqui na gaveta. Quando me ligarem do palácio, digo que está em diligência. Não demora, e todo mundo se esquece dessa bronca.

— Agradeço muito ao senhor, doutor. Só Deus sabe o quanto essa mulher me faz sofrer.

— Eu sei como são essas brigas de marido e mulher. Daqui a pouco, vocês estão juntos de novo, e ela vai ficar com vergonha de ter feito essa denúncia falsa.

* * *

Os problemas com Rebeca me fizeram perder o gosto pela Copa do Mundo. Nem sequer acompanhei alguns jogos. Escutei pelo rádio a final do Brasil contra a Tchecoslováquia sozinho em casa. O resultado foi o que todos esperavam, a seleção brasileira ganhou por três a um, com gols de Amarildo, Zito e Vavá. Logo que acabou o jogo, Carlinhos me ligou pra comemorar em Copacabana, mas recusei o convite. Desde que havia sido levado pra delegacia, não tinha mais bebido. Se me envolvesse em qualquer confusão, Rebeca usaria o caso pra dar andamento à investigação de estupro.

No dia seguinte ao jogo, dei expediente normal no IPES, mas só a secretária e eu comparecemos. Havia pouca gente no centro, pela manhã; alguns bêbados perambulavam nas ruas desde a noite anterior. No final da tarde, o trânsito foi interrompido na Rio Branco. Muitos estacionaram o carro pra acompanhar o cortejo em comemoração à vitória da seleção, que passaria pela região. Não havia mais como tirar o Impala da avenida. Pedi auxílio a um guarda de trânsito, mas era impossível sair, a rua estava tomada de gente.

Impossibilitado de voltar pra casa, aguardei a passagem da seleção no escritório de Carlinhos. Ele me recebeu com festejo e abriu uma garrafa de Chivas. Mesmo sabendo que eu tinha parado de beber, serviu dois copos.

— Ah, você já está com paranoia... Estamos só nós dois, Rebeca não saberá o que você anda aprontando por aí.

— A bebida acabou comigo, Carlinhos. Por Deus, juro que Beca era a pessoa mais importante de minha vida. Hoje não posso mais nem chegar perto dela. Na semana passada, fiz uma ligação do IPES a trabalho pra falar com Lacerda, mas ele não me atendeu. E o que é pior, o governador mandou recado pela secretária dizendo que, se eu pisasse no Palácio da Guanabara, seria preso.

— Esqueça Rebeca, meu amigo. Você agora é solteiro, aproveite. Tá cheio de mulher querendo sair com um sujeito como você. Tenho mais duas garrafas de Chivas na copa pra gente comemorar a vitória da seleção.

— Não é só por causa de Rebeca. Eu preciso me comportar também pra não perder o emprego. O presidente do IPES recebeu uma ligação do Palácio da Guanabara pedindo minha cabeça. Ainda bem que doutor João Batista confia em mim. Expliquei que Rebeca tinha feito uma denúncia falsa na delegacia por agressão. Não falei nada sobre o estupro. Fiquei encabulado. Ele deu uma resposta vaga ao governador sobre minha demissão, mas pediu pra eu ser discreto até as coisas esfriarem.

— Essa mulher não vai sossegar enquanto você não for demitido.

— Acho que ela não vai conseguir. Em poucos meses, eu já fiz muito pelo IPES. Consegui fechar patrocínio em programas de televisão, fazer publicidade em jornais. Tudo pra tentar frear os comunistas do governo Goulart. Doutor João Batista hoje não pode abrir mão de meu trabalho.

— E vocês terão muito serviço nos próximos dias. Com a renúncia do gabinete de Tancredo Neves, é bem possível que o presidente indique um radical de esquerda pra primeiro-ministro.

— No IPES conseguimos informações de que João Goulart estava pressionando Tancredo a antecipar o plebiscito pela volta do presidencialismo.

— Aí os comunistas vão tomar conta de tudo e acabar com o país de vez. Papai reclamou que não encontra mais produtos pra abastecer a mercearia. Outro dia, em Copacabana, um caminhão da Cofap quase foi saqueado por uma multidão querendo açúcar.

— Sem falar na inflação. O Brasil precisa ser administrado por profissionais, e não por esse bando de esquerdista corrupto. O IPES, junto com o IBAD, tá bancando candidaturas de políticos comprometidos com a pauta anticomunista. Se fizermos maioria nas duas Casas, conseguiremos tirar Jango antes de 1965.

— Os carros de bombeiro estão se aproximando com os jogadores da seleção — disse Carlinhos, olhando pela janela. — Vamos descer antes que a gente não consiga mais espaço na calçada.

— E não seria melhor ver os jogadores daqui, no ar-condicionado do escritório?

— Aqui não tem mulher, meu amigo. Lembre-se de que nós dois agora somos solteiros.

— Será que você não percebe que a seleção brasileira está sendo usada por João Goulart pra desviar o foco da incompetência do seu governo? Escutei na rádio que os jogadores foram almoçar com o presidente no Palácio da Alvorada. Jango quer receber os louros de tudo de bom que acontece no Brasil.

— Esse é o protocolo de uma seleção vitoriosa. Os jogadores também passaram no Palácio da Guanabara pra receber a bênção de Carlos Lacerda.

Uma bateria de escola de samba animava os torcedores na avenida Rio Branco. Carlinhos ensaiava alguns passos desengonçados com a garrafa de uísque em uma das mãos e o copo na outra. A banda tocava a marchinha *A Taça do Mundo é Nossa* repetidas vezes. Depois, as pessoas começaram a cantar: "Não tem arroz, não tem feijão, mas assim mesmo o Brasil é campeão." Talvez meu pai esteja certo, o futebol é o ópio do brasileiro.

Abrimos espaço na multidão em busca do local onde o Impala estava estacionado. Carlinhos queria usar o carro como apoio. Duas mulheres com rostos pintados de verde e amarelo pulavam sobre o capô do Impala. Aparentavam ter uns vinte e poucos anos. Uma delas usava aliança de casada. Reclamei, mas elas fizeram ouvidos moucos e continuaram com os sapatos arranhando a lataria. Carlinhos as convenceu a descer.

— Vou mandar a conta da pintura pra vocês duas pagarem. Minha mulher vai acabar comigo quando vir as avarias que fizeram no carro dela.

— Ex-mulher, Fernando, ex-mulher — corrigiu Carlinhos.

Ele me apresentou às moças. Elas trabalhavam na recepção do Edifício Marquês do Herval. Ambas começaram a tomar uísque no copo dele, mas Carlinhos pareceu ter mais intimidade com a solteira. Logo estava com uma das mãos na cintura dela. A casada ficou do meu lado. Tentou puxar assunto comigo, disse que tinha dois filhos, mas se encontrava em processo de separação. Ainda morava com o ex-marido, no entanto o colocaria pra fora de casa a qualquer momento. Ela queria saber mais sobre mim, mas inventei que precisava retornar ao escritório do IPES pra resolver uma pendência.

Andei com dificuldade por alguns metros. As janelas dos prédios ao longo da avenida estavam enfeitadas com a bandeira do Brasil. Um torcedor trocou o "Ordem e Progresso" da bandeira por um "Mané". Garrincha tinha sido a estrela da Copa, marcou quatro gols, deu assistência aos companheiros de time. Na final, jogou gripado e com febre. Não conseguiu nem ir à Embaixada do Brasil em Santiago junto com os outros jogadores depois do jogo.

Trinta motos da polícia de trânsito abriam caminho no público pra passagem dos dois carros de bombeiros com os jogadores da seleção. O foguetório se intensificou. O capitão Mauro carregava a taça Jules Rimet. Didi, Garrincha, Nilton Santos, Zagalo, Zito, Vavá, todos os jogadores estavam visivelmente emocionados.

Eu me reencontrei com Carlinhos e as duas mulheres quando a Rio Branco começava a esvaziar. Devia passar da meia-noite. Eles estavam embriagados. Carlinhos me abraçou com a casada, juntando a cabeça de nós três.

— Agora vamos beber mais duas garrafas de uísque no escritório.

Elas concordaram.

— Não posso, amanhã tenho que acordar cedo pra trabalhar.

Carlinhos me puxou num canto.

— Você não pode me deixar na mão, porra. Precisa ficar com uma delas, senão vai atrapalhar. As duas não vão querer me dar ao mesmo tempo.

— Ela é casada, Carlinhos. Eu também.

— Se sua religião não permite se relacionar com uma mulher casada, então pode ficar com a solteira. Ainda dou o gabinete pra você comer a moça. Eu levo a outra pra sala de reuniões.

— Carlinhos, eu não sou companhia pras suas farras, com bebida e mulheres. Não estou preparado pra isso.

— Será que você não percebe que Rebeca não o quer mais? A uma hora dessas ela deve estar com outro na cama.

— Acho melhor a gente parar por aqui. Me deixe ir embora, antes que eu faça uma merda. — Empurrei Carlinhos e fui em direção ao Impala. — O corno aqui é você, meu caro, não eu.

COPA

O POVO ESPEROU SEUS

• O primeiro a descer do avião foi o Dr. Paulo Machado de Carvalho, empunhando a reluzente Jules Rimet. Sob o espoucar de foguetes e aplausos da multidão passou-a às mãos de Mauro. O zagueiro capitão do Escrete de Ouro teve, então, um gesto de rara elegância: entregou a Taça a Belini, divindindo com o "Grande Capitão" de 58 — reserva nesta Copa — as glórias do bicampeonato. Iniciou-se o desfile pelas ruas da cidade, rumo ao Palácio Guanabara.

ESCOLAS DE SAMBA E ASSOCIAÇÕES CARNAVALESCAS ANIMARAM A GRANDE FESTA DO BI.
NAS RUAS CENTRAIS DA CIDADE, A PASSAGEM DO ESCRETE DE OURO, CAUSOU DELIRIO POPULAR.

Comemoração nas ruas após a seleção brasileira ganhar o bicampeonato mundial de futebol (*Manchete*, 30 de junho de 1962)

Capítulo 20

Fernando passou mais de dois meses sem dar notícia. Eu nunca havia ficado tanto tempo longe de Moniquinha. Procurei por minha neta na escola Anne Frank, mas a professora informou que a mãe dela cancelara a matrícula. Cheguei a ir à casa dos pais de Rebeca, mas dona Antônia disse que Moniquinha se mudara para Vassouras com os outros avós.

Meu filho não sabia conduzir a relação com a mulher. A culpa da separação foi exclusivamente dele, que colocava Rebeca num pedestal, como se ela fosse uma dádiva em sua vida. Tudo por achar que o casamento era uma união de Deus, em vez de um mero contrato que une duas pessoas em seus direitos e deveres. Ele via Deus em tudo. Ingênuo, não sabia que Deus era uma criação humana.

Sem avisar, fui à sede do IPES para encontrar Fernando. Além de saber o paradeiro de minha neta, eu queria informações sobre o instituto. Na redação, corria a notícia de que o IPES e o IBAD despejavam dinheiro nas campanhas ditas liberais. Mais uma vez, meu filho se colocava no lado errado da história.

Fernando conversava com a secretária na recepção, quando me viu. Logo me puxou para uma sala.

— O que o senhor está fazendo aqui?

— Você sumiu, Fernando. Sua mãe está louca atrás de você.

— Diga a mamãe que hoje à noite passo em casa.

— Eu quero minha neta de volta.

— Isso não depende de mim. Nem eu estou conseguindo falar com Mônica. Mas tenho certeza de que ela está bem com os avós em Vassouras. Não se preocupe.

— Ah, Fernando, com aqueles velhos? Os pais de Rebeca não têm paciência com criança. Você sabe que Moniquinha precisa da gente. Ela fica nervosa, arranca os cabelos. Anita todo dia pergunta pela menina, está preocupada também.

— Eu vou resolver isso, pai — ele me interrompeu. — Agora o senhor precisa ir embora. Meu chefe vai chegar daqui a pouco pruma reunião com políticos. O senhor não pode ser visto aqui.

Ele abriu a porta da sala para eu me retirar.

— Na *Última Hora*, sabemos o propósito dessas reuniões. Não vamos publicar nada por enquanto, mesmo porque não temos provas. O IPES e o IBAD estão financiando candidaturas de deputados.

— O senhor não tem ideia do que está falando. — Ele tornou a fechar a porta. — O propósito do IPES é promover a educação e contribuir pra democracia do Brasil, de maneira apartidária.

— É muita ingenuidade sua, meu filho. Acha mesmo que é possível manter em segredo a entrega de dezenas de malas de dinheiro para políticos? Eu soube que José Aparecido recebeu muita bufunfa para fazer campanha em Minas Gerais, com material de propaganda e veículos à disposição. Montou um comitê eleitoral com dois terços de um andar na sobreloja do edifício Itamaraty. Como ele, foram muitos os candidatos que encheram as burras.

Fernando andava de um lado para outro na sala.

— Eu nem devia falar isso para você — prossegui —, mas saiba que o deputado Eloy Dutra já está reunindo assinaturas para a abertura de uma CPI para investigar esses financiamentos e a origem do dinheiro. Peça sua demissão daqui, antes que seja tarde para você. Nessas situações, a corda sempre arrebenta no lado mais fraco.

— Suponhamos que seja verdade isso que o senhor está dizendo, o que não é. Qual o problema em financiar candidaturas democráticas?

— O problema é que esse dinheiro vem dos Estados Unidos, que mais uma vez tentam interferir na política comprando políticos e jornalistas com dinheiro sujo.

— Os americanos estão preocupados com a ditadura comunista que João Goulart quer implantar no Brasil. O senhor ouviu o discurso de Leonel Brizola defendendo o fechamento do Congresso Nacional e a intervenção do Exército pra dar amplos poderes ao presidente da República?

— Isso é apenas um jogo de retórica de Brizola para fazer com que Jango recupere os poderes de presidente. A tentativa de golpe dos milicos em 1961 para cima de Jango custou muito caro ao Brasil. O regime parlamentarista não faz parte de nossa cultura política. Até mesmo a oposição concorda em voltar ao presidencialismo. O próprio Carlos Lacerda quer ser presidente da República com amplo poder.

— Já tenho problemas demais na cabeça. Se ainda quiser que eu mantenha o respeito que tenho pelo senhor, peço que não toque mais em assunto de política comigo. Nós dois temos divergências profundas e inconciliáveis. Agora, vá embora que preciso trabalhar.

— Eu me preocupo com você, meu filho. Você é muito novo para estar no meio dessas raposas políticas. Carlos Lacerda não vai ajudá-lo quando essa organização criminosa do IPES for desbaratada. Aliás, se dependesse de Lacerda, você estaria na cadeia agora por conta de uma acusação de estupro contra a própria mulher.

— Ah, então o canalha do Amado Ribeiro falou pro senhor?

— Tem muito mais gente a par do que você imagina. Ia sair uma nota sobre isso no *Diário da Noite*, na coluna de Stanislaw Ponte Preta, mas consegui abafar. Você não sabe, mas tive que me movimentar e ficar devendo muitos favores. A sorte é que Lacerda não é mais o dono da *Tribuna da Imprensa*, senão o caso já teria vazado. Também falei com doutor Hamilton para arquivar o caso na 2ª DP. Ele só concordou depois que eu ameacei publicar na *Última Hora* o esquema de prostituição em que ele estava envolvido em Copacabana. Apesar de me ver como um inimigo, eu faço tudo que posso para proteger você.

A secretária bateu na porta e disse, sem entrar:

— Fernando, doutor João Batista está na sala de reunião com os convidados. Só falta você.

— Não precisa se preocupar comigo, pai. Sei o que estou fazendo. Vou me resolver com Rebeca e prometo que o senhor voltará a ver Mônica.

* * *

Nem mesmo todo o dinheiro investido pelos institutos IPES e IBAD foi capaz de impedir o crescimento da esquerda nas eleições de 1962. O PTB fez cento e dezesseis deputados federais e dezoito senadores, alcançando a segunda maior bancada na Câmara dos Deputados e no Senado, atrás apenas do PSD. Leonel Brizola foi o deputado federal mais votado do Brasil. Em Pernambuco, Miguel Arraes ganhou a disputa para governador do estado. João Seixas Dória se elegeu em Sergipe pelos trabalhistas. O Brasil parecia que finalmente tinha tomado consciência de que não havia solução fora da esquerda.

Na redação da *Última Hora*, fiquei responsável por cobrir o conflito iminente entre os Estados Unidos e a União Soviética por conta de mísseis nucleares russos enviados a Cuba. John Kennedy chegou a pedir o apoio de João Goulart para uma possível conflagração, o que foi negado pelo presidente brasileiro. O mundo estava às vésperas da Terceira Guerra Mundial.

A tecnologia bélica da União Soviética superava de longe a dos norte-americanos. Em caso de guerra declarada, poderia haver muitos mortos, talvez milhões. Cuba provavelmente desapareceria do mapa, afundada por bombas nucleares e coberta pelas águas do Atlântico. Porém, o mundo se livraria definitivamente do imperialismo dos Estados Unidos. Uma revolução socialista não acontece sem sacrifícios.

Acompanhei a questão com o entusiasmo de quem assistia à seleção de Garrincha ser campeã mundial, torcendo pela declaração de guerra e pela destruição dos ianques. Para meu desalento, entretanto, a conflagração não aconteceu. Kruschev negociou com Kennedy a retirada dos mísseis em Cuba. Em troca, os americanos fizeram o mesmo em solo turco. O conflito direto entre União Soviética e Estados Unidos seria mais uma vez adiado.

Os dias que se seguiram no jornal foram de trabalho pela campanha da volta do presidencialismo. João Goulart aumentava a popularidade para acabar com o golpe parlamentarista e se tornar presidente com todos os poderes conferidos pela Constituição. Jango sancionou a implementação do décimo terceiro salário, criou a Eletrobras, limitou a remessa de lucros ao exterior e elevou o salário mínimo em mais de 50%, a começar em janeiro de 1963.

Isabela me pediu para dormir com ela, mas eu disse que estava cansado, com saudade de minha neta. Tudo era verdade, mas o real motivo da minha recusa foi Bat Masterson. Eu assistia ao seriado com Anita todas as quartas-feiras às 20h40 na TV Rio. Moniquinha também costumava acompanhar conosco, mas a parte de que ela mais gostava era a propaganda dos sabonetes Cinta Azul.

Em 1961, a TV Record trouxera o ator norte-americano Gene Barry ao Brasil para promover a série. O astro chegou a ser recebido pelo presidente João Goulart. Desde então, o programa foi um sucesso, sendo transmitido em São Paulo pela Record e no Rio de Janeiro pela TV Rio.

No Carnaval, a fantasia de Bat Masterson foi a mais usada, principalmente pelas crianças. Anita comprara uma bengala e um chapéu do protagonista para a neta nas lojas Ducal, mas Moniquinha não foi para nenhuma festa. A menina detestava barulho e aglomeração.

Quando cheguei, apenas a cachorra estava em casa. Ela andava com o dorso encurvado como se estivesse com dor no estômago. Encontrei rastro de merda com sangue na sala. Espantei-a para o quintal com a vassoura. Depois limpei a sujeira com um pano de chão sujo. A casa tinha uma catinga insuportável.

Anita não deixara o jantar, mas pelo menos não se esquecera das minhas duas garrafas de Antarctica. Abri uma cerveja, esquentei um pão na frigideira e fritei dois ovos. Jantei assistindo ao seriado. Senti falta de Anita e de Moniquinha — Bat Masterson não tinha graça sem elas.

Anita chegou em casa depois das dez da noite, o seriado já tinha acabado.

— Fui levar uma sopa de costela que preparei pra Emanoel e acabei perdendo a hora — ela tentou se justificar. — O coitado está tão apático, emagreceu bastante depois que Bianca morreu.

— Por que você não deixou pelo menos o resto de sopa na panela para mim?

— Ah, Marcos, nunca sei que dia que você dorme em casa.

— Mas hoje era dia de Bat Masterson.

— Esqueci completamente.

— Veja bem, Anita, não acho conveniente uma mulher casada visitar sozinha um viúvo e ficar até essa hora da noite.

— Eu ia só deixar a sopa e voltar, mas perdi a hora. Emanoel precisava de alguém pra conversar. Ele se queixou da falta de Bianca, reclamou que Carlinhos mal lhe faz uma visita, falou até dos inquilinos que se aproveitaram do luto pra deixar de pagar os aluguéis.

— Aquele porco capitalista só pensa em dinheiro.

— Isso é modo de falar, Marcos? Coitado dele. Eu também precisava aliviar a cabeça. Estou muito preocupada, Joaquina vomitou sangue duas vezes hoje.

— E cagou pela casa inteira, inclusive tive que limpar tudo. Essa cachorra dá muito trabalho. Está na hora de dar um jeito de ela partir.

— Talvez quem tenha que partir seja você, Marcos. Não Joaquina.

— O que está querendo dizer com isso, Anita?

— Esquece, Marcos. Esquece. Só tô cansada. Preciso dormir.

Quando os aliados invadiram a Normandia, na última guerra, os comentaristas militares afirmaram que aquêle fôra o dia mais longo da História. Mas, na última semana, com a crise de Cuba, quase tivemos a guerra de alguns minutos ou

O DIA MAIS CURTO DA HISTÓRIA

CRUZAR O ESPAÇO, NENHUM CONTINENTE FICARÁ A SALVO DO SEU PODER DESTRUIDOR

Crise dos mísseis em Cuba (*Manchete*, 10 de novembro de 1962)

Capítulo 21

Depois de quase um ano sem pôr os pés no Palácio da Guanabara, recebi uma ligação do gabinete de Carlos Lacerda pra uma reunião. A secretária desconversou sobre o tema, pediu apenas que eu confirmasse o encontro. A tentativa de reaproximação com Lacerda só podia ser coisa de Rebeca. Ela queria usar a desculpa de assunto de governo pra voltar pra casa.

Logo que cheguei ao gabinete, a secretária me mandou entrar. Disse que o governador me aguardava. Eu não esperava um clima amistoso, mas, pra minha surpresa, Lacerda me recebeu com um abraço, dizendo que sentia falta de trabalhar comigo.

— O resultado das eleições não foi o que esperávamos — disse Lacerda depois de se sentar. — Ganhamos em alguns estados, mas perdemos em locais como Pernambuco e Sergipe.

— Aquela gente morta de fome do Nordeste só atrasa o Brasil, governador. Tudo de ruim acontece ali: seca, pobreza, desnutrição, mortalidade infantil. Só pode ser castigo de Deus. Ô gente amaldiçoada. Por isso os comunistas têm tanto espaço lá.

— Francisco Julião e as suas ligas camponesas que o digam. Mas a derrota não foi só no Nordeste. Não viu Eloy Dutra e Leonel Brizola aqui na Guanabara? O que justifica um arruaceiro do Rio Grande do Sul ser o deputado federal mais votado do Brasil? Aquele caudilho não é nem daqui.

— Os comunistas estão avançando cada vez mais. Temo que João Goulart ganhe força com essa campanha pela volta do presidencialismo.

— Eu até sou a favor do presidencialismo, Fernando. Você sabe que tenho pretensão de ser presidente da República, né? Qual político não tem? Mas também compartilho do seu receio. Goulart e Brizola querem implementar aqui uma ditadura sindical, coisa que nem Getúlio Vargas conseguiu. Cabe a nós impedir isso. Nós, os democratas deste país. Nessas eleições, vimos que não basta colocar dinheiro do IPES e do IBAD nas campanhas, precisamos pensar em outras medidas. Fazer uma campanha mais ostensiva contra João Goulart, contra os comunistas.

— Fizemos o possível pra emplacar os candidatos apoiados pelo IPES. Tivemos muitos êxitos, muitos deputados eleitos. Mas podemos sempre melhorar. Não sei como tantos candidatos do PTB conseguiram se eleger. Só podem ter fraudado as eleições.

— É possível. Essa gente é capaz de tudo. Talvez o caminho seja de novo a intervenção das Forças Armadas. Não como na época da renúncia de Jânio Quadros, de forma atabalhoada. Desta vez é preciso preparar o povo pra que João Goulart nunca mais volte à Presidência da República.

— Governador, acho que posso ajudar o senhor com isso. Me nomeie pra qualquer cargo na Guanabara. Aceito até ganhar menos do que recebo no IPES. Dinheiro pra mim não importa.

— Eu ainda preciso de você no IPES. Por isso te chamei aqui hoje. Você vai ajudar o general Golbery a fazer uma campanha no IPES pra aproximar a população cada vez mais dos quartéis, e trabalhar com a Escola Superior de Guerra. O mandato de Jango termina em 1965. É tempo demais. O país não aguenta. O IPES é a peça-chave pra sepultar de vez o getulismo.

Carlos Lacerda se levantou e se dirigiu à porta do gabinete.

— Fernando, nós nos afastamos ultimamente, mas saiba que você continua sendo de minha total confiança. Vou pedir pra Rebeca marcar os encontros com mais frequência.

Logo que acabou a reunião, a secretária me conduziu a outro gabinete. Era uma sala apertada, mas arrumada. Ela me pediu que aguardasse lá. Trouxe uma bandeja com uma xícara de café e *cream crackers*. Em cima da mesa tinha um exemplar da *Última Hora*. A capa noticiava o fim do romance entre Garrincha e Elza Soares, além de uma declaração de Vinícius de Moraes defendendo a bossa nova do fracasso na apresentação em Nova York no Carnegie Hall. O que me causou preocupação, porém, foi uma entrevista na página quatro do deputado Eloy Dutra defendendo a instalação de uma CPI pra apurar a participação do IBAD nas eleições. Logo chegariam ao IPES.

Rebeca entrou sisuda na sala, sentou-se do outro lado do birô e cruzou as pernas. Os cabelos loiros dela estavam escovados, na altura do pescoço. Loira. Eu nunca tinha visto Beca loira. Ela usava uma saia preta justa um pouco abaixo do joelho e uma camisa de linho branca. Parecia outra mulher. Uma mulher bonita, altiva, numa posição de poder superior à minha.

Eu não sabia se devia lhe pedir desculpas, se imploraria pra ela voltar pra casa ou se simplesmente jogaria na cara dela todo o rancor por ter me afastado de minha filha. Talvez eu exigisse que ela retirasse a acusação falsa de estupro contra mim na delegacia.

— Serei direta e breve, Fernando. Tenho dois assuntos pra tratar com você, mas não posso demorar. Às dez horas vou me reunir com Flexa Ribeiro pra tratar da educação da Guanabara.

— Há tempos quero falar com você. Sinto muita falta sua, Beca.

— Não tenho tempo pra sentimentalidades — ela me interrompeu. — O primeiro assunto é sobre Mônica. Ela está morando com meus pais em Vassouras, mas não se adaptou. Quer voltar a morar no Rio a todo custo. Você sabe que trabalho o dia inteiro e não tenho tempo pra cuidar dela sozinha.

— Ela pode morar comigo.

— Com você, Fernando? Não sabe cuidar nem de si mesmo. Saiba que sua filha nem sequer pergunta por você. Mônica quer voltar pra casa de Marcos. Nunca vi uma menina tão apaixonada pelo avô. Chora todo dia, arranca os cabelos, agora deu pra se mutilar. Meus pais não sabem mais o que fazer.

— Tenho certeza de que meu pai receberá nossa filha com muito gosto. Mas acho que podemos ficar nós três juntos de novo, como uma família. Uma família sólida supera qualquer problema.

— É justamente esse o outro assunto — ela me interrompeu mais uma vez. — Eu quero o desquite.

— Desquite, Rebeca? Você sabe que sou totalmente contra o desquite ou qualquer separação entre marido e mulher. O que Deus uniu o homem não separa. Não vou desistir tão fácil assim de nossa família. Família é uma obra divina.

— O desquite sairá com ou sem sua vontade. Se você não cooperar, vou mexer os pauzinhos com o governador pra lhe demitir do IPES.

— Lacerda não faria isso comigo. Ele me tem como um homem de confiança.

Rebeca riu, debochada.

— Fernando, quem marcou a reunião com o govenador hoje fui eu. Inclusive, posso fazer com que Lacerda coloque você na cadeia a qualquer momento.

— O que foi que eu fiz pra você me odiar assim, Rebeca?

— Preciso dizer? Você me humilhou, você me bateu, você me violentou. Resolvi me encontrar com você hoje pelo bem de minha filha. Mas saiba que eu só tenho ódio e desprezo por você, Fernando. Você ainda vai pagar por todo o mal que me fez, seja na terra, seja no inferno, que é o lugar que o espera.

* * *

Recebi uma intimação pra comparecer mais uma vez na 2ª DP em Copacabana. O delegado Hamilton explicou que havia engavetado as investigações até quando pôde, mas voltou a receber pressão do Palácio da Guanabara pra dar continuidade a elas. Durante quase três horas, prestei depoimento sobre a relação com Rebeca: quando começamos a namorar; quando foi o primeiro ato sexual — aqui menti dizendo que tinha sido apenas após o casamento; quantas vezes copulávamos por semana; se usávamos posições exóticas; se traí ou fui traído; se batia nela.

No final do interrogatório, o delegado reafirmou que tinha certeza de minha inocência, mas ele precisaria dar uma resposta ao gabinete do governador. Prometeu que faria a conclusão do inquérito informando que não houve prova da violência, por ausência de exame de corpo de delito. Porém, me indiciaria pelo crime de posse sexual mediante fraude, que tinha uma pena menor do que o de estupro. Como sou primário e tenho bons antecedentes, dificilmente seria preso. Ainda fez questão de dizer que estava me ajudando em consideração a meu pai.

Quando cheguei pra trabalhar no IPES, encontrei minha sala esvaziada, com os documentos todos numa caixa na recepção. João Batista não estava, mas falou comigo ao telefone. O afastamento do IPES seria por prazo indeterminado. Ele justificou que o IPES se achava na iminência de ser alvo de uma CPI pra investigar a participação no financiamento de campanha eleitoral. Além do mais, o instituto não podia perder o apoio de Carlos Lacerda nesse momento. Resolvida a questão criminal, eu poderia retornar ao trabalho.

Procurei Carlinhos em seu escritório, mas ele estava em audiência no Tribunal de Justiça. Passei em frente a diversos bares na avenida Rio Branco, com uma vontade desesperada de beber. Mas com quem desabafaria sobre os problemas? Pra quem me queixaria de minha mulher? Beber sozinho era coisa de alcoólatra.

Peguei o Impala e fui ao Cine Bruni do Flamengo, aonde costumava levar Rebeca. Estava em cartaz a reprise de *Janela Indiscreta*, de Hitchcock, a que eu tinha assistido na época do lançamento, em 1954. Comprei o ingresso e entrei na sala. Não havia muitas pessoas. Afinal, quem é que tinha tempo pra ficar no cinema numa tarde de quinta-feira? Além do mais, nem todo o mundo gostava de Hitchcock. Rebeca odiava. Quando fomos ver *Psicose*, ela saiu da sessão na primeira metade do filme.

Depois do cinema, fui à casa de mamãe. Eu a encontrei com Joaquina enrolada num pano sobre o colo. A cachorra mal abria o olho. Mônica, na sala, escutava Dolores Duran. Mamãe desatou a reclamar dela. As orelhas estavam imundas, as unhas grandes, estava com piolho, lêndeas. Além de arrancar os cabelos, agora ela se beliscava até ferir a pele quando era contrariada. A menina só se acalmava quando Marcos chegava.

— A que horas ele volta da redação, mamãe?

— Ah, Nandinho, você conhece seu pai. Nunca sei quando ele chega, nem se vai dormir aqui. Mas desde que Mônica voltou a morar com a gente, Marcos nunca mais passou a noite longe de casa.

Mamãe colocou um prato de canja de galinha e uma banda de pão na mesa pra eu jantar.

— Meu filho, acho melhor você ficar com Mônica. Não tenho mais idade pra cuidar dela sozinha. Ela voltou pior da casa dos outros avós, tem crises diárias de nervos. Fico desesperada. A menina ainda não retornou à escola. Só tenho sossego quando Marcos está em casa à noite. Ainda tem Joaquina, que está com diarreia e vômito há mais de duas semanas.

— Tenha calma, mamãe. Minha vida está virada pelo avesso, mas logo vai se resolver. Beca ainda voltará pra casa.

— Você tem que esquecer aquela mulher, Nandinho. Rebeca é um atraso de vida. Tenho certeza de que a partir de agora as coisas vão melhorar pra você.

— Melhorar como? Estou afastado do emprego, e respondendo a um inquérito na delegacia por um crime que não cometi.

— Nandinho, dê o desquite e se livre de vez dessa mulher.

— Isso é contra a lei de Deus, é contra minha formação cristã, é contra tudo em que acredito.

— Meu filho, você não precisa levar a Bíblia ao pé da letra. Ninguém pode ser obrigado a conviver eternamente com uma pessoa de que não gosta.

— Que blasfêmia, a senhora está falando que nem meu pai.

— Mas você me apoiou no tempo em que estive separada dele.

— Era diferente. Meu pai traía a senhora, naquela época.

— E você acha que ele mudou, Nandinho? Acha que ele largou aquela secretária da *Última Hora*? Como é o nome dela mesmo? Isabela, né?

— Ah, mamãe, sei lá... Não quero mais nem ter conhecimento das safadezas do meu pai.

— Hoje mesmo eu não sei dizer se ele vem passar a noite aqui. Não cometa o mesmo erro que eu, Nandinho. Não conviva com uma pessoa que não vale mais a pena só pra manter um casamento de aparência. Eu me arrependo amargamente por não ter me desquitado de seu pai naquela época.

ÚLTIMA HORA — Segunda-Feira, 3 de Junho de 1963 — PÁGINA 3

Na Hora H

Compra de Geradores: Nôvo Escândalo do Govêrno Lacerda

Gregory Peck e Cyd Charisse Vêm aí

Bahia Vai Mandar Morena Linda Disputar "Miss" Brasil

Cyd Charisse — no seu número no filme "Viva Las Vegas" — vem em julho.

PAULO FRANCIS INFORMA E COMENTA

O IBAD EXPOSTO

DECASA vende mesmo conforme anuncia!

Seleção da Semana

SÓ DE 3 A 8 DE JUNHO

SÓ ATÉ SÁBADO
Geladeira GELOMATIC
8 pés - Super Luxo
ENTRADA 11.900,
PRESTAÇÕES 11.900,
DECASA vende mesmo conforme anuncia.

SÓ ATÉ SÁBADO
Máquina de Costura
VIGORELLI Portátil
ENTRADA 4.500,
PRESTAÇÕES 4.500,
DECASA vende mesmo conforme anuncia

SÓ ATÉ SÁBADO
Enceradeira Nova ARNO
com espalhador
ENTRADA 3.500,
PRESTAÇÕES 3.500,
DECASA vende mesmo conforme anuncia

a mulher compra sòzinha!

Se você é solteira, casada ou viúva - trabalhando ou não seu crédito já está aprovado na Decasa

Decasa

Não perca! 77 Sunset Strip

PERDEU-SE PASTA

MATERIAL ELÉTRICO

VARIEDADE FABULOSA E A PREÇOS BAIXOS

SURDEZ

HERMES FERNANDES S. A.

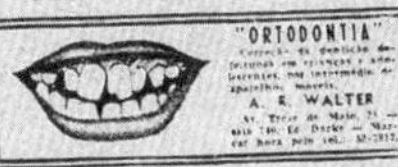

"ORTODONTIA"

A. E. WALTER

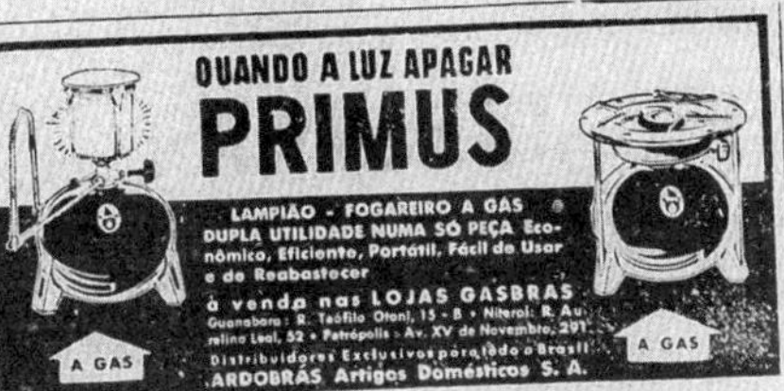

A coluna do jornalista Paulo Francis denuncia as atividades do IBAD (*Última Hora*, 3 de junho de 1963)

Capítulo 22

No dia em que a Última Hora trouxe notícia do fim do parlamentarismo, outra manchete causou alvoroço no jornal: "Mulher sobrevive à ação do terror nazista na Guanabara." O repórter Amado Ribeiro investigou a existência de um grupo de extermínio de mendigos na polícia da Guanabara. Era um projeto de higienização da cidade promovido pelo governo de Carlos Lacerda, com destruição de barracos e desaparecimento de moradores de rua. Logo o ato foi associado à Solução Final dos nazistas contra o povo judeu, e o governador, ao *Führer*.

Amado conseguiu uma entrevista com Olindina Alves Jupiassa, única sobrevivente da chacina do rio da Guarda. Olindina denunciou que fora capturada com outros dois companheiros por três homens armados e colocada num jipe da polícia. Os capangas, provavelmente policiais, lançaram os três pedintes de uma ponte de mais de dez metros de altura. Olindina conseguira boiar e sobreviver. Os outros dois não tiveram a mesma sorte.

O fato renderia outras matérias, com grandes possibilidades de atingir pessoalmente o governador. Por isso, uma equipe do jornal foi colocada à disposição de Amado Ribeiro para aprofundar as investigações, o que acabou sobrecarregando os demais repórteres, inclusive eu. Paulo Francis tratou de dar um novo apelido a Carlos Lacerda, o Mata-Mendigos. Nos tempos de Getúlio Vargas, ele ficara conhecido como Corvo.

Fui com Isabela e Etcheverry tomar uma cerveja no Amarelinho depois do expediente. Sérgio Porto — Stanislaw Ponte Preta — também passou um tempo conosco. Ele voltara a trabalhar na *Última Hora* após dois anos no *Diário da Noite*. Stanislaw revelou que faria a sua coluna sobre as ameaças recíprocas entre os senadores de Alagoas Silvestre Péricles e Arnon de Mello. Silvestre prometera dar um tiro em Arnon em pleno Congresso Nacional. Não demorou, e Stanislaw saiu do Amarelinho para buscar furos nas boates de Copacabana.

Em seguida, tentei ir embora, mas Isabela começou a puxar um assunto atrás do outro e pediu mais cerveja. Tomamos de oito a dez garrafas de Antarctica. Etcheverry disse que teve um dia cansativo e foi para casa. Ficamos só eu e Isabela no Amarelinho. Ela insistiu para que dormíssemos juntos. Expliquei que Moniquinha ainda tinha traumas do tempo em que morou na casa dos outros avós, e que ela precisava de mim por perto naquele momento. Não adiantou. Passamos no apartamento de Isabela, bebemos algumas doses de gim e fizemos sexo. Eu a esperei dormir para ir embora sem ser notado.

Sem ser notado, também entrei em casa. Eram mais de duas da madrugada. Moniquinha dormia descoberta com o ventilador parado em direção ao rosto. Examinei seus braços e notei novas feridas e marcas de unha. Eu me penitenciei por ter trocado um momento com minha neta por uma noitada com Isabela. Talvez fosse a hora de o caso acabar, e eu me dedicar mais à família. Cobri Moniquinha com um lençol fino e coloquei o ventilador para girar.

Pensei em dormir na sala para não acordar Anita, mas o sofá fedia insuportavelmente. A cachorra se desmanchava em fezes pela casa, e a mulher não tinha coragem de deixá-la dormir no quintal. Ela tratava o animal com mais cuidado do que a neta.

Abri devagar a porta do quarto. Anita, de camisola, emborcada na cama, tinha o rosto virado para a parede. Percebi pela respiração ofegante que estava acordada. Parecia soluçar. Dei a volta para sair e deixá-la dormir sozinha. Não era hora para levar sermão dela. Moniquinha podia acordar com o escândalo da avó. Quando eu saía pela porta, Anita se virou. Os seus olhos estavam vermelhos. Ela envolvia nos braços um embrulho de pano.

— Joaquina se foi — disse ela, mostrando-me o corpo duro da cachorra.

* * *

Acordei com o barulho de Anita cavando a cova de Joaquina no quintal. Continuei quieto no quarto de Moniquinha, onde eu dormira improvisado no chão com uma colcha e dois travesseiros. Depois, Anita tomou um banho, se arrumou e saiu de casa sem fazer o desjejum. Nós dois nos evitamos. Um encontro naquele momento ocasionaria uma briga, coisa que eu não queria, principalmente para não afetar a saúde de nossa neta.

Passei um café, esquentei na frigideira, com manteiga, o único pão adormecido da casa. Comi uma banda e deixei a outra para Moniquinha. Quando acordou, ela foi direto colocar um LP de Dolores Duran na vitrola. Contei-lhe sobre a morte da cachorra. Ela não expressou sentimento de perda, apenas indiferença. Em vez de lamentar o ocorrido, ela disse que não aguentava mais a catinga de Joaquina na casa.

Só após me vestir para trabalhar que eu me dei conta de que Moniquinha não tinha com quem ficar. Eu ainda não conseguira matriculá-la de volta na Anne Frank ou em outra escola. Precisava da autorização dos pais, mas eles se preocupavam mais em trocar farpas e acusações entre si do que em promover os estudos da filha.

Liguei para Fernando vir pegar Moniquinha, mas ele disse que não podia, precisava trabalhar. Mentiroso. Eu sabia que fora afastado do IPES. Ele achava que Anita não me contava seus problemas. Em vez de retrucá-lo, resolvi inventar uma desculpa no jornal para ficar com minha neta. Esperei tanto por esse momento que não podia agora recusar a oportunidade.

Após escutar todos os discos de Dolores Duran, Moniquinha me pediu para ver *A Guerra dos Dálmatas* no cinema. Eu recebera alguns ingressos, em razão dos vários anúncios do filme publicados na *Última Hora*. Acontece que eu me recusava a assistir a qualquer coisa produzida pelos estúdios da Disney. Walt Disney colaborava com a caçada a artistas comunistas, perseguia funcionários em greve, além de propagandear o estilo de vida norte-americano pelo mundo. Se dependesse de mim, o Brasil proibiria qualquer veiculação da Disney, como fazia a União Soviética desde 1949.

Consegui convencer Moniquinha a ir a uma loja de discos em vez do cinema. Disse que iríamos procurar novos discos de Dolores Duran. Ela me perguntou como seria possível, se Dolores já morrera. Expliquei que no sistema capitalista sempre se arruma um jeito de ganhar dinheiro, nem que seja ressuscitando os mortos. Antes que ela me fizesse mais questionamentos, mandei que fosse tomar um banho para tirar o fedor de merda de cachorro que estava entranhado em todos nós desde quando Joaquina adoecera.

Fomos às Lojas Murray, na esquina da rua Assembleia com a Rodrigo Silva. Lá vendia geladeira, ferro de passar, televisão e outros eletrodomésticos no térreo. Na sobreloja havia discos nacionais e a maior variedade de importados do Rio. Mal subimos as escadas, percebi a expressão de encantamento de Moniquinha com a música gringa que tocava no ambiente. Nem mesmo as pessoas que se amontoavam, conversando alto sobre músicos e discos, tiraram sua concentração. Ela ficou tão à vontade que começou a repetir o refrão em inglês.

Com dificuldade, consegui falar com um vendedor, que depois se apresentou como Jonas, para nos atender.

— "Fly Me to the Moon" — disse ele.

— O quê? — perguntei.

— Essa música que tá tocando agora. É do álbum de Frank Sinatra com Count Basie.

— Ah, eu odeio música norte-americana, nem inglês eu falo. Música é letra e melodia. Se eu não entendo a letra, para mim não serve. Não bastasse o cinema, agora esses canalhas imperialistas querem nos dominar por meio da música. Você tem algum disco novo de Dolores Duran?

— O último é *A Noite de Dolores*.

— Esse já tem quase três anos de lançamento. Está cada vez mais difícil encontrar o bom e velho samba-canção nas lojas. As pessoas só querem saber de bossa nova ou de música gringa.

O vendedor pediu um minuto para procurar se tinha algum que poderia nos interessar. Logo ele chegou com um disco chamado *Canções e Saudade de Dolores*. Eram composições dela interpretadas pela irmã Denise Duran e a amiga Marisa. Moniquinha pediu o LP para ver as músicas e se interessou em levar.

Quando estava na fila do caixa para pagamento, encontrei Carlinhos, acompanhado de um homem com um violão nas costas.

— Jorge Ben está com contrato assinado com a Phillips — disse Carlinhos depois de nos apresentar. — Tenho certeza de que será um sucesso. Só espero que não vá se esquecer dos amigos dos tempos do Bottle's, quando as pessoas pediam pra ele cantar *Chove Chuva* mais baixo, e eu continuava lá perto do palco pra dar uma força.

— Esse negócio de sucesso é complicado. Thor Carvalho sempre que pode bate em mim na coluna da *Última Hora* — reclamou Jorge Ben.

— Marcos trabalha lá. Quem sabe ele possa ajudá-lo.

— Vou ver o que consigo fazer — desconversei.

— Pô, ele falou que minha carreira não devia durar três meses em evidência. Implica até com o meu "por causa de voxê". Segundo ele, eu tenho todas as credenciais pra continuar sendo um Jorge Ben Chato.

Jorge Ben me convidou para ir a uma apresentação dele no Bottle's e saiu.

— Faz tempo que não encontro Fernando. Como ele está? — Carlinhos mudou de assunto.

— Resolvendo os problemas dele com a mulher.

— Todo mundo fala pra ele dar logo o desquite pra Rebeca, mas Fernando é muito teimoso. Só não é mais teimoso que papai. O velho insiste em continuar trabalhando dia e noite naquela mercearia, em vez de aproveitar o tantinho de vida que lhe resta.

— A vida de Emanoel sempre foi dinheiro, e nunca vai deixar de ser. Quero saber para onde ele levará tanto dinheiro depois que morrer.

— Como herdeiro único, pode ter certeza de que vou saber muito bem o que fazer com a bufunfa. — Carlinhos sorriu.

Moniquinha foi correndo colocar o disco novo na vitrola quando chegou em casa. Anita ainda não havia voltado. Entrei no quarto e vi as portas do guarda-roupa abertas. Estava vazio. Ela também tinha levado os objetos da penteadeira. Olhei embaixo da cama e não encontrei a mala velha de couro.

Corri até a mesinha de telefone para ligar para Fernando e encontrei embaixo do aparelho uma folha de papel almaço dobrada em formato de carta.

Marcos,

Nós vivemos por muito tempo num casamento fracassado. Eu me esforcei pra continuar, mas não dá mais. Você acha que sou estúpida. Acha que acredito que você tem que dormir na redação por causa do trabalho. Sei muito bem que você nunca largou Isabela.

Fiquei com você durante todos esses anos por causa de Nandinho, mas ele cresceu. Não tomou o rumo que eu esperava e se casou com uma mulher que não o merecia. Vou me desquitar de você, Marcos. Espero que a atitude sirva de exemplo pro nosso filho, para também se desquitar de Rebeca. Ninguém é obrigado a viver num relacionamento falido.

Peço que não me procure. No momento em que você ler esta carta, estarei fora do Rio. Eu não lhe quero mal. Ainda gosto de você, talvez por isso não o tenha deixado antes. Peço que se mantenha firme, ajude Nandinho no que for preciso e, sobretudo, nunca abandone Mônica. Você é a pessoa mais importante da vida dela, e ela precisa de você.

Fique bem.
Anita.

Diretor da CNC: Classes Conservadoras Apóiam Política Financeira de San Tiago

★ **COFAP INTERVÉM NAS PADARIAS EM "LOCKOUT" (P. 2)**

Clamor Nacional Contra a Fúria Nazista na GB

CÂMARA: - LACERDA COMANDA O TERROR

Testemunha do Massacre no Rio: "Única Sobrevivente Ficou Louca!"

1. NA CÂMARA FEDERAL, O DEPUTADO BRENO DA SILVEIRA ACUSA: "INSTALOU-SE NA GUANABARA UM REGIME POLICIALESCO ANIMADO POR UM "FUEHRER" LOUCO". NA ASSEMBLEIA LEGISLATIVA, SALDANHA CONVOCA O CORONEL BORGES PARA PRESTAR CONTAS DA CHACINA DE MENDIGOS NO RIO DA GUARDA.

2. *O homem da foto à esquerda, um oleiro, ouviu os gritos de terror dos condenados. Com a autoridade de testemunha, conta lances dramáticos do assassinato em massa de miseráveis, pela polícia: "Retirei três cadáveres. Ao me aproximar da mulher que sobreviveu, ela quis me morder. Depois me pediu que não a matasse".*

3. NUM LEVANTAMENTO QUE SURPREENDE PELA SELVAJARIA SEM LIMITES A QUE CHEGOU A POLICIA NAZISTA DA GUANABARA, O DELEGADO DE ITAGUAÍ, DEPOIS DE RELACIONAR DEZENAS DE CADAVERES NÃO IDENTIFICADOS RETIRADOS DO "RIO DA MORTE", CONCLUI SER ELEVADO O NÚMERO DE VITIMAS. (NA PAGINA 7)

ANO XII — Rio de Janeiro, Sábado 26 de Janeiro de 1963 — N.º 3.857

★ PREÇO DO EXEMPLAR: CR$ 15,00 ★

O Mandante

TODA A IMPRENSA, inclusive os órgãos mais conservadores, está noticiando os tenebrosos crimes cometidos pela polícia da Guanabara. O Governador Lacerda, entretanto, permanece em silêncio. O atentado de lesa-humanidade que é o assassínio de dezenas de mendigos afogados nos rios Guandu e da Guarda repercute na Assembléia Estadual, na Câmara Federal, em todo o País e no exterior. Lacerda, porém, continua mudo. Cadáveres não emocionam ao velho Corvo. Êle tem um plano em mente e persegue-o com obstinação, insensível aos apelos, mesmo dos que lhe são mais ligados. Enquanto não possui câmaras de gás, manda matar por afogamento. Enquanto não tem o seu Auschwitz tropical, cultiva a Invernada de Olaria. Não tendo Himmler e Eichmann, caça com Gustavo Borges e Borer. Hitler tratava de eliminar todos os "não-arianos"; êle põe em ação os seus pelotões de extermínio para massacrar mendigos, enquanto não mata presos políticos (por ora, limita-se a torturar os que lhe caem nas garras).

Todo o País sabe, efetivamente, que Lacerda é o mandante dos terríveis crimes que se cometem na Guanabara. Em vão se esconde e se omite o sanguinário Tartufo de Brocoió, sempre tão pronto a cantar louvores à liberdade e à dignidade humana. A reação contra as suas barbaridades já vai tomando corpo. A Guanabara, felizmente, não é um pequeno feudo entregue, sem remédio, aos caprichos de um tiranete louco, mas um Estado-membro da Federação brasileira.

Confiamos em que a opinião democrática brasileira saberá mobilizar-se com o necessário vigor contra os atos dêsse Governador que, já agora, é um caso típico de Manicômio Judiciário. Que às vozes dos deputados e dos jornalistas juntem-se outras, em clamor mais forte ainda; que falem os advogados, os magistrados, os sacerdotes, os intelectuais, a juventude, todos os que prezam a vida humana. O mandante dos crimes, o responsável máximo aí está aos olhos de todos. Ou a sociedade civil se defende contra êle, ou êle acabará por fazê-la explodir.

Leia NESTA EDIÇÃO

Lua Tapou Sol Ontem em Eclipse Parcial

"Tranquilo" Venceu o "Derby" Agitado

BADGER DENUNCIA ORGIA NO "INGÁ" DESDE 1961

ASSUMEM OS MINISTROS DA 6a. REPÚBLICA

ALMINO: "EMPREGADOS E PATRÕES EM HARMONIA, EIS A NOSSA META"

BELEZA DE LOLÔ FOI VER GRAÇA DE GRACE

STANISLAW EM "UH"

ESCRETE—RIO NA 1a. FINAL AMANHÃ

Zero Hora

★ **ACABOU A GREVE NO MAR**

Virgílio Távora: — A Petrobrás é Base da Economia do Brasil

SEGUIRÁ EM TRAJES CIVIS E ARMADA A FÔRÇA POLICIAL DO BRASIL PARA HAVANA

Jornal denuncia grupo de extermínio que matava mendigos na cidade do Rio de Janeiro (*Última Hora*, 26 de janeiro de 1963)

Capítulo 23

Nunca pensei que mamãe fosse capaz de deixar meu pai. Eles haviam passado um período separados anteriormente. Meu pai tinha saído de casa pra morar com Isabela. Uma semana depois, tentou voltar pra casa, mas minha mãe não o aceitou de volta. Na época, eu insisti pra que ela o largasse de vez. Em menos de duas semanas, mamãe cedeu. A partir daí, meu pai passou a se dividir entre a casa da esposa e o apartamento da amante.

Hoje sou contra qualquer tipo de separação. "Eu odeio o divórcio", disse o Senhor no livro de Malaquias. A família é uma instituição sagrada que deve ser sempre preservada. A união de um casal torna os dois uma só carne. Apenas a morte é capaz de romper o matrimônio.

Por mais que amasse mamãe e tivesse uma certa ojeriza pelo meu pai, eu não podia ficar do lado dela. Não desta vez. Precisava encontrá-la, convencê-la a voltar pra casa, mas não sabia nem onde procurá-la. Ela não tinha familiares próximos. Sua família éramos apenas ela, meu pai e eu. Tampouco possuía amigos, apenas Bianca. Desde que a amiga havia morrido, mamãe parecia cada vez mais solitária. Passava o dia cuidando de sua cachorra, como se fosse o seu único propósito de vida.

O sumiço dela também me traria complicações. Meu pai não conseguiria cuidar de Mônica sozinho, logo sobraria pra mim. Afinal, eu não estava trabalhando, embora continuasse recebendo o salário do IPES. Passava o dia em casa, com saídas apenas pra comprar mantimentos, ir ao cinema e assistir aos jogos do Fluminense.

A separação de meus pais me levou a fazer uma última tentativa de reatar com Rebeca. O fracasso no casamento não podia ser transmitido de geração a geração. Tentei marcar por telefone um jantar com Rebeca em seu restaurante favorito, o Cantina Romana. Ela preferiu uma reunião formal no Palácio da Guanabara em dia e horário a ser agendado por sua secretária. Eu nem sabia que ela tinha secretária.

— Fernando, você deve saber que o gabinete do governador está em crise com toda essa história de morte de mendigos — disse Rebeca quando entrei em sua sala. — A oposição ameaça a instalação de uma CPI na Assembleia Legislativa e fazer uma denúncia à Organização das Nações Unidas por violação de direitos humanos. Neste momento, o que menos Lacerda precisa é de qualquer tipo de atrito com entidades internacionais. Os financiamentos ao estado da Guanabara provenientes da Aliança para o Progresso cairiam por terra. As obras do túnel Rebouças seriam interrompidas.

Rebeca abriu uma gaveta do birô, tirou um envelope e o entregou pra mim.

— Com tantos problemas pra resolver no governo, achei por bem adiantar os papéis pro meu advogado dar entrada no desquite. Você ficará com a guarda de Mônica. A casa está em nome de meu pai. Ele vai dar um prazo de dois anos pra você desocupá-la.

— Mas ele deu a casa pra gente como presente de casamento.

— Ele emprestou, Fernando. Emprestou.

— E o Impala?

— Foi presente do meu pai, quero de volta.

— Pensei que você fosse falar que o carro também tinha sido emprestado. Rebeca, eu não vou assinar esse desquite.

— Então o que veio fazer aqui? Me atazanar?

— Mamãe saiu de casa.

— E o que eu tenho a ver com isso, Fernando?

— Mônica mora na casa de meus pais. Ou você não lembra mais que tem uma filha?

— Você sabe que não gosto de Anita, mas ela já devia ter deixado seu pai há anos. Marcos passava mais tempo na casa da amante do que com ela.

— Ele estava mudando por causa de nossa filha. Desde que Mônica voltou, meu pai mal dormiu fora. É muito triste ver um casamento de décadas se desfazer assim.

— É a vida, Fernando. Todo casamento tem prazo de validade.

— Não fale assim, Beca. Essa não é você. Peço pela última vez, me dê mais uma chance.

— Temos uma filha em comum. Vamos tentar resolver isso da melhor maneira possível, de forma civilizada, e fazer essa separação sem brigas judiciais.

Levantei-me da cadeira e saí da sala. Pedi um cigarro a um guarda e caminhei pelos corredores do palácio, enquanto fumava. Tossi nas primeiras tragadas, havia me desacostumado do tabaco. A boca ficou seca. Senti vontade de beber. Queria tomar nem que fosse uma dose de cachaça. Perguntei ao mesmo guarda onde podia comprar uma bebida. Ele indicou um boteco nas proximidades do Fluminense. Voltei à sala de Rebeca com o cigarro aceso na boca.

— Só aceito o desquite com uma condição. Quero voltar a trabalhar com Carlos Lacerda.

— Impossível, Fernando. Isso não pode dar certo, nós nos veríamos todos os dias aqui no palácio.

— Prometo que não vou sequer lhe dirigir a palavra. Apenas me deixe trabalhar com o governador.

— Lacerda já conseguiu um ótimo emprego pra você no IPES.

— Os dias do IPES estão contados. Com o início dos trabalhos da CPI pra apurar a atuação nas eleições, as verbas secarão. Todos abandonarão o instituto. Além do mais, tenho certeza de que eu seria muito mais útil ao lado de Carlos Lacerda.

— Eu precisaria ver se ele quer você na equipe.

— Consiga a nomeação, e eu assino o desquite. Ah, também quero ficar com o Impala. E não se esqueça de retirar a queixa na delegacia.

* * *

Em poucos dias, saiu minha nomeação no *Diário Oficial* pra exercer um cago de confiança no estado da Guanabara. O salário era um pouco menor do que o do IPES. Eu ficaria responsável por apresentar projetos ao Banco Interamericano de Desenvolvimento e obter recursos da Aliança para o Progresso. Os Estados Unidos conseguiam financiamento pros governos estaduais que faziam oposição a João Goulart. Era uma forma de enfraquecer o presidente e ajudar o desenvolvimento das forças democráticas no Brasil.

Em contrapartida, tive que assinar o desquite. Fiquei com o Impala, o usufruto da casa por dois anos e a guarda de Mônica. Também recebi uma ligação de doutor Hamilton informando que o inquérito havia sido arquivado em definitivo, a pedido do governador.

Fui retirar os pertences no IPES e agradecer a João Batista pela oportunidade. Ele retribuiu o meu tempo de serviço com um cheque de trinta mil cruzeiros. Dois anos atrás dava pra comprar muita coisa. Com a inflação do governo Jango, o dinheiro não valia tanto. Como os bancários estavam mais uma vez em greve, tive que trocar o cheque com Carlinhos no escritório. De lá nós fomos ao Maracanã pra assistir ao jogo do Fluminense contra o Flamengo.

Ultimamente, eu dava azar ao Fluminense quando ia assistir aos jogos no estádio. Nesse Fla-Flu não foi diferente. Meu time jogou mal. Desorganizado em campo, apenas Carlos Alberto se destacou. No primeiro tempo, Dida fez um gol de cabeça, após cruzamento do Espanhol. Na segunda metade, o Flamengo sobrou nas jogadas de ataque com a triangulação de Gerson, Dida e Airton. Depois de sofrer uma falta, Gerson marcou o segundo gol encobrindo a barreira e o goleiro Castilho, que estava mal colocado e se adiantou. O Fluminense perdeu por dois a zero.

Tínhamos bebido algumas cervejas durante o jogo, mas, querendo prolongar a noite, Carlinhos insistiu pra irmos ao Drink's, uma boate na avenida Princesa Isabel, onde haveria uma apresentação de Luiz Bandeira. Cedi com a condição de tomar apenas mais duas cervejas.

O Drink's estava quase lotado, muitas pessoas bebendo em pé e dançando. Carlinhos conseguiu uma mesa após pagar uma gorjeta de cem cruzeiros ao garçom. Luiz Bandeira já havia acabado o seu show, quem cantava agora era um tal de Wilson Simonal, de quem eu nunca tinha ouvido falar. Carlinhos pediu uma garrafa de White Horse e um filé com molho tártaro.

— Não seria melhor tomarmos só uma cerveja e uma porção de batatinha? — perguntei após ver o preço do cardápio.

— Pode deixar que eu pago, e nem pense em querer gastar esse dinheiro do IPES.

Carlinhos chamou o garçom e mandou levar gim-tônica pra duas moças próximas ao balcão. Quando a bebida chegou e o garçom lhes falou quem havia pagado, uma delas ergueu o copo em nossa direção, a outra apenas deu um sorriso discreto.

— Esse tal de Simonal quando canta em inglês imita Ray Charles; quando canta em português imita Dick Farney — comentou Carlinhos.

— Que falta de originalidade... Devíamos ter ido ao Bottle's escutar Jorge Ben. Aquele ali, sim, é um cantor. Outro dia eu o apresentei a Marcos.

— Nem fale em meu pai. Ele está desnorteado desde que mamãe fugiu de casa.

— Vou chamar as *girls* pra se sentarem com a gente.

— Acho melhor não, Carlinhos. Embora eu e Rebeca já estejamos separados de fato há quase um ano, assinar o papel do desquite foi demais pra mim. Aquilo representou o rompimento definitivo entre nós dois. É uma transgressão da lei de Deus.

— Você fez a coisa certa, meu amigo. Não havia sentido em continuar casado com ela só por causa de questões religiosas. Aproveite a solteirice agora. Eu digo que o desquite foi a melhor coisa que me aconteceu nos últimos anos.

— Acho que, se eu tivesse insistido, nós poderíamos tentar mais uma vez.

— O casamento chega a um ponto em que cada um tem que seguir seu rumo. E você partiu bem nessa. Ficou com o carro, com a guarda da filha. Conseguiu até o imóvel do sogro.

— Tenho que devolver a casa depois de dois anos.

Carlinhos escreveu algo no guardanapo e mandou entregar às moças.

— As coisas vão melhorar, e você poderá comprar uma casa talvez até melhor. Carlos Lacerda será o próximo presidente. Você estará muito bem com ele.

— Temos que ver até que ponto essa questão da morte de mendigos vai atrapalhar a candidatura dele.

— Quem liga pra porra de mendigo, Fernando? A maioria do povo aprova esse tipo de limpeza na cidade. Essa gente só serve pra praticar assalto, usar drogas e espalhar doença. Sem falar que os Estados Unidos estão liberando muito dinheiro pra Guanabara.

— O problema é que Ademar de Barros e Magalhães Pinto também estão sendo beneficiados em São Paulo e Minas. Os dois querem ser presidentes e vão disputar voto com Lacerda. As esquerdas não têm candidato competitivo. João Goulart não pode se candidatar à reeleição, e Brizola é inelegível por ser cunhado do presidente. De qualquer forma, acho que a disputa será entre JK e Lacerda.

— Vamos trabalhar pra que seja o Lacerda, porque ninguém aguenta mais essa inflação. Com o salário dos trabalhadores subindo desse jeito e a desorganização das contas públicas, o Brasil vai quebrar.

Simonal começou a cantar uma música dançante, que falava do balanço do Leme ao Leblon. Mais tarde descobri que o nome era *Balanço Zona Sul*. Carlinhos se levantou e chamou uma das moças pra dançar. Alguns casais também foram pra pista. Ele fez sinal pra eu convidar a outra, mas recusei. A mulher, então, veio se sentar comigo. Ela se apresentou como Sandrinha e me chamou pra dançar.

— Não levo o menor jeito pra isso, mas fique aqui pra me fazer companhia.

Ela pediu ao garçom um gim-tônica e beliscou uns pedaços de filé.

— Você tem cara de gente que trabalha no alto escalão do governo — disse ela.

— Acertou.

— Será que você não conseguiria um emprego pra mim?

— Tem alguma experiência?

— Já trabalhei como *crooner* e dançarina, mas tá cada vez mais difícil conseguir trabalho nesta cidade.

— Pra falar a verdade, ainda nem comecei no emprego novo, mas me passe seu número que entrarei em contato.

— O que um homem casado faz a uma hora dessa numa boate?

— Agora sou oficialmente desquitado. Ainda não tirei a aliança porque não me acostumei com essa situação.

— Se qualquer outro homem viesse com uma desculpa esfarrapada dessa, eu não acreditaria. Mas algo me diz que você não é uma pessoa de mentir. Seu amigo logo se assanhou pra cima de Janete, enquanto você ficou aqui quietinho. Percebo que você fala sem me olhar nos olhos. Gostei de você.

— Não é fácil gostar de mim, Sandrinha. Depois que me conhecer melhor, acho que não manterá a opinião.

A mulher que dançava com Carlinhos puxou Sandrinha pelo braço e a chamou pra ir embora. Sandrinha anotou o telefone da casa de uma amiga num guardanapo e me entregou.

— Por que ela saiu tão indignada? — perguntei a Carlinhos.

— Só porque apertei a bunda dela quando Simonal cantou "balançando sem parar".

— Você estragou tudo. Eu estava até quebrando o gelo com Sandrinha. Gostei da moça. Parece ser uma pessoa de bem.

— Ah, Fernando, você acha que duas mulheres sozinhas numa boate a essa hora são gente direita?

— Não sei, mas não parto da presunção de que são prostitutas.

— Toda mulher é puta, meu amigo. Toda mulher é puta. Não viu o que as esposas fizeram conosco? A minha me colocou um par de chifres. A sua quase botou você na cadeia.

— Nem as nossas mães escapam? — perguntei em tom de brincadeira.

Carlinhos encheu o copo de uísque e tomou de uma vez.

— Fernando, eu passei os últimos dias me esquivando de me encontrar com você. Hoje pensei em falar diversas vezes a respeito. Agora eu estou bêbado. Você também. Talvez seja o melhor momento. Não posso manter segredo pro meu melhor amigo. Você ficaria sabendo por outra pessoa, então que seja por mim.

— Desembucha, homem.

— Dona Anita fugiu com papai.

— Isso não é assunto pra brincadeira, porra. Meus pais estão em processo de separação.

— Não estou brincando. Soube quando eles já estavam em Itaipava. Papai me pediu pra vender a mercearia e administrar as casas alugadas. Ele disse que iria ficar um tempo na serra, onde tinha um irmão. Depois ia ver se voltava pro Rio ou se continuaria lá com dona Anita.

★ JANGO: MEU GOVÊRNO NÃO TEM COMPROMISSOS COM GRUPOS ECONÔMICOS ★

1 - Primeira Entrevista do Presidente da VI República · 2 - Medidas do Govêrno Obrigam o Dólar a Cair · 3 - Mensagens ao Congresso Propondo Reforma Agrária

LEIA NA PÁGINA 4

REVOLTA NO PRESÍDIO: PRESOS NÃO QUEREM OS MATA-MENDIGOS

POLÍCIA DE LACERDA GERA PÂNICO NO MARACANÃ

MINEIROS, CAMPEÕES DO BRASIL: GB PERDE POR 2x1

A polícia da Guanabara abriu caminho a bala entre os torcedores que estavam nas arquibancadas, ontem no Maracanã. Os agentes policiais tentaram "dissolver" a torcida (jôgo) quando o barulho se desenvolvia principalmente no gramado. Sucediam-se as brigas de jogadores, enquanto a equipe guanabarina, em quase tôdas as jogadas falhava espetacularmente. Os mineiros reeditaram a façanha de Belo Horizonte, onde impuseram à seleção organizada por Flávio Costa seu melhor futebol. No jôgo de ontem, vencido por 2x1, os mineiros, merecidamente — e pela primeira vez na história da competição máxima — sagraram-se campeões brasileiros. Luiz Carlos e Marco Antônio marcaram para Minas. Dida para a Guanabara.

(LEIA NAS PÁGINAS 14 E 16)

ANO XII — Rio de Janeiro, Quinta-Feira, 31 de Janeiro de 1963 — N.º 3.861

Condenação da Igreja Surgiu em Pernambuco

(LEIA NA PÁGINA 2)

SECRETÁRIO DE SEGURANÇA DE BADGER: MONSTROS DA GB NÃO PISARÃO MAIS AQUI

O Sr. Herval Basilio, cuja posse na Secretaria de Segurança do Estado do Rio está prevista para amanhã, declarou a UH que não permitirá, durante sua gestão, que continuem a ser executados em território fluminense os bárbaros crimes da Polícia carioca e que, na qualidade de jurista que é, mandará processar qualquer policial que sair da Guanabara para infringir a lei no Estado vizinho. Vai o nôvo Secretário de Segurança fluminense convocar, logo após assumir o cargo, o Delegado de Itaguaí, Sr. Italo Baroni, a fim de inteirar-se, oficialmente, das atrocidades cometidas pelos agentes policiais guanabarinos naquele município, para instaurar inquérito.

★

Lacerda Propaga o Brasil no Exterior

APESAR dos desesperados esforços do Sr. Carlos Lacerda para fazer passar como um ato corriqueiro da crônica policial a chacina de mendigos do rio da Guarda, êsse terrível crime continua a despertar uma onda de protestos no País inteiro. Por outro lado, ao Itamarati chegam despachos de nossas Embaixadas revelando intensa preocupação pela péssima repercussão, no exterior, do massacre nazi-lacerdista. Raramente, acentuam êsses despachos, o Brasil teve uma propaganda tão negativa!

O problema, ao contrário do que diz Lacerda, não se limita à punição dos três assassinos. Trata-se é de extirpar o câncer representado pela máquina de terror que se montou no Estado da Guanabara. José Mota e Trancase Ruê são apenas autômatos acionados por uma vontade superior; são os soldados-rasos dêsse hediondo Pelotão de Extermínio em que se quer transformar tôda a Polícia da GB. As esperanças do povo se voltam para o nôvo Legislativo, que já anuncia uma devassa nos crimes da polícia. Que a Assembléia saiba agir depressa, para pôr fim ao terrorismo convertido em norma de Govêrno pelo insano de Brocoió!

★

JK: PAÍS EXIGE SEVERA PUNIÇÃO PARA CULPADOS

★

PROMOTOR CARLOS MELO:

"Em Auschwitz Não Era Como na GB - Verdugos de lá se Apresentavam"

(LEIA NA PÁGINA 3)

★ O "Fuehrer" em Ação

(CHARGE DE OTAVIO, DE UH DE SÃO PAULO)

Leia NESTA EDIÇÃO

Mestres-Cuca Ameaçam Greve

Se o leitor marcou uma ceia com uma garôta, amanhã numa boate, fique de sobreaviso se não quiser apenas bebericar no bar. Acontece que os mestres-cucas, que bolam os petiscos, as iguarias, nos restaurantes, hotéis e casas noturnas, estão comendo o pão que o diabo amassou. Assim, ameaçam greve por melhores salários. (LEIA NA PÁGINA 3)

Zero Hora

★ ASILADO VIGARISTA — O Itamarati, esta manhã, não tinha conhecimento ainda da chegada do asilado cubano Navarrette Romey, que foi expulso da Colômbia por ter fraudado diversas emprêsas com venda de "bônus destinados à libertação de Cuba". Romey, destacado representante do Conselho Revolucionário Cubano — que tem sede em Miami —, segundo o Departamento de Segurança colombiano, viajou para o Brasil. (UPI — UH.)

☆ EMBAIXADOR ARGENTINO — Buenos Aires — O próprio Embaixador Carlos Fernandez confirmou ter sido designado embaixador da Argentina junto ao govêrno do Brasil, em substituição ao Sr. Atilio Dell'Oro Maini, que nunca chegou a assumir suas funções. (FP.)

★ ENSAIOS NUCLEARES — Nações Unidas — A reunião tríplice sôbre a cessação de armas nucleares terá lugar hoje, às 20 horas (GMT), na sede da delegação soviética. (FP.)

☆ MACMILLAN ACUSA — Londres — Em mensagem radiotelevisada dirigida ao povo inglês, o Primeiro-Ministro MacMillan declarou que as conversações de Bruxelas malograram porque o govêrno francês o quis deliberadamente. A declaração de MacMillan foi difundida, através da "Eurovisão" na França, Alemanha, Itália e Dinamarca. (FP.)

A Petrobrás é Intocável

Em nossa edição de amanhã, publicaremos a última entrevista da série "A Petrobrás é Intocável", concedida pelo Deputado Max da Costa Santos.

Nove Estados Ganham Hoje Nôvo Governador

Arraes: "Revolução Brasileira é a União de Fôrças Para Superar o Subdesenvolvimento"

Em discurso que pronunciará hoje, na Assembléia Legislativa do Pernambuco, o Governador Miguel Arraes dirá que "a Revolução Brasileira de que tanto falam, deve consistir na união de tôdas as fôrças vivas da Nação para superar o subdesenvolvimento, o atraso, a miséria e a fome". Pregando a coexistência pacífica e o entendimento entre os povos, o Governador Arraes acrescentará que o Nordeste, em particular Pernambuco, já foi uma das regiões mais prósperas e ricas do mundo, com a exportação de açúcar, mas que, agora, o "único produto de exportação do Nordeste é o 'pau-de-arara', gente como nós, de carne e osso" e que "é preciso acabar com isso". (PÁGINAS 2 E 4).

Morte no Ensaio Geral

Teve dramático desfecho o ensaio geral, de ontem, do "Unidos do Morro de Vila Maria", bloco carnavalesco de São Paulo. O ritmo dos tambores foi subitamente interrompido por tiros de "II" e "Marico", jovem rei do gatilho do "bastond" paulista, tombou nos braços de sua amante, Célia, eliminado por "Zegito", com quem duelara, a bala, na tarde do mesmo dia. UH documentou, nesta seqüência, a morte do sambista-pistoleiro. O menor Nelson Rodrigues, que também sambava com todo entusiasmo, caiu atingido no rosto por um dos tiros

GOVÊRNO DOS EUA À OEA: "FIDEL CASTRO DECLAROU GUERRA ÀS AMÉRICAS"

(LEIA NA PÁGINA 5)

Charge compara o Carlos Lacerda a Hitler
(*Última Hora*, 31 de janeiro de 1963)

Capítulo 24

A saída repentina de Anita não me causou raiva ou desespero. Se o desejo era morar sozinha, que seguisse seu caminho. A minha preocupação era como ela iria se virar financeiramente, já que não tinha renda própria, nem parentes abonados para bancá-la. No início, pensei que Fernando houvesse tramado tudo e lhe emprestado dinheiro. Porém, quando contei a ele do sumiço da mãe, meu filho chorou e a procurou em todos os lugares possíveis.

Eu não ficaria naquela casa grande sozinho com Moniquinha. Então, arrumei as tralhas, e nos mudamos para o apartamento no edifício Rajah. Isabela reclamou que o local era apertado, não caberiam todos confortavelmente. Prometi que minha neta ficaria um tempo, também seria uma oportunidade de nós dois finalmente morarmos juntos. A vizinha, dona Odete, cuidaria da menina, enquanto trabalhávamos na *Última Hora*. Eu lhe pagaria meio salário mínimo.

Com a guarda de Moniquinha para o pai definida no desquite, consegui rematriculá-la na Anne Frank. Eu a deixava na escola pela manhã, pegava na hora do almoço e a entregava para dona Odete. A vizinha dava banho e todas as refeições. Quando eu e Isabela chegávamos da redação, assistíamos ao *Showzinho Kellogg's*, que começava diariamente às 19h45 na TV Rio. Isabela não tinha muita paciência com criança, mas eu e Moniquinha nos divertíamos com os desenhos animados *Lippy*, *Touché* e *Wally*. Só depois de colocar a menina para dormir eu conseguia tempo para ficar finalmente só com Isabela, mas não havia nenhuma energia para fazer sexo.

Eu já me resignara com a saída de Anita de nossa vida, quando Fernando me contou que ela fugira com Emanoel. Ela fora capaz de me trocar por um burguês tão mesquinho, avarento e inconfiável, que mais parecia com o personagem João Romão de *O Cortiço*. Peguei um Taurus calibre .32 antigo, do qual eu nunca efetuara sequer um disparo, e fiquei algumas noites à espreita entre a mercearia e a casa de Emanoel. Poderia até poupar Anita, mas não sossegaria enquanto não matasse seu amante.

A bravura não durou muitos dias. Após refletir, desisti da ideia. Seria um equívoco terrível matar Emanoel por causa de uma traição. Eu ficaria preso, perderia o crescimento de Moniquinha. Além do mais, que moral eu tinha pra cobrar fidelidade se nunca fora honesto com minha mulher? No fundo, sabia que a família burguesa era uma farsa. Era uma peça de engrenagem do sistema capitalista. A mulher cuidava do marido, que, por sua vez, servia de mão de obra ao capital. Depois, procriava para os filhos servirem de mão de obra futura. Eu e Anita fazíamos parte dessa estrutura medonha.

Passei, então, a me concentrar na criação de Moniquinha e no jornal. Continuei ajudando a *Última Hora* a explorar a figura de Carlos Lacerda como Mata-Mendigos. O jornal conseguiu relacionar dezenas de mortes de mendigos à operação de higienização promovida pelo governador da Guanabara. Apesar da repercussão negativa e da abertura de CPI na Assembleia Legislativa, não foi possível responsabilizar pessoalmente Carlos Lacerda.

Isabela começou a dar sinais de estar farta da presença de Moniquinha no apartamento. A menina tentava monopolizar minha atenção e fazia birra quando Isabela falava comigo. Para tentar acalmar a situação, prometi a Isabela que iríamos assistir a *Vidas Secas*, filme de Nelson Pereira baseado na obra de Graciliano Ramos, no cinema Metro Copacabana.

Eu arrumava o meu birô para sair quando Isabela recebeu um telefonema da sucursal de São Paulo. Uma caminhonete do jornal havia sido incendiada no Vale do Paraíba por conta de uma charge publicada na edição paulista; nela, Nossa Senhora Aparecida tinha a face de Pelé no meio de duas torcidas de futebol. A partir daí, dois padres que comandavam uma rádio em Aparecida do Norte insuflaram a população contra a *Última Hora*.

Em pouco mais de trinta minutos, Samuel Wainer chegou à redação e me chamou para uma reunião com Etcheverry. Ele queria estancar a crise antes que a revolta se avolumasse e se tornasse incontrolável. Os adversários de Jango iriam aproveitar para usar a charge da *Última Hora* para atingir o presidente.

— Minhas relações com a Igreja são frias, distantes — lamentou Wainer. — Eles vão aproveitar o fato de eu ser judeu pra me prejudicar com os católicos. Tive informações de que Ademar de Barros está tentando elevar a tensão em São Paulo.

— Lacerda já deve estar preparando uma ofensiva aqui no Rio pra se vingar da história do Mata-Mendigos — disse Etcheverry.

— Eu vi a charge feita por Octávio. É de extremo mau gosto. Mexer com a padroeira do Brasil... Isabela — gritou Wainer de sua sala. — Ligue pro padre Antônio Dutra. Preciso que ele vá comigo a São Paulo pra tentar marcar uma audiência com o cardeal arcebispo de Aparecida.

Poucos minutos depois, Isabela confirmou a ida do padre Antônio Dutra a São Paulo.

— Tire três passagens pra São Paulo pra hoje ainda. Etcheverry vai preparar um editorial reconhecendo o erro e oferecendo a outra face a Cristo. Marcos viajará comigo.

— Quero apenas lembrar que cada passagem pro Rio está custando seis mil e duzentos cruzeiros. Na semana passada houve um reajuste de 20% — ela informou.

— Não se preocupe com dinheiro. Ligue na Varig. Estou com crédito pelos anúncios que eles fizeram no jornal do novo voo Rio-Nova York, sem escala, com o Boeing 707.

— Mas eu e Marcos iríamos ao cinema hoje ver *Vidas Secas*... — ela insistiu.

— Eu também não posso ficar longe de minha neta — eu me manifestei.

— Não tenho condições de ficar com ela sozinha. A menina é problemática — reclamou Isabela.

Wainer puxou um talão da gaveta, preencheu um cheque de três mil cruzeiros e o entregou a Isabela, dizendo:

— Isto é pra compensar os aborrecimentos. Compre umas roupas pra você e vá tomar um Chicabon com a menina. Vocês não iriam mesmo gostar do filme. É muito penoso, não vale a pena. Melhor ler o livro do velho Graça.

* * *

Não tive nem tempo de me despedir de Moniquinha. Da redação, fui direto ao Santos Dumont embarcar para São Paulo. No aeroporto, consegui ligar para Fernando. Pedi que ficasse com ela no período em que eu estivesse em viagem. Temia que Isabela tivesse algum atrito com a menina. Fernando mais uma vez inventou uma desculpa. Disse que marcara um cinema com uma moça em quem estava interessado.

Assim que cheguei a São Paulo, telefonei para dona Odete e implorei para que Moniquinha dormisse em sua casa. Ela colocou algumas dificuldades, explicou que estava cansada, pois Mônica demandava atenção constante para evitar que a menina arrancasse os cabelos. Depois que prometi presenteá-la com o novo disco de Jorge Ben, ela aceitou.

Carlos Lacerda e Amaral Neto aproveitaram para fazer repúdios contra a *Última Hora* durante as missas no Rio de Janeiro. Em Brasília, deputados e senadores discursaram em plenário no mesmo sentido. A situação mais crítica era no estado São Paulo. Um boneco do chargista foi queimado em praça pública de Aparecida do Norte. Ademar de Barros convocara protestos contra o jornal. Havia um clima de hostilidade. A manifestação passaria nas proximidades do Anhangabaú, onde se localizava a sucursal paulista. Os carros da *Última Hora* não conseguiam mais rodar nas vias sem ameaça de novos incêndios.

Samuel Wainer tentou uma audiência com dom Carlos Carmelo, cardeal arcebispo de Aparecida, mas foi negado pelo padre Baleeira, que também era secretário da Educação do governo Ademar de Barros. Só depois de um pedido do presidente da República o cardeal aceitou nos receber.

Octávio, o autor da charge polêmica, acompanhou-nos na reunião. Wainer nos pedira cautela. Nem pensar em fumar na frente do cardeal. Se ele nos oferecesse um cálice de vinho, devíamos recusar. Para nossa surpresa, dom Carlos Carmelo nos recebeu de maneira afável. Octávio se declarava devoto de Nossa Senhora Aparecida, Wainer, judeu, e eu, agnóstico. Mesmo assim, todos nós beijamos o anel do cardeal. Octávio se desculpou pela charge. Wainer apresentou sua preocupação com a passeata e pediu o cancelamento ou a mudança do trajeto. O cardeal explicou que não podia interferir; talvez conseguisse uma reunião com o médico que estava à frente da associação das famílias católicas, responsável pelo ato.

Samuel Wainer sabia que era Ademar de Barros quem estava por trás da passeata. Mesmo assim resolveu procurar o médico. Ele também nos recebeu de maneira solícita. Assim como o cardeal, afirmou que não podia cancelar a manifestação, mas conseguiria alterar o itinerário para que passasse pelo Viaduto do Chá e fazer o encerramento na praça da Sé, evitando passar em frente ao jornal.

Eu acompanhei a manifestação pelo rádio. Quase trezentas mil pessoas se reuniram para atacar a *Última Hora*. Durante o ato, políticos e líderes religiosos discursaram. A redação paulista não foi depredada, porém precisaria encarar uma reformulação. Wainer tentava trazer Cláudio Abramo, que deixara recentemente o *Estadão*, para seu jornal. Enquanto isso, a estada em São Paulo prosseguiu pelos dias seguintes para eu auxiliar na transição.

Não era apenas a *Última Hora* que parecia em ebulição. O país se radicalizava com os discursos cada vez mais virulentos de Carlos Lacerda e de Ademar de Barros, o que refletia em todas as esferas na sociedade, na administração pública, no Judiciário e nas Forças Armadas.

Após cinco dias de trabalho na sucursal paulista, finalmente consegui retornar ao Rio. Logo que desembarquei no Santos Dumont, percebi uma movimentação de membros do Exército e da Aeronáutica nas imediações do aeroporto. No táxi, a caminho da casa de Isabela, escutei a notícia de que sargentos das Forças Armadas haviam se rebelado e invadido o Ministério da Marinha, a Câmara dos Deputados e o Supremo Tribunal Federal. Os presidentes da Câmara e do STF foram detidos. O país vivia uma insurreição.

ROMEIROS ORAM EM APARECIDA DO NORTE PEDINDO PUNIÇÃO DO "JORNAL SACRILEGO"

Cresce o numero de fiéis que chegam à basilica da Padroeira do Brasil em sinal de protesto contra uma "charge" publicada num vespertino paulista — Centenas de telegramas vindos de todo o país endereçados à Rádio Aparecida numa demonstração de solidariedade ao movimento

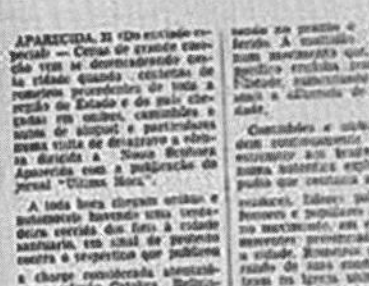

Na Matriz de Aparecida milhares de fiéis ouvem a pregação do vigário

DESFILE DOS ALUNOS DO LICEU EM DESAGRAVO À PADROEIRA DO BRASIL

Quadro de Nossa Senhora Aparecida, de três metros de altura, ia na frente do desfile — Dois mil alunos participaram da passeata

A família de VICENZA D'ANIELO HALADA

A família Esther Frankel de Abreu Sampaio

NECROLOGIA

A família de
MARIA JOSÉ RIBEIRO MONTEIRO
convida os parentes e amigos para assistirem à Missa de II aniversário que por intenção de sua alma fará realizar no dia 3 de setembro às 9,30 horas na Igreja de São Francisco (Largo São Francisco).

Passeata contra a charge publicada na *Última Hora de Nossa Senhora Aparecida* com o rosto de Pelé (*Diário da Noite*, 2 de setembro de 1963)

Capítulo 25

O cargo no governo da Guanabara inicialmente seria pra eu atuar em projetos de captação de recursos no Banco Interamericano. Porém, logo, Sérgio Lacerda, chefe de gabinete e filho do governador, percebeu que eu não tinha experiência e me deslocou pra assessoria de imprensa. Eu ainda não tinha cruzado com Rebeca nos corredores do palácio. Carlos Lacerda estava no Sítio do Rocio em Petrópolis, que ele havia adquirido recentemente. Rebeca ficava entre o Rio e Petrópolis à disposição do governador.

Os dias que se seguiram foram conturbados pra quem trabalhava na cobertura política. Depois de o Supremo Tribunal Federal impedir a candidatura de sargentos das Forças Armadas, os suboficiais incitaram a insubordinação e colocaram o país à beira de uma guerra civil, o que resultou na morte de um fuzileiro naval e de um servidor do DNER que, embora não tivesse nada a ver com a rebelião, levou um tiro na cabeça.

A insurreição dos sargentos durou menos de vinte e quatro horas, mas foi o suficiente pra mostrar a fragilidade da democracia brasileira. Uma turma de suboficiais havia conseguido prender os presidentes da Câmara dos Deputados e do Supremo Tribunal Federal, além de ocupar o Ministério da Marinha. Se os generais de Jango houvessem aderido ao levante, a República teria ruído.

Em vez de condenar os atos de insubordinação, o PCB, a UNE, a CGT e as demais organizações de esquerda defenderam a impunidade dos insurretos e estimularam novos levantes. Eles pretendiam usar a insatisfação dos sargentos, muitos pertencentes aos quadros do PTB, pra insuflar os quartéis contra os oficiais das Forças Armadas.

Desde o início de seu governo, João Goulart estimulou greves, desordem e subversão. Agora começava a colher os frutos. Os jornais *O Globo*,

Tribuna da Imprensa, *Correio da Manhã* e *Jornal do Brasil* perceberam que o país se encaminhava pro fim da democracia e precisavam colocar um freio na desordem do governo federal. Por isso, condenaram em seus editoriais a insurreição e cobraram postura firme do presidente da República.

Ignorando a crise instalada no país, Jango acolheu no Palácio do Planalto o ditador comunista da Iugoslávia, o marechal Tito. Houve gritaria na Câmara dos Deputados e no Senado. O senador Padre Calazans criticou a visita no plenário da Casa. Ademar de Barros declarou que, como um filho da Igreja, não poderia receber um homem que fora por ela excomungado. Do seu sítio em Petrópolis, Lacerda alegou desconhecer "esse tal de marechal Tito".

Nos últimos dias, minha vida se restringia a trabalho. Depois que Carlinhos me revelou que mamãe tinha fugido com o pai dele, passei a evitá-lo. Ele agia com naturalidade com o caso entre os dois; senti até certo tom de sarcasmo, como se minha mãe fosse uma prostituta, e o pai dele apenas cumprisse a função de macho. Se meu pai tivesse fugido com Bianca, certamente a reação de Carlinhos seria outra.

Encontrei no bolso do meu paletó o guardanapo com o contato de Sandrinha. O telefone era da casa de Janete, a moça que tinha dançado com Carlinhos no Drink's. Ela ficou de dar o recado à amiga. Dois dias depois, Sandrinha me ligou. Disse que havia conseguido um trabalho como *crooner* na Bottle's, e me chamou pra vê-la cantar na apresentação que antecederia Jorge Ben. Preferi marcar num local fora do trabalho. Então, eu a convidei pro cinema na quarta-feira, seu dia de folga.

Peguei Sandrinha no apartamento que ela dividia com mais duas amigas, próximo ao Beco das Garrafas. Assim que entrou no carro, ela me deu um beijo no pescoço e elogiou o perfume, o terno e o Impala. Eu estava desacostumado com comentários positivos. Nos últimos anos, Rebeca só fazia me depreciar.

A fila da bilheteria do Bruni-Flamengo estava longa. A imprensa havia publicado críticas elogiosas ao novo filme de Hitchcock, *Os Pássaros*. Sandrinha entrelaçou o braço no meu e encostou a cabeça em meu ombro. Fiquei teso. Eu também havia me desabituado do toque de uma mulher em meu corpo. Ela percebeu e perguntou se estava tudo bem.

— Muito trabalho — tentei me explicar —, muito trabalho.

— Eu só vim a conhecer o cinema aqui no Rio. Nunca cheguei a ir quando morava em Caxambu. *Psicose* foi o primeiro filme que vi. Por muito tempo, tomei banho com medo. Com medo de ser esfaqueada.

— Espero que você não fique com nenhum trauma com pássaros depois de hoje.

— Eu sou da roça. Se tem uma coisa que não me assusta é bicho. — Ela sorriu. — Nandinho, eu tenho medo de gente; de bicho, não.

— Por favor, não me chame de Nandinho. Mamãe me chamava assim.

— Desculpe, Fernando, eu não sabia. Eu também perdi minha mãe quando era bem nova.

— Ela não faleceu. Quer dizer, pra mim ela já morreu. Esquece. Não quero falar sobre isso.

— Tá bem, Nando. Posso te chamar de Nando?

Sandrinha mal me conhecia, mas já tinha aprendido a me desarmar.

Compramos os ingressos e pegamos outra fila. Dessa vez, da pipoca. Foi quando avistei na entrada do cinema uma mulher de costas que parecia com Rebeca. No início, achei que era o nervosismo por causa do primeiro encontro depois do desquite, mas logo tive a impressão de que era ela mesma. Pedi a Sandrinha que pegasse um lugar no cinema. Paguei a pipoca e fui procurar a mulher. Ela estava na calçada. Era Rebeca.

— O que está fazendo aqui? — perguntei.

— O cinema tá cheio, vou embora — ela explicou, desconcertada. — Não demora a passar táxi.

— Mas você nunca gostou de Hitchcock. Odeia filmes de suspense e de terror. Pode falar a verdade, Rebeca. Você mal se desquitou e já tá saindo com outro homem, né?

— Estou esperando uma pessoa, Fernando. Mas não é nada do que você imagina. É um repórter que quer marcar uma entrevista com o governador, mas ele não apareceu.

— Por que ninguém passou isso pra mim? Sou o assessor de imprensa do governo, conheço todos os repórteres do Rio.

— Lacerda vai dar uma declaração que pode derrubar o presidente da República. A entrevista tem que ser veiculada num jornal estrangeiro pra aumentar a pressão do governo americano sobre João Goulart. O repórter furou comigo. Vim de Petrópolis só por causa dessa entrevista, mas tenho que voltar ainda hoje.

— Rebeca, pode confiar em mim. Me passe o contato do repórter que eu marco a entrevista o mais rápido possível.

Ela esperou alguns instantes, como se ainda tivesse esperança de que o jornalista gringo chegasse. Depois, pegou um bloco de notas, escreveu nome e endereço e entregou pra mim.

* * *

Não esperei começar o filme. Disse a Sandrinha que não podia ficar, precisava sair com urgência. Ela sorriu e perguntou se eu era daqueles que não conseguiam cagar fora de casa. Expliquei que tinha um trabalho importante a fazer que poderia abalar a República. Sandrinha pareceu compreensiva, apenas me pediu que deixasse o dinheiro do táxi, pois ainda não havia recebido o primeiro salário da boate.

Consegui marcar uma reunião no período da manhã com Julian Hart do *Los Angeles Times* no Palácio da Guanabara. Ele morava no Rio de Janeiro fazia mais de um ano, tinha sido correspondente na China, no Japão e em outros países do Oriente. Era um jornalista experiente, o que poderia fazer com que a entrevista alcançasse um espaço relevante no jornal americano. O editor Alfredo Machado se encarregou de levar o repórter ao sítio do governador em Petrópolis.

A entrevista foi publicada no *Los Angeles Times* e reproduzida em português, no dia seguinte, em todos os grandes jornais do Brasil. Lacerda chamou João Goulart de caudilho e totalitário, denunciou os comunistas da CGT infiltrados no governo, além de culpar o presidente pelo empobrecimento e pela desmoralização a que está sendo condenado o povo. Declarou que o único motivo pelo qual o governo Jango não havia caído era que os militares procuravam evitar conflito interno. Segundo ele, as Forças Armadas ainda decidiriam se seria o caso de tutelá-lo até o final do mandato ou depô-lo imediatamente. Terminou exortando os Estados Unidos a não ignorar o que estava acontecendo no Brasil e tomar uma atitude concreta contra o presidente brasileiro.

A entrevista teve grande repercussão no país. Os ministros militares emitiram nota de repúdio às declarações de Lacerda. No Congresso Nacional, deputados e senadores rechaçaram os atos ditos antipatrióticos do governador da Guanabara. Na Assembleia Legislativa, opositores pediram a destituição de Carlos Lacerda. O governo federal ameaçava decretar estado de sítio.

Lacerda inicialmente tentou desmentir a entrevista. Mas o repórter do *Los Angeles Times* revelou que havia gravado a conversa, então ele desistiu da ideia e confirmou as declarações. Com receio de ser detido, ordenou à polícia da Guanabara que guarnecesse a propriedade em Petrópolis. Ainda temendo por sua segurança, o governador se refugiou no interior de São Paulo numa fazenda dos Mesquita, família que comandava o jornal *O Estado de S. Paulo*.

Em meio a um país conflagrado, meu pai chegou com Mônica à noite em minha casa com uma muda de roupa na mochila.

— Wainer me mandou a Brasília fazer a cobertura da crise provocada por Lacerda.

— O senhor sabe que a Guanabara está à beira de uma intervenção e vem deixar essa menina aqui? Eu trabalho pro governo, ou o senhor esqueceu?

— Ela vai ficar com você só por duas noites.

— Amanhã eu tenho que trabalhar. Quem vai cuidar dela? Rebeca está em Petrópolis. Os outros avós moram em Vassouras. Minha mãe está sei lá onde.

Mônica escutava a conversa calada ao lado do avô.

— E aquela senhora que cuida dela? — perguntei.

— Dona Odete está meio adoentada. É uma velha, coitada. Não aguenta ficar o dia todo com Moniquinha. Preciso que fique com sua filha só para dormir. Amanhã você a deixa na escola e depois no apartamento de Isabela.

— Não quero ter nenhum contato com sua rapariga.

— Você pode deixá-la, então, direto no apartamento de dona Odete, no mesmo edifício.

— Minha casa está uma bagunça. Uma moça faz faxina apenas quando eu me lembro de chamá-la. Há mais de mês que não vem.

Meu pai foi deixar Mônica no quarto em que ela dormia na época em que Rebeca e eu éramos casados. Ele bateu na parede os lençóis empoeirados, pôs as roupas dela no armário e arrumou a cama. Ficou alguns minutos até a menina adormecer. Eu apenas observava, tinha perdido a prática de cuidar de uma criança.

— O senhor tem informações sobre se João Goulart vai decretar estado de sítio?

— Os ministros militares entendem que é questão de honra a prisão de Lacerda, mas o PTB ainda não fechou a questão. Muitos temem que Jango possa usar os poderes do estado de sítio para prender opositores, inclusive da esquerda. A verdade, meu filho, é que Lacerda foi longe demais. Pedir a intervenção norte-americana no próprio país?

— E quem mais pode deter o presidente? Esse homem está destruindo o Brasil. Greve, inflação, desordem. É um governo que não consegue construir nada.

— Conheço Lacerda há muitos anos, Fernando. Conheço mais e melhor do que você. Ele não está preocupado com os interesses do Brasil. É capaz de entregar o país aos ianques para conquistar espaço de poder. Derrubou Getúlio e Jânio Quadros e tentou acabar com o governo JK. Acha que só ele é capaz de comandar o Brasil.

— Lacerda tá fazendo um trabalho na Guanabara que apenas Pereira Passos foi capaz de realizar. Abriu túnel, fez aterro, parque, alargou vias. Imagine o homem como presidente da República.

— E os mendigos que ele mandou matar em seu projeto de higienização hitlerista? E as famílias expulsas do centro para as favelas? Enquanto você pensa em seu conforto de pequeno-burguês, eu estou preocupado com os pobres que não encontram mais espaço nesta cidade.

— Lá vem o senhor querer me converter ao comunismo.

— Afaste-se de Lacerda, Fernando. Isso não vai acabar bem para você. Lembra que eu falei que aquele seu emprego no IPES não prestava? Pois é, o instituto quase foi fechado na CPI junto com o IBAD.

— E o que o senhor sugere? Que eu vá trabalhar na *Última Hora*? O mesmo jornal que profana a imagem de Nossa Senhora Aparecida numa charge de Pelé? Me poupe dos seus sermões, meu pai.

— Se você tivesse me escutado, talvez tomasse outro rumo em vez de ser um capacho de Lacerda. Por isso que Rebeca o deixou. Mulher nenhuma aceita um homem submisso e sem brio.

— E por que a minha mãe deixou o senhor? Será que não foi pelo mesmo motivo?

● CONFIRMADO ASSIS BRASIL NA CASA MILITAR

HÉLIO FERNANDES informa na página 3

Bancos reabrem: lockout suspenso

Enquanto os bancários retornam, hoje, ao trabalho, numa trégua, as classes produtoras, lideradas pelo sr. Rui Gomes de Almeida, suspenderam o anunciado lockout para o dia de hoje.

BANQUEIROS E EMPREGADOS, EM MESA-REDONDA, NAS LARANJEIRAS, HOJE, PARA ESTUDAREM SOLUÇÃO DO PROBLEMA (P 3)

Entrevista de Lacerda serve de pretexto

JANGO ORDENA INTERVENÇÃO

TRIBUNA da Imprensa

ANO XIV — N.º 3.153 Rio, terça-feira, 1 de outubro de 1963

Carta de Getúlio é falsa

Panorama visto da janela discreta: asilo para dois

OS CRIADORES DE CRISES

1. Governador da Guanabara sugere, em jornal americano, suspensão de tôda e qualquer ajuda econômica do exterior ao Brasil.
2. Críticas de Carlos Lacerda contra o Govêrno Federal exasperam o presidente João Goulart, que convocou todo o seu Ministério.
3. Ministros militares dizem, em nota oficial, que Carlos Lacerda é o responsável pela "desorganização e desordem" do país.
4. Decreto de intervenção chegou a ser esboçado no Palácio das Laranjeiras, pelos assessôres da Presidência da República.
5. Necessidade de intervir também no Estado de São Paulo fêz com que a providência não se tornasse realidade na noite de ontem.
6. Tropas do I Exército teriam recebido ordem de rigorosa prontidão na madrugada de hoje, para efetivar medida. – (Página 12)

Lacerda ignorou a nota: dormia

● O SR. CARLOS LACERDA, SEGUNDO SEUS ASSESSORES, "ESTAVA DORMINDO" QUANDO FOI DIVULGADA A NOTA OFICIAL. ASSIM, NÃO SE PRONUNCIOU. — (Página 12)

Deputado prepara impeachment de JG

● O DEPUTADO OLAVO COSTA INICIOU, ONTEM, NA CÂMARA, SONDAGENS JUNTO ÀS DIVERSAS CORRENTES PARTIDÁRIAS PARA O IMPEACHMENT DO PRESIDENTE GOULART, ALEGANDO QUE O CONGRESSO DEVE DAR UMA SOLUÇÃO LEGAL PARA O PROBLEMA ANTES QUE O EXÉRCITO, COMO ACONTECEU COM O SR. CAFÉ FILHO, SOLICITE O AFASTAMENTO DO PRESIDENTE.

Repercussão da entrevista de Carlos Lacerda ao jornal *Los Angeles Times* (*Tribuna da Imprensa*, 1 de outubro de 1963)

Capítulo 26

Pressionado pelos ministros militares, Jango enviou ao Congresso o pedido de decretação de estado de sítio. De início, achei que fosse uma oportunidade de prender Carlos Lacerda e inibir ameaças de golpe por parte da oposição. Mas, depois de conversas com lideranças regionais do PTB e do PSD em Brasília, convenci-me do contrário. Havia o receio de que a excepcionalidade abrisse espaço para que o presidente da República prendesse governadores e outros opositores políticos.

A tentativa de decretação de estado de sítio de João Goulart foi desastrosa. Miguel Arraes, Leonel Brizola, o PCB, a UNE e até o partido do presidente lhe negaram apoio. Percebendo que sairia derrotado, Jango retirou o pedido da medida no Congresso Nacional. O presidente saiu desmoralizado. Quem ganhava cada vez mais destaque como liderança da esquerda era Brizola. Com um programa de mais de duas horas na rádio Mayrink Veiga, o ex-governador gaúcho defendia as reformas de base, além de arregimentar pessoas para seu Grupo dos Onze, organização que visava formar militantes para a defesa de suas ideias nacionalistas.

Acompanhei as movimentações políticas em torno do estado de sítio em Brasília. Com o prolongamento da crise, a estada, prevista incialmente para dois dias, foi prorrogada por uma semana. Nesse período, não mantive contato telefônico com Fernando nem com Isabela, tampouco recebi notícias de Moniquinha. Etcheverry ainda tentou que eu passasse mais uns dias na capital, mas eu precisava cuidar da minha neta.

Desembarquei no Santos Dumont tarde da noite. Moniquinha devia estar dormindo na casa do pai. Fui direto para o apartamento de Isabela. Bati repetidas vezes na porta, mas ninguém abriu. Eu não levara as chaves do apartamento, também não estava com as chaves de minha casa. Acordei dona Odete no imóvel vizinho. Ela falou que não via a menina desde que eu viajara. Disse também que quase não encontrara Isabela nos últimos dias.

Sem ter onde dormir, tive que procurar Fernando.

— Por que você não deixou Moniquinha na casa de dona Odete? — perguntei a meu filho logo que cheguei.

— Eu avisei ao senhor que não tenho tempo pra cuidar de criança. Deixar na escola, depois pegar, levar a menina na casa de sua rapariga, buscar... No dia seguinte a mesma coisa. Como é que eu vou dar expediente no meu trabalho? E ainda tem os problemas de Mônica com rotina e alimentação restrita.

— Onde está ela?

— Liguei pra Rebeca descer de Petrópolis pra ficar com a filha, mas ela falou que não podia, sempre ocupada demais. Mandou o pai dela vir de Vassouras apanhá-la.

— A menina faltou uma semana na escola? Uma vez que eu deixo você responsável por Moniquinha, e apronta essa, Fernando? Quando é que vai se tornar um homem?

— Essa viagem será importante pra ela. Poderá ter contato com os animais da fazenda.

Uma moça chegou à sala de *baby-doll*.

— Está tudo bem, Nando?

— Quem é essa? — perguntei.

— É Sandrinha, uma amiga minha.

— Você mandou a sua filha para outra cidade para comer essa mulher, meu filho?

Fernando tentou nos apresentar, mas a moça interveio:

— Veja bem, o fato de o senhor ser o pai do Nando não lhe dá o direito de me tratar de forma desrespeitosa.

— Peço desculpa, Sandra.

— Sandrinha — ela corrigiu.

— Sandrinha, cheguei agora de uma viagem cansativa. Fiquei nervoso quando não vi minha neta, estou com fome, sem as chaves de casa, não tenho onde dormir.

— Não quero que o primeiro contato deixe uma impressão ruim pra nós dois. Por que o senhor não dorme aqui, e a gente se conhece melhor? Vou ver o que tem na geladeira pra preparar um lanchinho. O que acha, Nando?

— Meu pai tem onde ficar. Ele pode ir pra casa de Isabela.

— Não quero causar nenhum embaraço para vocês. Posso dormir hoje em algum hotel barato do centro.

— Eu faço questão, seu Marcos — ela insistiu.

Fernando concordou para não contrariar Sandrinha. Ela foi à cozinha, abriu uma lata de salsicha Swift, tirou a salmoura e cortou em rodelas. Trouxe a salsicha no prato e uma Brahma.

— Não tem Antarctica? — perguntei.

— Só encontrei essa última garrafa na geladeira. Aliás, não tinha quase nada lá. Se eu soubesse que o senhor nos faria uma visita, teria passado nas Casas da Banha pra comprar uns queijos, azeitona, salame...

— Não precisa se incomodar, amanhã cedo volto para casa.

— Nando falou que o senhor trabalha na *Última Hora*. Leio toda tarde assim que chega às bancas. É o único jornal que está do lado do trabalhador. É o único que defende o presidente Jango.

— Não sabia que você era esquerdista — interveio Fernando.

— E você já tinha perguntado? Ou você é daqueles que acham que mulher não deve falar de política?

— Por Deus, o mundo tá mesmo perdido... O comunismo tomou conta de tudo. E quando começarem a expandir o método de alfabetização comunizante de Paulo Freire, este país se tornará uma imensa Cuba.

— Vocês da burguesia têm medo de que o analfabeto adquira consciência política e possa votar.

— Mas Fernando não é burguês, é trabalhador. Ele só não tem consciência de classe — eu disse, sarcástico.

Fernando debateu sobre o mal que o comunismo causava ao país e as virtudes do capitalismo. Sandrinha não cedeu, retrucou-o em cada ponto. Chegou a citar pronunciamentos que ouvira de Leonel Brizola na rádio Mayrink. Revelou, inclusive, que preenchera a ficha de alistamento no Grupo dos Onze. Fernando parecia nervoso, ela também. Antes que a discussão prosseguisse, tentei mudar de assunto:

— Você já conheceu Moniquinha?

— Ainda não tive a oportunidade, mas Nando fala do amor que ela sente pelo senhor. Tenho certeza de que vou me dar bem com sua netinha.

— Ela é uma menina muito especial. Num primeiro momento, Moniquinha pode parecer arisca, mas é só ir com jeitinho. Vou lhe dar uma dica: ela é fã de Dolores Duran.

— O senhor não sabe, mas eu também sou cantora. Comecei a minha carreira de *crooner* inspirada em Dolores Duran. Pena que não tive a oportunidade de conhecê-la pessoalmente. Quando eu cheguei ao Rio, ela já tinha morrido.

Sandrinha ficou jogando conversa fora até uma da madrugada, emendando um assunto no outro. Fernando nem disfarçava a insatisfação com minha presença em sua casa, passou a maior parte do tempo calado. Ela ainda queria comprar mais cerveja — fez questão de frisar que agora só traria Antarctica — e uma comida decente para mim. Fernando desconversou, disse que estava tarde e não havia nada aberto àquela hora.

* * *

Moniquinha retornara de Vassouras mais magra e com marcas roxas nas pernas. Perguntei se sofrera algum tipo de violência, mas ela não quis falar. Nos dias seguintes, ficou mais arredia com as outras pessoas. Chorava todos os dias antes de ir à escola. Ela passou a implicar cada vez mais com Isabela. As duas brigavam sempre por causa da televisão. Nos horários em que passava desenho animado, a menina monopolizava a TV. Os conflitos só cessavam com minha intervenção. Moniquinha só respeitava minha autoridade. Nos finais de semana, momento em que todos permaneciam em casa, a convivência se tornava insuportável.

No sábado, dia 23 de novembro, eu iria com Isabela e Moniquinha ao Jardim Zoológico. Almoçaríamos galeto com polenta no restaurante Bem da rua Gustavo Sampaio, depois passearíamos na orla da avenida Atlântica. Eu faria o possível para passarmos o dia fora e evitar desavenças entre as duas. Um crime, porém, interrompeu os planos.

Na tarde da sexta-feira, a redação da *Última Hora* recebeu a notícia de que o presidente dos Estados Unidos, John Kennedy, fora assassinado com um tiro na cabeça na cidade de Dallas. As informações chegavam ao Brasil pelas agências internacionais de maneira truncada. Um jovem de vinte e quatro anos identificado como Oswald chegara a ser preso num cinema depois de trocar tiros com a polícia.

Logo que tomou conhecimento do fato, João Goulart enviou mensagem de solidariedade ao novo presidente dos Estados Unidos, Lyndon Johnson, e telegrama de condolências a Jacqueline Kennedy. Decretou luto oficial de três dias. Jango também determinou a ida do embaixador Roberto Campos a Washington para representar o governo brasileiro no funeral.

Não sabíamos ao certo as motivações do crime. Flávio Tavares, repórter da *Última Hora* de Brasília, escreveu um texto atribuindo o assassinato à intolerância das forças de extrema direita dos Estados Unidos. A luta contra a segregação racial, o acordo antinuclear com a União Soviética e as investidas contra os grupos monopolistas do aço teriam sido causas determinantes para atiçar os extremistas que investiram contra a vida do presidente norte-americano.

Trabalhei quase ininterruptamente entre sexta e sábado na redação. Fiquei responsável por reunir depoimentos e notas de autoridades sobre o assassinato. A contragosto, incluí declarações dos governadores de oposição Carlos Lacerda e Ademar de Barros, além do embaixador Lincoln Gordon. Fiz questão, porém, de inserir as notas de sindicatos, da UNE e do governador Miguel Arraes. As esquerdas, que costumavam ser preteridas do debate público pela grande imprensa, tinham voz ativa na *Última Hora*.

Encerrado o expediente no início da noite de sábado, voltei para o apartamento de Isabela. Dona Odete assistia à série *Nossa Vida com Mamãe* na TV Tupi, e Moniquinha escutava Dolores Duran na vitrola. Dona Odete disse que Isabela saíra de casa depois de uma briga com Mônica. Reclamou que Isabela não tinha maturidade e trocava juízo com uma criança. Antes de ir embora, a velha pediu um aumento, porque a menina dava cada vez mais trabalho, além de o dinheiro valer menos com a crescente inflação. Expliquei que Jango anunciara 100% de elevação do salário mínimo para o ano de 1964, logo ela seria beneficiada.

Abri uma Antarctica quando começou o *Repórter Esso*, precisamente às vinte horas. Moniquinha desligou a vitrola e veio assistir comigo. O assunto dominante foi a morte de John Kennedy e as repercussões. Nenhuma informação nova, apenas reproduções das notícias de agências internacionais e declarações de autoridades brasileiras repetidas de maneira exaustiva em todos os jornais, inclusive na *Última Hora*.

— Todo mundo falando bem desse homem. Não é justo ele ter morrido assim — disse Moniquinha após observar atentamente o noticiário.

— Depois que uma pessoa morre, todo mundo quer endeusá-la. Agora ninguém lembra quem era ele e a posição que ocupava. Um presidente norte-americano sempre carrega o sangue do imperialismo nas mãos.

— Mas ele merecia morrer só por ser presidente dos Estados Unidos?

— Esquece, Moniquinha. Você só tem oito anos, não iria entender.

— O senhor me disse uma vez que o céu não existia. Então, pra onde vai esse homem depois da morte?

— Para a cova, até os vermes comerem as carnes e restarem apenas os ossos.

— Isso vai acontecer com o senhor também?

— Com todos nós. A morte chega para todos, sem exceção. Ninguém consegue escapar.

— Eu não quero morrer, nem quero que o senhor morra, vovô. Não quero que a gente seja comido por vermes.

— Veja, Moniquinha, você é uma criança. Tão nova e com preocupação de adulto. Ainda terá muita vida pela frente. Talvez seja melhor acreditar em Nossa Senhora Aparecida, como seu pai. Sofrerá menos do que seu velho avô aqui, que todo dia conta quanto tempo lhe resta de vida.

Moniquinha se calou e começou a enrolar os cabelos com o dedo indicador. Ela não costumava prolongar o diálogo, nem mesmo comigo. Mas parecia ter uma capacidade de escuta e reflexão de que nenhum adulto era capaz.

— Eu ouvi no rádio, mais cedo, que esse tal de Kennedy queria levar o homem à Lua. Na Lua não tem vermes. O senhor sabia? Se ele estivesse na Lua, não seria comido pelos vermes. Pena que morreu antes.

Os Flintstones começou às 20h20, logo em seguida ao *Repórter Esso*. Ela parou de enrolar os cabelos e prestou atenção ao desenho animado. Fui à cozinha esquentar uma sopa de feijão que dona Odete fizera para a janta. Quando eu voltava com o prato nas mãos, Isabela chegou.

— Não posso mais nem assistir à televisão em minha própria casa. Maldita hora em que aceitei que vocês viessem morar aqui — reclamou Isabela com um tom de voz alterado ao entrar.

— Eu passo o dia trabalhando, e você chega em casa bêbada, Isabela?

— Não tenho que dar satisfação a você, Marcos. Eu ganho meu dinheiro, o apartamento é meu.

— Mas fui eu que comprei.

— Não importa. Está em meu nome, então é meu. Só meu. Não aguento mais essa menina o dia inteiro enfurnada aqui dentro.

— Vovô, não quero mais morar aqui. Essa mulher me bateu hoje. Veja as marcas no meu braço. — Moniquinha me mostrou as manchas.

— Sua mentirosa. É dissimulada que nem o merda do seu pai. Você já chegou de viagem cheia de marca de beliscões que você fez em si própria. Sua louca.

— Isso é jeito de falar com a menina, Isabela?

— Não estou mentindo, vovô. Juro. Eu queria ver *Pepe Legal*, e ela, o programa *Alô, Brotos*. Esta mulher trocava o canal, e eu trocava de volta. Até ela me apertar os braços e me jogar no chão. Aí, começou a me dar tapas. Dona Odete escutou do apartamento dela e veio me socorrer.

— Isabela, eu já dei umas boas surras em Fernando quando ele era criança, mas nunca bati em Moniquinha. Não admito que você faça isso.

— Eu não quero mais vocês aqui. Não tenho filho e não vou criar essa menina. Não aguento mais. Saiam já de meu apartamento, os dois.

— Nós não temos para onde ir. A casa está fechada há muitos meses, desde que Anita foi embora. Moniquinha tem alergia à poeira.

— Isso não é problema meu, vocês que se virem.

Assassinato do presidente dos Estados Unidos John Kennedy
(*Manchete*, 7 de dezembro de 1963)

Capítulo 27

Sandrinha e eu já nos encontrávamos fazia alguns meses, mas ainda não tínhamos feito sexo. Eu começava a gostar dela, mas nada despertava minha libido. Cheguei a procurar o dr. Gastão de Castro, especializado em impotência de homens e mulheres, na Clínica Ultra Moderna. Depois de alguns exames em aparelho de alta frequência, o médico disse que meu caso podia ser problema de cabeça. Talvez o desejo ainda fosse canalizado pra figura da ex-mulher.

O primeiro coito seria em minha casa, após o jantar que eu havia reservado na Cantina Romana. Sandrinha já tinha tirado a roupa e vestido um *baby-doll* lilás-claro. Eu estava só de cueca quando o meu pai bateu na porta. Além de atrapalhar a foda, ele conseguiu revelar uma face desconhecida de Sandrinha. Ela era esquerdista. Admirava Brizola e apoiava o governo João Goulart. Nada podia ser mais brochante.

A partir daquele momento, não a procurei mais. Após a experiência de um casamento falido, eu não podia me aventurar com uma mulher de posição ideológica inconciliável com a minha. De comunista na família bastava meu pai. Sandrinha ainda me ligou algumas vezes pra sairmos, mas eu dava respostas evasivas. Até que ela desistiu.

A presidência de João Goulart levava o Brasil rumo ao caos econômico, social e político. O crescimento do PIB em 1963 foi inferior a 1%, sendo que os setores da indústria e de serviço tiveram recessão. A inflação, por sua vez, terminou o ano acima de 70%. O preço dos alimentos continuou a subir no início de 1964. Em dois meses, a banha de porco aumentou mais de 50%, o óleo de cozinha, quase 80%. O litro do leite passou de setenta cruzeiros pra noventa e cinco, o quilo do açúcar, de cento e três cruzeiros pra cento e quarenta. O povo não tinha mais dinheiro pra comer.

Na política, o presidente se aproximava cada vez mais dos comunistas e se distanciava do apoio do PSD. Ele regulamentou a Lei de Remessa de Lucros, o que prejudicava empresas estrangeiras e irritava os norte-americanos. Ainda se recusou a aceitar as propostas do FMI de renegociação da dívida externa e impôs o monopólio da Petrobras na importação do petróleo.

A cubanização do Brasil se completava com o projeto de desapropriação de grandes áreas e a inviabilização da atividade agropecuária pelo setor privado. João Goulart, junto com a Superintendência de Política Agrária (Supra), propôs a desapropriação de terras ao longo das ferrovias e rodovias federais, vinte quilômetros de cada lado. Pra executar a proposta, firmou convênio com as Forças Armadas pra que os militares ficassem responsáveis pela demarcação das regiões a serem desapropriadas.

Nas ruas, a sociedade não aguentava mais a desordem. Greves de bancários, petroleiros, funcionários públicos, até de trabalhadores dos cinemas atrapalhavam a vida do cidadão comum e dos empresários. A relação espúria entre órgãos de governo e sindicatos estimulava a baderna. Além do aumento de 100% do salário mínimo, o presidente impôs medidas que atentavam contra a liberdade econômica, como o escalonamento de salário e a obrigatoriedade de as empresas fornecerem ensino gratuito aos empregados.

A radicalização de João Goulart fez com que os setores democráticos brasileiros agissem pra impedir um golpe da esquerda. A pedido de Carlos Lacerda, trabalhei com a imprensa oposicionista formas de desgastar o governo. Em Brasília, começava uma articulação com deputados da Guanabara e de São Paulo pra viabilizar o *impeachment*. Mas o país exigia pressa. A melhor solução seria a intervenção dos Estados Unidos no Brasil, como Lacerda havia proposto na entrevista pro *Los Angeles Times*. Lyndon Johnson parecia praticar uma política externa mais altiva no combate ao comunismo do que Kennedy.

Depois de uma reunião com Carlos Lacerda a respeito de um comício marcado pelos comunistas na Central do Brasil, Carlinhos apareceu no Palácio da Guanabara. Ele não havia marcado horário. Disse que não gosta de falar de assuntos delicados por telefone. Constrangido, pediu que eu ajudasse na liberação da obra de um edifício em construção na praça Argentina, em São Cristóvão. Fiscais tentavam embargar o empreendimento do seu cliente.

Com duas ligações, consegui resolver o problema. Fiscal nenhum atrapalharia mais. O funcionário público era pra estar a serviço do empresário, e não pra embaraçar o desenvolvimento do setor privado. Em agradecimento, Carlinhos preencheu um cheque com setenta mil cruzeiros em meu nome e me entregou.

— Assim você me ofende, Carlinhos. Eu resolvi o seu problema pela nossa amizade e pelo bem do empresariado da Guanabara.

— A construtora autorizou até cem mil pra liberar a obra. É coisa grande, um prédio inteiro com apartamentos de dois quartos e dependência de empregada. Setenta mil não é nada pra empresa.

— Eu já presenciei meu pai usar da influência no jornal pra desembargar a burocracia dentro do governo. Em troca, recebia uns trocados. Isso pra mim é corrupção.

Carlinhos guardou o cheque no bolso.

— Respeito sua posição, apesar de não ver problema em receber um dinheirinho por fora de vez em quando. Ainda mais quando se está fazendo a coisa certa. De qualquer forma, quero que aceite que eu pague um uísque pra você no Bottle's. Nara Leão está fazendo uma temporada de apresentação.

— Prefiro outro lugar. Sandrinha trabalha lá. Não quero me encontrar com ela.

— A *crooner*? Ah, Fernando, não me diga que você se apaixonou por uma vedete.

— Trabalhar na noite é o de menos. Você não sabe o que eu descobri. Ela é comunista.

— Puta merda, uma mulher desse tipo é pra comer e sair fora. Como você já deve ter dado uma nela, acho melhor a gente ir pra outro lugar. Que tal o Sacha's?

— Não me sinto bem lá. É lugar de gente grã-fina. Além do mais, estou sujo, com barba por fazer.

— No subsolo tem uma barbearia, você dá um trato por lá mesmo.

Da avenida Atlântica, o letreiro piscando chamava a atenção: "Sacha's Seven to Seven." O lugar funcionava das sete da noite às sete da manhã. Havia muita gente bebendo e fumando na rua Padre Antônio Vieira. Estava lotada. Chamei Carlinhos pra ir a outro lugar, mas ele insistiu.

— Não se preocupe. Conheço Luiz, ele vai conseguir uma mesa pra nós. Fiz uns processos dele e não cobrei nada. Ter um *maître* como amigo vale mais do que dinheiro.

Carlinhos foi à porta da boate e pediu que o segurança chamasse Luiz. Em alguns minutos, ele retornou com dois copos de gim-tônica.

— Não reclame. Foi a bebida que Luiz me ofereceu agora. Quando a gente conseguir entrar, peço uma garrafa de Old Parr. — Carlinhos brindou ao fim do embargo à obra do seu cliente. — Recentemente, eu li o livro *Os Prisioneiros*, daquele seu amigo do IPES.

— O Zé Rubem? Ele não é meu amigo. Eu encontrava com ele eventualmente nas reuniões, nem expediente dava no instituto. Depois você me empresta o livro que, quando tiver um tempinho, eu leio.

Bebíamos na calçada acompanhando a movimentação do cruzamento da Antônio Viera com a avenida Atlântica. Não parava de chegar gente. As pessoas vinham depois de jantar nos restaurantes do Leme e de Copacabana pra estender a noite até a manhã seguinte. O local era frequentado por políticos, jornalistas e empresários. O Sacha's conseguia manter a relevância do período em que disputava clientes com a boate Vogue nos anos cinquenta.

Quando nossa bebida acabou, Carlinhos me convidou pra conhecer Luiz. Dessa vez, o segurança demorou mais tempo pra chamar o *maître*. Luiz chegou bufando com mais dois copos de gim-tônica na mão. Depois de me apresentar, Carlinhos implorou por uma mesa.

— A casa tá cheia, não sei se consigo um lugar pra vocês hoje. — O *maître* olhou pros lados e sussurrou: — Sabe quem tá aí? Brigitte Bardot com Bob Zagury e um grupo de amigos. Ela tá usando uma peruca preta e um nariz de cera artificial. Está dançando e bebericando. Parece que a notícia se espalhou e todo mundo quis vir pra cá agora.

— Arrume um lugar no balcão que eu já fico satisfeito.

O *maître* imprensou alguns clientes e conseguiu colocar duas cadeiras. Pra compensar o desconforto, Luiz mandou o garçom trazer um petisco de camarão por conta da casa. Aristides, o *barman* mais famoso da América Latina, segundo Carlinhos, abriu uma garrafa de Old Parr e serviu uma dose com gelo pra mim e uma pura pro meu amigo.

A decoração do ambiente deixava o espaço intimista. O piso do salão tinha três níveis; as paredes eram estampadas com um material semelhante à pele de zebra. Sacha tocava piano no meio da pista, e uma *crooner* com uma voz parecida com a de Dolores Duran cantava um samba-canção. As pessoas dançavam em torno dos músicos. Olhei atentamente pra todas as mulheres de cabelo preto e nariz esquisito tentando identificar Brigitte Bardot, mas não consegui.

— Nilo — gritou Carlinhos —, cadê o camarão?

— Pode deixar, doutor. Vou trazer logo duas porções pro senhor.

— Por isso que você é conhecido como garçom diplomata. Não tem um problema para o qual você não dê uma solução.

Nesse momento, a *crooner* começou a cantar *Chove Chuva*, de Jorge Ben. As mulheres logo se levantaram pra dançar.

— Depois que Jorge Ben começou a fazer sucesso, não atende mais às ligações — reclamou Carlinhos. — Não lembra a bebida que eu pagava pra ele no Bottle's. O homem enricou. Vendeu mais de cem mil cópias do disco em pouco mais de dois meses.

— Acho Jorge Ben chatíssimo e sem personalidade. Só num país como o nosso aquela voz enfadada faz sucesso.

— Não fale assim. Ele é talentoso demais. Acabou de ganhar o prêmio Gramofone da Associação Brasileira de Críticos de Discos como cantor revelação. Está fazendo shows no Brasil inteiro. Soube que tem até turnê marcada em Buenos Aires. Brigitte Bardot gostou tanto de Jorge que vai gravar umas músicas dele em francês.

— Aquela língua presa dele cantando "voxê" é insuportável. Quem fala "voxê" na vida real, porra?

— Deixe eu contar uma anedota. Disseram que Jorge Ben entrou numa loja de sapatos em São Paulo e perguntou: "Voxê tem um mocaxim?" O vendedor olhou pra ele, como se estivesse reconhecendo aquela voz, e respondeu que tinha. Jorge Ben pegou o violão e fez um samba: "Dá-um-pá, dá-um-pá, dá-um-pá, dá-um-pá, dá-um-pá, dá-um-pá, pá."

— Que piada péssima, Carlinhos.

Ele foi ao banheiro. Na volta, tentou abordar algumas mulheres, mas não obteve sucesso.

— Tenho um assunto sério pra falar com você, Fernando. Papai me ligou ontem e disse que sua mãe tá querendo voltar pro Rio. Ela precisa pegar umas coisas que ficaram na casa de Marcos. Também quer ver você. Está com saudade.

— Diga que não quero vê-la. Nunca mais.

— Ela é sua mãe, Fernando. Um dia você vai ter que perdoá-la.

— Eu não tenho mais uma mãe. Pra mim, ela morreu.

— E o seu Marcos? Ele já aceitou o fato de sua mãe tê-lo largado?

— Ah, a vida dele agora é cuidar de Mônica. E ainda tem Isabela. Nunca gostei daquela mulher, mas acho que agora ela tá sendo importante pra deixar as coisas mais calmas. Pelo menos minha filha tem um lugar pra ficar.

Nilo se aproximou e me entregou um bilhetinho: "Me encontre no primeiro andar." Carlinhos tomou o papel da minha mão e leu.

— A mulherada tá de olho em você, meu amigo.

— O que tem no primeiro andar?

— São alguns quartos pra encontros especiais. Só as pessoas muito importantes e próximas a Luiz conseguem um cantinho lá. Essa mulher deve ser poderosa.

Subi ao primeiro andar com um copo de uísque na mão. Aguardei uns minutos, mas não apareceu ninguém. Comecei a desconfiar de que fosse um trote. Escorei as costas na parede e fiquei lendo e relendo o bilhete. Quem poderia ser? Será que foi o próprio Carlinhos me pregando uma peça?

— Nando?

— Sandrinha? Pensei que você estivesse trabalhando.

— Hoje é quarta-feira, esqueceu? Meu dia de folga. Vamos entrar no quarto antes que vejam a gente. Inventei pro Luiz que estava naqueles dias e que precisava trocar de roupa. Não temos muito tempo.

— De onde você conhece o *maître*?

— Eu já cantei em quase todas as boates do Rio.

Sandrinha me puxou pelo braço até o quarto. Ela desabotoou o vestido enquanto me beijava. Depois me empurrou de costas na cama. Tirou a minha calça. Eu ainda estava meia-bomba, mas ela chacoalhou o meu pau até que ficasse inteiramente duro. Nua, montou em cima de mim e cavalgou, apertando o meu pescoço com uma das mãos. Por um momento, senti falta de ar. Empurrei a mão dela e a virei na cama. Deixei-a na posição papai-mamãe. Era a posição mais convencional. Era a posição em que eu comia Rebeca. Era a posição em que o sexo era mais do que um desejo. Fazer sexo assim não era pecado. Era uma obra de Deus.

* * *

A convocação do comício marcado pra uma sexta-feira 13 pelos setores da esquerda tomou proporção maior do que a esperada por Carlos Lacerda. Afinal, ninguém acreditava que um governo responsável pela estagnação econômica, pela inflação alta e pela desordem fosse capaz de mobilizar as massas.

Lacerda tentou proibir quaisquer atos políticos na Central do Brasil, mas foi vetado pelos militares do Exército, que consideravam aquela área uma extensão do Ministério da Guerra. O governador ainda decretou ponto facultativo dos servidores, suspendeu as linhas de ônibus da periferia pro centro, além de impedir que policiais militares garantissem a segurança. Como não conseguiu barrar o comício, Lacerda pediu aos cariocas da Zona Sul pra apagarem as luzes dos apartamentos e acenderem uma vela na janela, em sinal de protesto.

O comício era uma provocação a Carlos Lacerda. As Forças Armadas haviam desautorizado o governador a proibir o ato, além de terem assumido a segurança do evento com milhares de soldados nas ruas — uma interferência direta na autonomia da Guanabara. O governador ainda temia um atentado forjado contra o presidente da República. Seria o pretexto de João Goulart pra tentar novamente decretar estado de sítio, prender os políticos de oposição, fechar o Congresso Nacional e enrijecer o regime.

O governo federal usou a máquina administrativa pra viabilizar o comício. A *Tribuna da Imprensa* estimava que seriam gastos mais de trezentos e cinquenta milhões de cruzeiros. Dinheiro do contribuinte. O ministro da Viação determinou que não se cobrasse passagem dos trabalhadores, com vagões vindos de São Paulo, Belo Horizonte e Vitória. Os empregados da Petrobras ficaram responsáveis pela construção do palanque. O superintendente da refinaria de Duque de Caxias colocou todos os ônibus pra transportar os trabalhadores. A Rádio MEC fez, durante toda a sua programação, repetidas convocações à população. Os sindicatos também investiram recursos pra trazer operários de outras cidades, além de patrocinarem campanhas em jornais como a *Última Hora*.

No momento do comício da Central, Lacerda divulgaria realizações do governo na periferia. Inauguraria uma escola em Bangu e um mercado da Cocea em Cascadura, além de fazer visita a obras em Irajá e na Vila Kennedy. Enquanto Jango promovia o ódio e a subversão, Lacerda apresentava trabalho e melhorias pra população da Guanabara.

De início, eu faria a cobertura dos atos do governador no subúrbio, mas, na última hora, Lacerda mandou que eu acompanhasse o comício da Central do Brasil. Era preciso fazer um contraponto à propaganda do governo federal. Ele ainda apostava que o ato fracassaria, além dos atos de vandalismo que certamente seriam praticados por comunistas ensandecidos.

O comício começou às dezoito horas. Fiquei fazendo serão no Palácio da Guanabara e acompanhando os primeiros discursos pela rádio. Havia risco de confronto com gente que não concordava com o comício. Na madrugada do dia 12 de março, um grupo havia tentado incendiar o palanque. O Sindicato dos Lojistas da Guanabara recomendou o fechamento do comércio. A segurança não estava garantida. Sem falar que alguém poderia me identificar como membro da equipe de Lacerda. Eu seria linchado.

Dirigi-me ao ato pouco após as dezenove horas. Deparei com estudantes da UNE marchando de braços dados na avenida Getúlio Vargas. Mais à frente, uma caravana de trabalhadores da Petrobras passou, todos eles usando macacões e capacetes da empresa. Alguns empunhavam tochas de fogo alimentadas por petróleo. Esses mesmos operários foram responsáveis por um início de incêndio minutos depois que quase acabou em tragédia.

Espalharam-se faixas por toda parte, algumas com o bordão "Manda brasa, presidente", outras pedindo a legalização do Partido Comunista Brasileiro. Havia mensagem de apoio a Cuba e à China Popular, ao passo que se demonizava o imperialismo americano. Via-se a imagem de Carlos Lacerda em vários cartazes. Um deles trazia um gorila com a face de Lacerda na forca. Era o espetáculo da barbárie stalinista.

Milhares de soldados das Forças Armadas faziam a segurança do local. Jipes e tanques cercavam a praça. Seis atiradores armados com metralhadoras estavam posicionados no Panteão Duque de Caxias. Carros de choque afunilavam a multidão em direção ao palco de madeira armado ao lado de uma torre de vinte e cinco metros, com uma pira acesa. À frente do palco, uma imagem de João Goulart. À direita, um quadro com uma foto de Getúlio Vargas e flores.

O prédio da Central do Brasil tinha sido esvaziado pra evitar atentados. Fixei o olhar diversas vezes naquelas janelas, antevendo um ato heroico de algum patriota que se dispusesse a dar cabo da vida de João Goulart, tal qual fizeram com John Kennedy nos Estados Unidos. De maneira rápida e indolor, o Brasil se livraria da desordem daquele governo.

Eu nunca tinha visto um comício com tanta gente. Depois soube que mais de duzentas mil pessoas se espremeram entre a Central do Brasil, o Ministério da Guerra e o Campo de Santana pra assistir aos discursos, cada um mais radical do que o outro. O presidente da UNE, um jovem chamado José Serra, saudou os decretos anunciados de desapropriação de terras e de encampação de refinarias de petróleo. Miguel Arraes disse que o povo do seu estado exigia as reformas de base. Leonel Brizola chegou a defender o fechamento do Congresso Nacional pra implementar a agenda dos radicais de esquerda.

Quando chegou a vez do presidente da República, tentei me aproximar no meio do povo. Jango tomava posição na tribuna ao lado de Maria Thereza. Eu conhecia a primeira-dama apenas de foto de revista. Pessoalmente era mais bonita. Ela usava o cabelo puxado pra cima e rímel da cor do vestido sobre as pestanas. Um broche de ouro em formato de rosa estava fixado no peito direito, combinando com um anel que trazia no dedo mínimo da mão esquerda. Não usava aliança.

No fundo do palanque, avistei meu pai ao lado de Darcy Ribeiro. Uma posição privilegiada do evento que só um jornal chapa-branca como a *Última Hora* podia proporcionar. Durante o discurso de João Goulart, Darcy Ribeiro, sempre com uma garrafa de água mineral na mão, se dirigiu várias vezes à tribuna pra cochichar no ouvido do presidente. Em seguida, se posicionava novamente ao lado do meu pai.

João Goulart discursou por quase uma hora. Ele tinha um papel na mão, mas parecia falar de improviso. Defendeu a distribuição de terras, a extensão do voto aos analfabetos, o congelamento do preço de aluguéis, a estatização de refinarias de petróleo particulares, a reforma da Constituição pra acabar com as inelegibilidades pra todos, permitindo, inclusive, a reeleição. O presidente da República subiu o tom subversivo em seu discurso e deixou claro o desejo de continuar no poder.

A partir do comício da Central do Brasil, João Goulart fechou a possibilidade de diálogo e conciliação. Não havia dúvidas de que o discurso das reformas de base era um pretexto pra acossar o Congresso Nacional e os governadores de oposição. Ou os defensores da democracia saíam às ruas pra derrubar o governo, ou o presidente daria um golpe pra implementar um regime totalitário e de socialização da economia à maneira de Fidel Castro em Cuba.

HELIO FERNANDES
Diretor Responsável
ANO XV — N.º 4.299
Rio de Janeiro, 13 de março de 1964

TRIBUNA DA IMPRENSA

● **PAPEL É NEGÓCIO NO DCT**

O último "negócio" realizado no DCT foi o "fornecimento" de 300 milhões de cruzeiros de papel, com a entrega de apenas metade do material. Com êsses expedientes, o diretor do Material já acumulou fortuna (Hedyl Rodrigues Valle informa, na página 6).

oncentração servirá de senha para a invasão de terras

COMÍCIO INICIA AGITAÇÃO

1. **Lavradores mobilizados para invasões de fazendas**
2. **Rebeliões marcadas para eclodir após concentração**
3. **Conselho de Segurança faz levantamento da situação**

(PÁGINA 3)

O comício contra a Guanabara

SEXTA-FEIRA 13 é, segundo a crendice popular, um dia fatídico ou azarado. Mas para os espíritos guiados pela razão e reflexão é um dia como outro qualquer, em que cada um pode cumprir tranqüilamente tôdas as rotinas de sua vida pessoal ou comunitária.

Isto estaria ocorrendo certamente no Rio — o comércio aberto, os serviços estaduais funcionando normalmente, os ônibus escolares passando cheios de crianças — se, num local não permitido por lei, como é o caso da Central do Brasil, o presidente da República não tivesse mandado subverter o trânsito, como etapa inicial para subverter as instituições. E usando, para isso, 3 mil soldados das Fôrças Armadas.

O comício de hoje é uma explosão da minoria passional contagiada ou seduzida por um aparato de mobilização que não figura, nem poderia figurar, nos álbuns democráticos. Os seus organizadores inspiraram-se em imagens arcaicas, caducas e obsoletas: os comícios de Hitler em Berlim, de Mussolini em Roma, de Stalin em Moscou, de Perón em Buenos Aires. O que prova que nem sempre a História consegue fazer com que os políticos acreditem nela.

NESSE festival totalitário foram gastos 350 milhões de cruzeiros. De onde saiu êste dinheiro? Seguindo todo o sinuoso itinerário que vai do tonitruante custeio publicitário até às fontes que abastecem os guichês, qualquer investigação haveria de chegar à única origem possível, inevitável e intransferível: o contribuinte.

SIM, é o contribuinte que está pagando a conta e o pato dêsse banquete que custa, pelo menos, Cr$ 3.500,00 por cabeça.

MALBARATANDO o dinheiro do contribuinte, o sr. João Goulart vai repetir, no comício, as velhas frases sediças, caducas, arcaicas e obsoletas. Dirá, mais uma vez, que não pode governar com êste Congresso, como, antes, dizia não poder governar com o parlamentarismo. E, conforme foi reiteradamente noticiado, assinará o decreto da SUPRA que, não sendo ainda a reforma agrária (que só pode vir por intermédio do Poder Legislativo, como uma lei), será o sinal para que, em áreas histórica ou artificialmente convulsionadas, grupos de camponeses, alguns chefiados por técnicos em guerrilhas castristas, invadam propriedades, provoquem reações sangrentas e difundam o pânico.

INVASÕES, sangue e pânico — a obtenção dêstes três ingredientes é o objetivo do comício de hoje que, em local não permitido, fere a ordem. E a desordem de hoje conduzirá, com o decreto da SUPRA, à desordem de amanhã.

PARA quebrar a legalidade, o sr. João Goulart precisa de invasões, derramamento de sangue e irradiação do pânico. Poderá então pedir ao Congresso o estado de sítio, "a fim de restabelecer a ordem" e justificar, junto às Fôrças Armadas, êsse pedido. Obtido o estado de sítio, sua primeira iniciativa será tornar realidade uma velha, visceral e inextirpável obsessão: a intervenção na Guanabara.

O comício de hoje, na Guanabara, é um comício contra a Guanabara. Mas nós, os cariocas, nós, os democratas, não acreditamos nesta sexta-feira 13. Não acreditamos no azar, descremos da jetatura. Contra essas criações passionais e irracionais, antepomos as criações da razão e da reflexão, da ordem e da justiça, da democracia e da liberdade.

NÃO acreditamos em feitiços. A não ser naqueles que costumam cair sôbre a própria cabeça dos feiticeiros.

Jair no palanque junto de Goulart

O general Jair Dantas Ribeiro decidiu, ontem, comparecer ao comício da Central. (HÉLIO FERNANDES informa na página 3)

Rêde traz dez mil para concentração

Cêrca de dez mil trabalhadores de outros Estados vêm assistir o comício, transportados pela RFF. (LEIA NA SEGUNDA PÁGINA)

Três Armas darão proteção a Jango

Cinco mil e oitocentos homens da Marinha, Exército e Aeronáutica compõem o dispositivo de segurança. — (Página 1 do 2.º Cad.)

Oradores levam a crise até o povo

A crise nacional e os problemas brasileiros serão os temas dos discursos de hoje, na Central. (LEIA NA QUINTA PÁGINA)

Baleeiro: Previsão é intriga

● O deputado Aliomar Baleeiro disse que, a despeito de não saber o que o sr. João Goulart dirá no comício de hoje, augura, contudo, que não será nada de bom e que suas palavras só servirão para intrigar, inquietar, desunir e atirar os brasileiros uns contra os outros (Página 4)

CL vê o que faz e Jango o que fazer

Fotos de [illegible]

□ Enquanto o sr. João Goulart passará o dia de hoje no Palácio das Laranjeiras, estando previstos diversos despachos, inclusive com os ministros militares, da Justiça e o presidente da SUPRA, o sr. Carlos Lacerda aproveitará para visitar obras em subúrbios. O Presidente da República falará exatamente às 19 horas, discursando de improviso, e comparecerá acompanhado da sra. Maria Teresa Goulart. O governador da Guanabara, por seu turno, tem sua agenda assinalando a inauguração de uma escola em Bangu, visita a Irajá e Vila Kennedy e, à hora do comício, inaugurará o oitavo mercado da COCEA.

Relato completo do comício na edição da TRIBUNA amanhã

● Tôdas as ocorrências ligadas ao comício de hoje na Central do Brasil terão a mais ampla cobertura na edição de amanhã da TRIBUNA, com farta documentação fotográfica dos acontecimentos, reprodução da fala de Jango e oradores principais, além do noticiário dos fatos paralelos à concentração.

Jornal de oposição condena o Comício da Central
(*Tribuna da Imprensa*, 13 de março de 1964)

Capítulo 28

Por vários dias insisti com Moniquinha para que ela falasse dos atos de violência que sofrera de Isabela. Realizei interrogatórios em dias e horários distintos, como a polícia de Filinto Müller fizera comigo na ditadura Vargas. Cheguei a acordá-la durante a madrugada para que reafirmasse como foram a agressões. Em todas as vezes, minha neta manteve a versão da história. Ela não mentiu. Ela era incapaz de mentir. Ela era tão pura que não poderia inventar uma acusação dessa. Eu que tentava encontrar subterfúgios para voltar para Isabela.

Ficou ainda mais difícil cuidar de Moniquinha sozinho. Dona Odete pôs dificuldade para se deslocar todos os dias do edifício Rajah para minha casa, no Méier. Logo me pediu que aumentasse o ordenado de meio para um salário mínimo. Expliquei que eu era um trabalhador, não um burguês. Além do mais, a relação entre ela e Moniquinha era quase de avó e neta. Não convinha ser tratada como patrão-empregada. Dona Odete aceitou o emprego de má vontade. Fazia uma faxina porca e preparava as refeições, cada vez piores, como se quisesse me forçar a contratar uma empregada. Um dia ela não apareceu em casa, e não pude ir para a redação. Por telefone, avisou que estava cansada e entrou em greve. Impossibilitado de tomar conta de minha neta sem ajuda, tive que ceder e lhe pagar um salário mínimo completo.

O comício da Central do Brasil teve grandes repercussões. As mais de duzentas mil pessoas nas ruas mostraram que o povo queria as reformas de base, ainda que contra a vontade da ala conservadora do Congresso Nacional. Se os políticos em Brasília não atendessem às reivindicações dos trabalhadores, novas manifestações seriam convocadas. As reformas populares sairiam nem que fosse na marra.

Houve reação por parte da grande imprensa e dos políticos de oposição. Em São Paulo, a Marcha da Família com Deus e Pela Liberdade reuniu milhares de pessoas no ato, que teve início na praça da República, passando pela rua Barão de Itapetininga até chegar à praça da Sé. Além de figuras como Hebert Levy e Auro de Moura Andrade, Plínio Salgado, líder integralista, discursou na praça da Sé contra Jango e as reformas de base. A marcha lembrava o comício da Ação Integralista de 1934 que eu combatera com Anita e outros camaradas antifascistas, no ato que passara para a história como Revoada dos Galinhas Verdes.

A Marcha da Família com Deus e Pela Liberdade era formada por um público essencialmente conservador que queria explorar o discurso do fundamentalismo religioso para impedir o avanço das classes populares. O ato contou com o apoio incondicional do governador Ademar de Barros, que liberou funcionários públicos e colocou o aparelho policial do estado para viabilizar o movimento.

O PSD, que até então apoiava com reservas o governo João Goulart, realizou convenção partidária no Palácio Tiradentes e definiu Juscelino Kubitschek como candidato à Presidência da República para as eleições de 1965. O partido pretendia se afastar das propostas mais à esquerda do governo e impedir a tentativa de reeleição de Jango.

As crises se sucediam naquele mês de março de 1964. No dia 25, a Associação dos Marinheiros e Fuzileiros Navais do Brasil marcou um ato em comemoração ao aniversário de dois anos da fundação da entidade, assim como para manifestar apoio às reformas de base. Inicialmente, o evento seria na sede da Petrobras, mas foi transferido para o Sindicato dos Metalúrgicos do Rio de Janeiro. Sílvio Mota, ministro da Marinha, determinou a prisão dos organizadores do evento, em razão do caráter político da manifestação. Para executar a ordem, enviou treze tanques e quinhentos homens, que invadiriam o sindicato para prender os marinheiros. Os homens, porém, acabaram aderindo aos revoltosos.

Jango prometeu anistia aos marinheiros e fuzileiros navais que participaram do ato. A insurgência gerou a queda do ministro da Marinha e atiçou os militares pela quebra de hierarquia. Oficiais do Exército temiam que a insubordinação contaminasse os soldados. A partir daí, começou a conspiração aberta no Ministério da Guerra para a derrubada do presidente da República.

Na *Última Hora*, tentávamos passar uma situação de tranquilidade para os leitores. No sábado, 28 de março, publicamos a manchete "Novo ministro empossado e marinheiros liberados: decisão de Jango resolveu a crise". Sabíamos que a situação era de risco e que um golpe poderia surgir a qualquer momento.

Quando terminei o trabalho naquele dia, já passava das oito da noite. Eu esperava encarar uma descompostura de dona Odete pela hora em que ela iria para casa em pleno sábado. Durante a semana, era comum eu chegar tarde e ela dormir no sofá. Naquele dia, porém, não foi dona Odete que encontrei na sala.

— O que está fazendo aqui, Anita?

— Precisava pegar uns documentos e objetos pessoais.

— Eu mandei dona Odete jogar fora todos seus pertences.

— Venho conversando com ela por telefone desde quando vocês voltaram pra casa. Dona Odete, de forma muito gentil, guardou tudo pra mim.

— Então, pegue suas coisas e vá embora. Saia de minha casa. De preferência, saia da cidade também. Ninguém a quer mais aqui, nem eu, nem seu filho, nem sua neta. Ninguém mais a respeita, nem a considera mais da família.

— Eu não vou embora. Esta casa também é minha. E não envolva Nandinho e Mônica nisso. A questão é entre nós dois. Por mais de dez anos você me humilhou, me traiu, se amancebou com outra mulher. Eu sabia de tudo, Marcos, desde o começo. Você me fez de trouxa por um tempo, mas depois lhe dei o troco. Eu estou com Emanoel não é de agora. Faz muito tempo. Enquanto você estava por aí dormindo com a outra, eu me encontrava com ele no quarto dos fundos da mercearia.

— Você é pior do que eu pensava. Traía não só a mim, traía a Bianca também, traía a sua melhor amiga.

— Bianca sabia que eu e Emanoel tínhamos um caso. No começo, ela ficou estranha comigo. Depois de descobrir o câncer, passou a me tratar muito bem de novo. Pediu várias vezes pra eu cuidar de Emanoel depois que ela morresse.

Fui à cozinha pegar uma Antarctica e ver o que dona Odete fizera para a janta. Só encontrei uma panela com arroz pregado no fundo e um pedaço de fígado na frigideira. Misturei o resto de arroz no óleo do fígado e comi na panela mesmo. Tudo frio. A fome e a cerveja ajudaram a digerir.

— Você já pegou suas coisas. O que mais quer? — perguntei quando voltei da cozinha. — Quer que eu vá embora com Moniquinha? Quer trazer Emanoel para morar aqui? Eu saio de casa, se você preferir.

— Quero o amor de Nandinho de volta, quero conviver com minha neta de novo.

— Então vá procurá-los diretamente.

— Eles só vão aceitar minha decisão de deixá-lo depois que o assunto entre nós dois estiver resolvido.

— Não seja por isso. Pode trazer o desquite que eu assino.

— É necessário mais do que o desquite, Marcos. Você tem de me aceitar como mulher de Emanoel. Agir de maneira natural, sem rancor.

— Você não acha que está pedindo demais? Aquele burguês de merda era a pessoa que eu mais desprezava na vida. Tinha tanto homem com quem você podia me trair, mas foi se juntar logo com ele, meu maior desafeto. Vá embora, Anita. Por favor, vá embora. Não me faça perder a cabeça.

— Eu vou, mas quero lhe comunicar que Emanoel vai reabrir a mercearia, e eu vou trabalhar com ele. Se não pode nos aceitar, pelo menos não nos cause problemas.

— Pode deixar, Anita. Pode deixar. Só diga àquele sujeito para não cruzar meu caminho.

Anita já estava no portão, quando a chamei de volta. Pedi que ela se sentasse no sofá.

— Se você não tivesse tornado tudo isso público, Anita, eu podia aceitá-la de volta em casa. Podia fingir que nada aconteceu.

— Você não entendeu, Marcos. Eu não quero voltar pra você.

— É difícil, para mim, ficar sem uma mulher. Não estou dando conta de cuidar de Moniquinha sozinho.

— Você não me quer de volta como mulher. Você quer uma pessoa pra lhe servir. Quer uma empregada.

— Não é isso, Anita. Tenho medo de que alguma coisa aconteça comigo e Moniquinha fique sem ninguém. Não sei se você está acompanhando, mas um golpe pode surgir a qualquer momento. Se Jango cair, muita gente será presa, inclusive eu. Todo mundo sabe de minha ligação com o Partido Comunista. Eu já fui preso político, e sei o que é ser torturado. Não tenho mais idade para resistir.

— A menina tem pai, mãe, avós do outro lado. Não faltará quem cuide dela.

— Mas eu quero que seja você. Pouca gente tem paciência com ela como você. Se for preciso, venda esta casa e use o dinheiro para pagar a dona Odete. Ela vai ajudá-la.

— Não acontecerá nada com você, Marcos. Pode ficar tranquilo. De qualquer forma, não se preocupe que me encarregarei dos cuidados de Mônica. Não esqueça que ela também é minha neta.

* * *

Eu não conseguia manter a tranquilidade de Anita. Talvez por acompanhar o golpe que começava a se formar nos bastidores. Todos na redação da *Última Hora* esperavam um levante da direita. Paulo Francis chegou a denunciar na coluna os pronunciamentos de Ademar de Barros e dom Jaime Câmara em tom de beligerância. Ele ainda revelou os memorandos do general Castello Branco, que conspirava abertamente pela deposição do presidente. Paulo Francis confiava no dispositivo militar do general Assis Brasil em defesa da legalidade. Eu não tinha o mesmo otimismo. Conhecia os oficiais das Forças Armadas, sabia que eles não iriam admitir a permanência de um governante popular. Eram os mesmos que derrubaram Getúlio Vargas e tentaram impedir a posse de JK e do próprio João Goulart em 1961.

Jango parecia subestimar o poder de fogo dos conspiradores e tomava atitudes imprudentes, como a ida ao evento da Associação dos Sargentos no Automóvel Clube. Tancredo Neves e Samuel Wainer tentaram convencê-lo a não comparecer à festa, mas ele fez ouvidos moucos. O ato soou como uma provocação aos oficiais das Forças Armadas, pois, além dos sargentos, estavam presentes o cabo Anselmo e diversos outros marinheiros que participaram do motim que resultou na queda do ministro da Marinha.

Eu acompanhei o discurso do presidente na televisão ao lado de Samuel Wainer, Etcheverry, Paulo Francis, Moacir Werneck, Octávio Malta e Paulo Silveira na redação da *Última Hora*. Terminada a transmissão do evento, Wainer disse não ter dúvidas de que Jango iria cair. Os outros não concordaram. Segundo eles, era exagero de Wainer, Jango contava com generais de confiança.

No dia seguinte, o *Correio da Manhã*, que até então apresentava posições moderadas em relação ao governo, publicou editorial com o título "Basta!". O texto começava questionando até que ponto o presidente da República abusaria da paciência da nação. Até que ponto queria desagregar as Forças Armadas por meio da indisciplina? O editorial concluía afirmando: "O Brasil já sofreu demasiado com o governo atual, agora basta!"

Outros jornais passaram a apoiar a deposição do presidente da República. Editoriais de *O Globo*, *O Estado de S. Paulo*, *Jornal do Brasil* e *Tribuna da Imprensa* criticavam fortemente João Goulart por estimular atos de indisciplina nas Forças Armadas, pela desordem estabelecida na sociedade, além da aproximação com os comunistas. Apenas o *Diário Carioca* e a *Última Hora* estavam do lado da legalidade.

Na redação da *Última Hora*, pipocavam boatos de conspirações por várias partes do Brasil. Um grupo de oficiais ligado ao almirante Sílvio Heck se articulava com os governadores de São Paulo e da Guanabara. Ademar de Barros tentava atrair o general Amaury Kruel para aderir a um levante iniciado pelas brigadas de rua da polícia paulista. Em outra frente, Carlos Lacerda buscava envolver o Judiciário, por meio do presidente do STF, Ribeiro da Costa, num *impeachment* de João Goulart de tramitação rápida.

O golpe, entretanto, começou em Juiz de Fora. O general Olímpio Mourão Filho deu início ao deslocamento das tropas em direção à Guanabara. A ideia era ocupar o Ministério da Guerra e atrair os outros oficiais das Forças Armadas a aderirem ao levante. Mourão não agia sozinho. O governador de Minas Gerais, Magalhães Pinto, dava o suporte civil e político ao ato.

Jango se reuniu com os ministros para avaliar a crise. Naquele momento, o presidente não podia contar com o ministro da Guerra, que se recuperava de uma cirurgia no hospital. O general Assis Brasil mais uma vez tentou passar segurança no dispositivo militar, que garantiria a legalidade da atuação do Exército. O comandante do II Exército, o general Amaury Kruel, ainda permanecia leal ao governo, até pela relação pessoal com Jango: Kruel era padrinho do filho do presidente.

Em reação ao avanço dos golpistas, a UNE e a CGT convocaram greve geral. A medida dificultou a mobilização dos trabalhadores, que não tinham como se deslocar para organizar uma resistência. Um grupo de fuzileiros navais foi às ruas libertar presos políticos e proteger a rádio governista Mayrink Veiga. Os militares até então leais ao presidente, percebendo o movimento de Juiz de Fora ganhar corpo, começaram a aderir ao levante.

De 31 de março a 1º de abril, permaneci na redação acompanhando a disputa de bastidores. As tentativas de golpes no Brasil costumavam se desenvolver mais em ligações telefônicas do que com tanques nas ruas. No final da noite, Amaury Kruel anunciou o rompimento com Jango. O comando do II Exército se juntaria à conspiração e marcharia com as tropas em direção à Guanabara.

Samuel Wainer teve o último contato com João Goulart. O presidente pediu-lhe que fosse com ele para Brasília defender o governo. "Não, Jango, não vou. Tu vais defender a tua presidência, eu vou defender o meu jornal", respondeu Wainer. Sem apoio e com a segurança pessoal ameaçada, João Goulart deixou o Rio em direção a Brasília. Samuel Wainer foi buscar asilo político na embaixada do Chile.

Nossa segurança também estava ameaçada no jornal. A polícia de Carlos Lacerda e os militantes de extrema direita invadiram as sedes de sindicatos para prender os opositores. Incendiaram e destruíram a sede da UNE. O diretor da sucursal do jornal em Recife comunicou por telefone que os militares do IV Exército empastelaram o jornal e prenderam o jornalista Milton Coelho. O governador Miguel Arraes também fora detido e levado para Fernando de Noronha.

Restavam na redação Moacir Werneck, redator-chefe, Batista de Paula, repórter que cobria as Forças Armadas, Paulo Francis, Isabela, eu e alguns poucos que alimentavam a esperança de que o governo não caísse.

— Falei agora com o comandante da Vila Militar, o general Oromar Osório — disse Batista de Paula. — Ele está uma fera com a conspiração.

— E daí? — perguntei. — Cadê os tanques nas ruas? Cadê as tropas marchando em defesa da legalidade?

— À espera da ordem do presidente.

— Acho melhor se esconder, De Paula. Em 1961, você passou uns dias preso. Ninguém garante que sairá ileso desta vez.

— Cubro os bastidores das Forças Armadas há muitos anos. Não posso fugir justamente neste momento.

Paulo Francis bateu o telefone e se juntou a nós.

— Era o general Ladário na linha. Ele falou que tem apoio de 70% das tropas do III Exército.

— Então, temos como resistir — interrompi. — Quando Jango foi impedido de tomar posse, Brizola, no início, não tinha apoio do III Exército. Brizola só o conquistou depois da campanha da legalidade na rádio.

— Pois é, mas Jango não quer derramamento de sangue — observou Francis. — Brizola ainda insistiu em formar uma resistência, mas o general Ladário disse que devia lealdade ao presidente, não a Brizola.

— Mas e o almirante Aragão? E os marinheiros, os fuzileiros navais?

— Não adianta, camarada. Sem uma ordem do presidente da República, vamos assistir aos gorilas tomarem o poder e o entregarem nas mãos de Lacerda. Se Jango quisesse mesmo se manter no poder, teria nomeado o marechal Lott como ministro da Guerra. Onde já se viu manter um ministro internado numa cama de hospital num momento crítico como este? O outro lado está articulado. O marechal Odílio Denis foi se encontrar com Mourão em Minas. Aqui no Rio, o general Costa e Silva tomou posse do prédio do Ministério da Guerra e se autonomeou ministro. Castello Branco já articula quem vai governar depois do golpe.

— Jango não tem a grandeza de Getúlio pra dar um tiro no peito e evitar um golpe — afirmou Batista de Paula.

— Ele nem ao menos fez um pronunciamento em rede nacional pra defender o governo — disse Paulo Francis. — Eu não vou continuar nessa luta quixotesca. Pedi a prisão de Castello Branco na coluna de ontem. Tenho certeza de que estou na lista das primeiras ordens de prisão. Agora eu vou tomar uma garrafa de Queen Anne e lamentar a quebra da ordem constitucional ao lado de uma jovem senhora na *garçonnière* do meu amigo Ricardo Amaral.

Minutos depois, Paulo Francis deixou a redação no porta-malas de Ricardo Amaral.

Isabela se recusava a sair do jornal. Dizia que Samuel Wainer poderia precisar dela, pois o asilo político na embaixada do Chile enfrentava problemas burocráticos. Segundo a embaixada, o presidente João Goulart continuava, pelo menos em tese, governando o Brasil, de modo que não havia como conferir o *status* de perseguido político a Wainer neste momento.

— Temos que sair daqui imediatamente — disse Moacir Werneck. — Os gorilas que queimaram a UNE estão vindo pra cá. Peguem o necessário e vamos embora, ou seremos massacrados.

Moacir tirou os adesivos de um dos carros da *Última Hora* e fugiu para o apartamento que Samuel Wainer tinha na avenida Nossa Senhora de Copacabana para receber visitantes. A redação ficou praticamente vazia.

Começaram os gritos e os disparos de arma de fogo na rua Sotero dos Reis. Das janelas, vi rapazes se aproximando. Eram jovens de vinte, no máximo trinta anos. Chegavam conduzindo carros Aero Willys e Volkswagen. Enquanto um grupo estacionava na rua São Cristóvão, outro bloqueava a rua Hilário Ribeiro. Gritavam “Vitória”, “Viva Lacerda”. Um terceiro ocupava a rua Lopes de Souza. Eles fecharam todas as saídas das ruas. Alguns começaram a bater nos carros da *Última Hora* com barras de ferro, depois atearam fogo. Eram Kombis, jipes e lambretas queimando.

— Não nos resta muito tempo, Isabela. A polícia de Lacerda não vai nos proteger. Com muita sorte, ainda posso conseguir sair vivo daqui. Se me reconhecerem lá embaixo, serei um homem morto.

— Vá embora, Marcos. Eu vou ficar. Minha vida toda foi dedicada a este trabalho. Não abandonarei o barco agora. Não tenho nada a perder. Não tenho filho, não tenho compromisso com nenhum homem. Este jornal é tudo pra mim.

— Você tem a mim. Não a deixarei desamparada. Estarei sempre ao seu lado.

— Eu nunca fui prioridade em sua vida, Marcos. Antes, você tinha a bruaca da sua mulher. Depois que ela lhe colocou um par de chifres, toda sua atenção foi praquela menina.

Os manifestantes fascistas bateram com os carros da *Última Hora* contra o portão até derrubar. Um tenente e um sargento acompanhavam a destruição do jornal sem intervir. Parecia que estavam ali antes de tudo para garantir a atuação dos agressores.

— Eles estão entrando na redação, Isabela. Eles vão nos prender, ou nos matar.

— Só saio daqui morta.

As máquinas de escrever jogadas contra as paredes faziam o piso estremecer. Ares-condicionados, ventiladores, telefones, tudo era destruído. Os livros da biblioteca e jornais foram queimados. A fumaça começou a tomar conta do local e a dificultar a respiração. Isabela tremia e se agarrava em mim. Eu não podia lhe oferecer segurança. Na verdade, eu sentia tanto medo quanto ela. As vozes dos gorilas ensandecidos se aproximavam cada vez mais de nós. Os vidros da sala de Wainer foram quebrados. Estilhaços caíram em nossos cabelos.

JANGO NO RIO GRANDE E MAZZILLI EMPOSSADO

ULTIMA HORA DEPREDADA E INCENDIADA

EXTRA

JANGO DISPENSA SACRIFÍCIO DOS GAÚCHOS

Às 13h de hoje o Prefeito Sereno Chaise, de Pôrto Alegre, leu a seguinte nota oficial, encerrando as atividades da "Rêde da Legalidade":

"Às primeiras horas de hoje, o Presidente João Goulart chegou a Pôrto Alegre. Depois de ficar algum tempo, seguiu viagem. Antes examinou, com autoridades militares, amigos e correligionários, as condições de resistir ao processo golpista e decidiu dispensar o sacrifício do povo gaúcho e brasileiro".

O Deputado Leonel Brizola pede ao povo gaúcho e brasileiro, a todos os patriotas, que enfrentam com serenidade e calma esta difícil passagem.

Encerramos a "Rêde da Legalidade" agradecendo a todo o povo gaúcho e brasileiro que compareceu em massa à sede da Prefeitura de Pôrto Alegre para resistir contra os golpistas. Fizemos tudo para manter a legalidade".

ANO XIII — Rio de Janeiro, Quinta-Feira, 2 de Abril de 1964 — N.º 4.318

Última Hora

30 CRUZEIROS

A VINDITA FRIA

A redação de ULTIMA HORA foi atingida, ontem, por uma explosão de violência selvagem, sem precedente na história de nosso País. Aproveitando-se da confusão que tomou conta da Cidade e das manifestações que surgiram ao cair da tarde, bandos de facínoras, transportados em cêrca de sessenta carros, tanto particulares como de praça, se empenharam na destruição metódica de tudo quanto encontraram no interior de nossa redação, cujas portas foram arrombadas. Máquinas, mesas, vidros, telefones, papéis, bem como viaturas do serviço de reportagem e distribuição, que se achavam estacionadas na rua ou guardadas na garagem — nada escapou à pilhagem e à destruição. Numerosos carros foram incendiados, com risco de propagar-se o fogo a todo o prédio.

O atentado foi praticado de modo a poder passar como uma ação espontânea de elementos que festejavam a chamada vitória da democracia. Mas, na verdade, foi preparado com requintes de técnica terrorista do MAC. Horas antes, passara em frente à nossa redação um carro que transportava "observadores" — e êsses eram, como se constatou, elementos da famigerada Invernada de Olaria, cujas violências foram denunciadas por ULTIMA HORA, em memoráveis reportagens. Os mesmos elementos estavam, em seguida, comandando o assalto, misturados a lanterneiros, marginais e "playboys" — a conhecida massa componente das tropas de choque do fascismo. Tiros foram disparados, barras de ferro utilizadas com habilidade de profissionais.

NÃO se tratou de uma ação decorrente do entusiasmo político ou da irracionalidade primitiva: foi uma vindita fria. Foi, por outro lado, uma ação teleguiada. Lá estavam, desde a tarde, na televisão e no rádio, os energúmenos que preparavam a "justificativa" do atentado. Eram os despeitados e frustrados, eram os porta-vozes daqueles cujos interêsses foram contrariados pelo nosso jornal em reportagens e campanhas de repercussão nacional, sempre orientadas na defesa das grandes causas populares, da justiça social e da emancipação de nossa Pátria.

OS prejuízos materiais sofridos por ULTIMA HORA foram de vulto incalculável no momento. Apelaremos para a justiça no sentido de que êles sejam ressarcidos e identificados os responsáveis pela violência. Aos nossos leitores pedimos a compreensão, o apoio e a solidariedade que nunca faltou, certos de que relevarão as falhas técnicas que apresenta esta edição.

A fúria dos terroristas foi inútil. ULTIMA HORA continua.

Tôda a frota da reportagem de ULTIMA HORA foi arrasada, ontem à noite, a bala e a fogo, por um grupo de manifestantes que, conduzido em automóveis "Aero-Willys" e "Volkswagen", em número de cêrca de 60, depredando e incendiando totalmente a redação dêste jornal, danificando máquinas de escrever, aparelhos telefônicos e de ar-condicionado, biblioteca e demais instalações, numa verdadeira "razzia" destinada a silenciar o nosso vespertino. A operação, insuflada por uma emissora de TV foi dirigida, tendo sido observados entre os participantes do assalto, incêndio e destruição oficiais à paisana e elementos da Polícia do Estado da Guanabara. A foto mostra aspecto da depredação.

TÔDA FROTA DE REPORTAGEM DESTRUÍDA A BALA E A FOGO

Redação do jornal *Última Hora* é depredada após o Golpe Militar (*Última Hora*, 2 de abril de 1964)

Capítulo 29

Na manhã de 31 de março, Carlos Lacerda e a equipe de governo foram pegos de surpresa pela notícia — transmitida por telefone por Armando Falcão — do levante das tropas do general Olímpio Mourão em Juiz de Fora. Magalhães Pinto tentava exercer a liderança civil em Minas Gerais no levante militar. Como pretenso candidato a presidente da República nas eleições de 1965, Lacerda precisava assumir o protagonismo do movimento.

O governador da Guanabara trocou o terno por um casaco de couro preto e passou a portar uma metralhadora. Em seguida, ordenou o bloqueio das ruas que davam acesso à sede do governo com caminhões de lixo e a instalação de sacos de areia. Na escola Anne Frank, um jipe se posicionou com bazucas e morteiros. Um posto médico foi improvisado no porão pra tratar dos feridos. Lacerda preparava o palácio pra se tornar um local de batalha contra as forças janguistas.

Os apoiadores de João Goulart cortaram as linhas telefônicas da sede do governo. Pra se comunicar com populares, Carlos Lacerda montou alto-falantes e passou a fazer pronunciamentos defendendo a deposição do presidente. As pessoas começaram a chegar ao palácio com lenços azuis e brancos no pescoço. A polícia distribuiu os poucos fuzis disponíveis a homens que nem sequer sabiam manuseá-los. Depois, os que vinham desarmados receberam a orientação de voltar pra casa e aguardar notícias. Como eu não sabia manejar o revólver, cedi o meu pra um senhor que se apresentou como exímio atirador.

Além de civis, militares da ativa e reformados resolveram se entrincheirar no palácio, dentre eles o brigadeiro Eduardo Gomes. Mais de cem pessoas transitavam pelos corredores da sede do governo. Temíamos haver espiões infiltrados. Alguns fuzileiros navais tinham passado nas imediações do palácio. Eram homens ligados ao almirante Aragão, inimigo declarado de Lacerda. Os armamentos obsoletos da polícia da Guanabara não conseguiriam fazer frente às tropas vindas da Ilha do Governador. Os fuzileiros navais possuíam os equipamentos mais modernos das Forças Armadas. Se o almirante decidisse atacar, seríamos dizimados.

Um telefone tocou no palácio. Os janguistas haviam se esquecido de cortar a linha da Rádio Roquete Pinto. Era uma amiga de Lacerda que ligava de Nova York. Imediatamente, ele relatou a situação caótica em que se encontrava o Brasil e a chacina que o almirante Aragão pretendia fazer no palácio. Depois pediu que ela retransmitisse pra agência *United Press.*

A *United Press* denunciou ao mundo o cerco ao palácio. Lacerda aproveitou a única linha telefônica em funcionamento e fez pronunciamentos pra rádio em Belo Horizonte, onde a revolução parecia mais consolidada. Formou-se uma cadeia de rádio no país em torno do governador da Guanabara. Logo a televisão chegou ao local pra fazer transmissões:

— *Meus amigos de Minas, meus patrícios, ajudem-me. Ajudem o governo da Guanabara, sitiado, mas indômito. Cercado, mas disposto a todas as resistências. O Brasil não quer Caim na presidência da República. Que fizeste de teus irmãos? De teus irmãos que iam ser mortos por teus cúmplices comunistas, de teus irmãos que eram roubados para que tu te transformasses no maior latifundiário e ladrão do Brasil? Abaixo João Goulart!*

Encorajado pela projeção internacional da resistência formada no Palácio da Guanabara, Carlos Lacerda fez um desafio ao almirante Aragão pelo alto-falante e veiculado nas cadeias de rádio e televisão:

— *O Palácio da Guanabara está sendo atacado, neste momento, por um bando de desesperados. Fuzileiros, deixem suas armas, porque vocês estão sendo tocados por um oficial inescrupuloso. Aragão, covarde, incestuoso, deixe seus soldados e venha decidir comigo essa parada. Quero matá-lo com meu revólver. Ouviu, Aragão? De homem pra homem. Os soldados nada têm que ver com isto.*

Lacerda mentia pra insuflar as massas. Não havia, pelo menos até aquele momento, ataque ao Palácio da Guanabara. Em seguida, perguntou ao encarregado da polícia de quanto tempo dispunha de tiro. A resposta foi seis minutos. Apenas seis minutos de tiro, com o palácio totalmente exposto de frente pra rua, sem muros ou grades. Lacerda parecia querer nos fazer de mártires.

O general Castello Branco, que tentava tomar o comando da revolução no Rio de Janeiro, ligou pra Lacerda. Eu não estava na sala, mas Rebeca tinha me repassado detalhadamente a conversa entre os dois.

— Governador, estou lhe telefonando porque acabei de ouvir o seu pronunciamento na televisão — disse Castello Branco.

— Mas onde o senhor está, general?

— No Ministério da Guerra.

— No Ministério da Guerra? Quer dizer, então, que o senhor já ocupou o Ministério?

— Não, estou aqui na Chefia do Estado-Maior, mas o ministro da Guerra está no gabinete dele. Acabei de ouvir suas declarações. A partida do almirante Aragão é iminente. Não creio que o senhor tenha condições de resistir, e devo lhe dizer agora uma parte do que está assentado entre nós: consideramos que na primeira fase da luta, se houver luta, a Guanabara é indefensável. Então, vamos, por intermédio de São Paulo, Minas, Nordeste e Rio Grande do Sul, isolar Brasília e organizar a marcha sobre o Rio. O presidente está no Palácio das Laranjeiras, cercado de tanques que, por enquanto, o estão garantindo, estão do lado dele, e eu não tenho nenhum soldado pra lhe mandar.

— Mas o senhor tem certeza de que não tem ninguém pra mandar aqui pra me ajudar?

— Não. É por isso que quero lhe fazer um apelo. Meu apelo se baseia no seguinte: a revolução precisa de líderes, não de mártires. Eu quero apelar ao senhor pra que abandone o Palácio da Guanabara e se refugie, para que, depois de libertarmos o Rio, o senhor volte e retome seu posto ou um posto que a revolução lhe indicar.

— General, tenho o maior apreço pelo seu apelo e o maior respeito por sua posição, mas tenho certeza de que o senhor também respeitará a minha. Só há duas pessoas neste mundo que poderiam me fazer um apelo mais difícil de resistir do que o seu: minha mãe e minha mulher. Já as consultei, e as duas acham que o meu lugar é aqui. Além disso, esteve aqui e se declarou disposto a vir ficar comigo o brigadeiro Eduardo Gomes. Perguntei o que ele faria em meu lugar, e o brigadeiro disse que ficaria aqui. De maneira que o senhor há de compreender que, a esta altura, não posso abandonar o posto, nem mesmo diante de um apelo seu. Se o senhor não tem soldados pra me mandar, azar o meu. Os senhores tratem de salvar a Guanabara enquanto é tempo. De qualquer maneira, os senhores vão acabar ganhando e salvam a Guanabara. Mas eu terei de cumprir meu dever. Eu não saio daqui.

— Bom, não ouso, mas gostaria de insistir com o senhor. É um sacrifício inútil. Por uma questão talvez de horas ou de poucos dias nós vamos perder um líder do qual precisaremos muito.

— Acontece que às vezes, general, a gente morrendo também presta serviço. O senhor, como militar, sabe disso. Cada um cumpre seu dever como pode. E os civis também sabem morrer.

Rebeca reproduziu o diálogo entre os dois de maneira serena. Nem parecia que estávamos prestes a ser sacrificados.

— Vamos sair daqui enquanto é tempo, Beca. Nós temos uma filha pra criar. Chegaram notícias de que Aragão empastelou *O Globo* e o *Jornal do Brasil*. Não demora e ele estará aqui. Seremos massacrados. O próprio general Castello Branco alertou.

— Castello Branco quer que Lacerda abandone a sede do governo, como Ildo Meneghetti no Rio Grande do Sul. Pretende que os militares colham os louros da revolução sem uma liderança civil. Com a resistência aqui no palácio, Lacerda sairá como o grande líder da revolução.

— Será que você não enxerga que nós não temos condições de resistir a um ataque de fuzileiros navais?

— A polícia da Guanabara já ocupou vários pontos estratégicos, estações rodoviárias, as entradas da cidade, até aeroporto. Neste momento, sindicalistas estão sendo presos. Eu confio em Lacerda. Nós vamos fazer a revolução acontecer.

— Ele é governador, é poderoso. Tem uma lancha na praia de Botafogo pra levá-lo em fuga, caso o palácio seja invadido. A família dele está escondida, em proteção, enquanto nós estamos aqui, nos arriscando. Nós não somos nada. Nada. Seremos os primeiros a perder a vida.

— Deixe de ser frouxo, Fernando. Pegue uma arma e ajude na defesa do palácio.

Houve uma correria. Fuzileiros navais atacavam pelos fundos do Palácio da Guanabara. O almirante Aragão tinha cedido à provocação de Lacerda. Rebeca me entregou uma arma e me mandou acompanhar os policiais. Os fuzileiros chegavam pelo morro. Os militares orientaram os civis a se agachar no jardim e a aguardar a ordem de atirar. Lacerda estava com o presidente do Tribunal de Justiça, o desembargador Vicente de Faria Coelho, ambos armados com metralhadoras.

O .38 cano-curto pesava na minha mão, eu não conseguia sustentá--lo em punho. Coloquei o revólver no cós da calça e me escondi atrás de um banco de cimento. Rebeca se mantinha ao lado de Lacerda, sem se proteger. Poderia ser alvejada a qualquer momento. Eu a chamei aos berros pra que viesse se abrigar comigo. No início, ela ignorou. Depois, fez sinal pra eu ficar calado.

— É alarme falso — gritou um policial. — É a troca de turno da Polícia Militar.

O uniforme cáqui da polícia da Guanabara, parecido com o dos fuzileiros navais, confundiu a todos e quase gerou uma troca de tiros entre colegas de farda.

* * *

João Goulart deixou o Palácio das Laranjeiras, no Rio, e foi pra Brasília tentar recompor as forças do seu governo. Tarde demais. Após fomentar desordem e indisciplina nas Forças Armadas, ele não encontrou apoio da oficialidade quando mais precisava. Depois que o general Amaury Kruel abandonou o presidente, houve uma adesão em massa dos oficiais à revolução.

O *Correio da Manhã* publicou um editorial com o título "Fora!", exigindo a saída de João Goulart da Presidência da República. O mesmo jornal tinha apoiado a posse de Jango em 1961 com o argumento da constitucionalidade. Agora reconhecia que o presidente tinha que entregar o governo a seu sucessor pra preservar a Constituição. O *Jornal do Brasil* também defendeu o movimento revolucionário e acusou o presidente de ser um caudilho aliado ao comunismo. O jornal *O Globo* saudou o ressurgimento da democracia com a ação dos militares.

Sem apoio em Brasília, João Goulart fugiu pro Rio Grande do Sul com o general Assis Brasil. Ao lado de Brizola, tentou organizar uma nova campanha da legalidade, nos moldes da realizada em 1961. Mas agora os generais sabiam de que lado se posicionar. Não vislumbrando chances de vitória, os oficiais se recusaram a se sacrificar em nome de um presidente vacilante.

No Congresso Nacional, havia uma articulação em torno do *impeachment*. Mas o processo poderia demorar tempo demais, talvez o suficiente pra Jango coordenar um retorno triunfante ao poder. Além de colocar em risco o movimento, Goulart poderia tomar medidas autoritárias, como decretar estado de sítio, promover a intervenção nos estados revolucionários e determinar a prisão dos seus opositores. Seria a oportunidade de instalar de vez a república caudilhista.

O deputado Adauto Lúcio Cardoso e Auro Moura Andrade, presidente do Senado, mobilizaram uma solução rápida, limpa e constitucional. Na madrugada de 2 de abril, o presidente do Senado declarou vaga a presidência da República e convocou Ranieri Mazzilli, presidente da Câmara dos Deputados, pra assumir o cargo.

A oposição protestou. Tancredo Neves tentou argumentar que Jango ainda se encontrava no país, no Rio Grande do Sul. Auro de Moura Andrade não deu ouvidos e encerrou a sessão. Em seguida, mandou desligar as luzes e os microfones do plenário. O presidente do Supremo Tribunal Federal tratou de chancelar a vacância da presidência da República com uma visita ao novo ocupante do cargo.

As forças revolucionárias, comandadas pelos generais Olympio Mourão e Antônio Carlos Muricy, chegaram ao Rio de Janeiro, com amplo apoio popular. As pessoas foram às ruas saudar a revolução gloriosa e a deposição de João Goulart. Os carros desfilavam com a bandeira do Brasil, as pessoas colocavam lençóis brancos nas janelas dos apartamentos. Praticamente não houve resistência. Alguns estudantes e manifestantes tentaram causar desordem na Cinelândia, mas logo foram contidos.

A concentração na Igreja da Candelária começou por volta das 13h30 do dia 2 de abril, com a chegada de ônibus, lotações e carros vindos de todos os bairros cariocas e até de outros estados. O comércio fechou as portas a partir das catorze horas, e os patrões liberaram os empregados. Havia cartazes de repúdio ao comunismo, fitas em verde e amarelo, bandeiras do Brasil, rosários e lenços brancos. O marechal Eurico Gaspar Dutra e o brigadeiro Eduardo Gomes foram homenageados, com palmas e gritos de "Viva a democracia", "Salve o brigadeiro da liberdade". O *Jornal do Brasil* estimou mais de um milhão de pessoas no evento.

Às 14h30, a Marcha da Família com Deus pela Liberdade seguiu na Rio Branco, ocupando toda a avenida. Dos prédios, as pessoas jogavam papel picado. Parecia um carnaval. Não o carnaval profano que costuma aviltar o Rio de Janeiro, mas um carnaval legitimamente cristão e democrático. As pessoas rezavam, cantavam e extravasavam o sentimento de liberdade e patriotismo, com vivas a Carlos Lacerda, às Forças Armadas e ao Brasil. A música "Cidade Maravilhosa" era cantada de tempos em tempos, assim como a palavra de ordem "um, dois, três, Brizola no xadrez".

A passeata dobrou a avenida Almirante Barroso, seguindo até o largo na Presidente Antônio Carlos, onde estava armado um palanque diante da estátua de Rio Branco. Políticos, militares e líderes religiosos discursaram. O monsenhor Bessa transmitiu a mensagem de dom Jaime Câmara repudiando o ateísmo e o materialismo em todas as suas formas.

Carlos Lacerda não estava presente na marcha, apenas dona Letícia, esposa do governador. Dois deputados udenistas insistiram pra que dona Letícia discursasse, mas ela recusou: "Carlos já fez o trabalho dele bem-feito, não precisa que eu apareça, não." Quase empurrada pra frente do palco, ela saudou o povo com um aceno.

A manifestação atingiu o ponto alto quando Lacerda sobrevoou o local lentamente num helicóptero. O povo gritava e dava vivas ao governador da Guanabara. Lacerda sentia a necessidade de ser constantemente lembrado do seu papel na resistência democrática, quando se entrincheirou no palácio de governo.

O voo de helicóptero surtiu efeito. Terminada a marcha, milhares de pessoas foram ao Palácio da Guanabara agradecer a Carlos Lacerda. O governador improvisou um discurso:

— Devemos, antes de tudo, agradecer a Deus, que realizou, mais do que todos, o milagre que até hoje não se conseguiu em nenhum lugar do mundo de derrotar o comunismo russo sem haver sangue, sem haver guerras. A reconstituição moral do Brasil não pode esperar até 1965, tem que começar imediatamente.

A catarse que tomava conta de mim se esvaiu quando cheguei em casa. A minha mãe estava sentada no sofá da sala. Eu não a via desde quando ela fugira com Emanoel. Talvez quisesse aproveitar o momento de felicidade e comemoração pra que eu a perdoasse.

— Não tenho nada pra conversar com a senhora.

— Fale baixo, Nandinho. Mônica está dormindo no seu quarto.

— Eu não autorizei a senhora a entrar aqui, muito menos a se aproximar de minha filha. Por que ela não está com meu pai?

— Marcos sumiu, meu filho.

— Deve estar escondido em algum lugar. Logo ele aparece.

— Desde que começou essa confusão toda, ninguém mais viu seu pai. Não sei o que fazer.

— A senhora está se preocupando à toa. Quando teve o levante militar de 1961, meu pai ficou o tempo todo no apartamento de Isabela. Todo comunista é frouxo, minha mãe. Todo comunista é frouxo. Depois de todos esses anos fazendo bravatas, agora fogem como ratos.

— Homens armados invadiram a redação da *Última Hora* e quebraram tudo por lá. Etcheverry disse que deram uma surra em seu pai e o levaram no porta-malas de um carro.

— Amanhã eu resolvo isso. A cidade está toda em festa. É impossível encontrá-lo em algum lugar. Agora a senhora já pode ir embora.

Ela se levantou pra me abraçar, mas eu acenei com a mão pra que não se aproximasse.

— Espero que um dia você possa me perdoar.

— Impossível, minha mãe. Impossível. Eu sempre esperei todo tipo de safadeza por parte de meu pai, mas da senhora, nunca. Sempre o desprezei e venerei a senhora, que pra mim era um exemplo de dedicação a Deus, de dedicação à família. A senhora cometeu o pecado da traição. A senhora rompeu com o sacramento do matrimônio. A senhora...

— Chega, Nandinho. Chega. Passei a vida inteira sendo humilhada e traída por seu pai. Eu o aguentei durante todos esses anos por sua causa. Agora chega. Chega de moralismo. Chega de hipocrisia. Chega de fundamentalismo cristão. Chega, cansei. Eu vou embora com Mônica. Se tiver notícias do seu pai, me mantenha informada.

— A senhora não vai levar minha filha.

— Você não sabe cuidar dela sozinho, Nandinho. Me deixe ficar com ela, pelo menos até seu pai voltar.

— E se ele não voltar? E se ele ficar preso por mais tempo? Os militares não deixarão os comunistas livres pra tentar tomar o poder. Muita gente terá que ficar detida. Esse é o preço da revolução. Meu pai fez as escolhas dele, agora terá que pagar.

HELIO FERNANDES
Diretor Responsável
ANO XV — N.º 4 314
Rio de Janeiro, 2 de abril de 1964

TRIBUNA DA IMPRENSA

● JANGO NO RIO GRANDE
As primeiras horas de hoje, o sr. João Goulart chegou ao Rio Grande do Sul, procedente de Brasília, de onde, segundo declarou, resistirá ao ato de sua deposição.

Principais chefes estão nomeados

1 *Costa e Silva nomeado para Pasta da Guerra*

2 *I Exército tem Ururaí como comandante*

3 *General Taurino na Primeira Região Militar*

DEMOCRATAS ASSUMEM COMANDOS MILITARES

Pela recuperação do Brasil

ADEMAR PREGA VIGILÂNCIA

Afirmando que o regime continua exigindo vigilância dos democratas, o Sr. Ademar de Barros disse que "ainda é cedo para comemorar".

MENEGHETTI ESTÁ DOMINANDO

Com o govêrno instalado em Uruguaiana, o Sr. Ildo Meneghetti já conseguiu controlar inteiramente a situação no Rio Grande do Sul.

MAGALHÃES COM REFORMAS

Na homenagem pública recebida pela restauração da democracia, Sr. Magalhães Pinto preconizou adoção de verdadeiras reformas de base.

Congresso depõe Jango

Mazili toma posse como Presidente

Perante o Congresso reunido, o senador Auro Moura Andrade, às três horas de hoje, declarou vago o cargo de presidente da República. A seguir, o sr. Ranieri Mazili, presidente da Câmara dos Deputados, tomou posse na Presidência.

● **ASSEMBLEIA TIRA ARRAIS**
Por trinta e cinco votos contra vinte, a Assembléia Legislativa de Pernambuco decretou, ao fim da noite de ontem, o "impeachment" de Miguel Arrais.

● **EXÉRCITO PRENDE JUREMA**
O sr. Abelardo Jurema, ex-ministro da Justiça, encontra-se prêso, pelo Exército, na Escola Superior de Guerra, na Praia Vermelha. Já depôs ontem.

● **BADGER FOI DEPOSTO**
Com a deposição e prisão do sr. Badger Silveira do cargo de governador do Estado do Rio de Janeiro, a chefia do Executivo foi confiada a um triunvirato.

Imprensa conservadora comemora o Golpe Militar
(*Tribuna da Imprensa*, 2 de abril de 1964)

Capítulo 30

Os dias se passaram sem que meu pai aparecesse. Procurei nas delegacias e nos quartéis do Rio de Janeiro, mas não tive notícia. Entrei em contato com a polícia de São Paulo e de Minas, também sem retorno. Era notável a má vontade em prestar informações quando eu falava que meu pai era jornalista da *Última Hora*. Um coronel do Exército até mostrou interesse em localizá-lo e pediu informações sobre sua vida pregressa. Alguns dias depois, o coronel ligou pro Palácio da Guanabara e disse pra eu encerrar as buscas se não quisesse ter problemas.

Havia um clima de perseguição nas Forças Armadas. Militares com alguma suspeita de proximidade com Jango, Brizola e os comunistas eram presos e expurgados das forças pra assegurar a continuidade da revolução. Muitos civis também se encontravam detidos. Além de políticos, como Miguel Arraes, Gregório Bezerra e Flávio Tavares, jornalista da sucursal de Brasília da *Última Hora*, foram recolhidos à prisão sem acusação formalizada ou decisão judicial.

No dia 9 de abril, o comando supremo da revolução, formado pelo general Costa e Silva, pelo brigadeiro Correia de Melo e pelo almirante Augusto Rademaker, baixou um Ato Institucional determinando que o Congresso Nacional elegesse um presidente da República no prazo de dois dias, aumentando os poderes do chefe do Poder Executivo e cassando os direitos políticos de mais de cem pessoas consideradas inimigas do novo regime. Dentre os cassados estavam João Goulart, Jânio Quadros, Leonel Brizola, Luís Carlos Prestes e Samuel Wainer, além de parlamentares que apoiavam o governo deposto.

Tentei convencer Rebeca a interceder a Carlos Lacerda pra localizar meu pai. Ela disse que havia muitos pedidos de ajuda ao governador pra soltura de detidos. Além do mais, os militares recusavam a interferência de civis nesses assuntos. Uns dias atrás, segundo ela, Magalhães Pinto solicitou esclarecimentos sobre a prisão do governador Seixas Dória ao general Costa e Silva, que recusou veementemente qualquer cooperação, dizendo: "Já começou a história. Está preso e fica preso. Não estou aqui pra dar essas informações."

Em cumprimento ao Ato Institucional, o Congresso Nacional elegeu o general Castello Branco como presidente da República. O nome de Castello Branco foi praticamente uma imposição dos militares aos civis. O general gozava de prestígio na caserna pelos anos em que lecionou na Escola Superior de Guerra.

Apesar do papel desempenhado na revolução, Carlos Lacerda não teve participação ativa na formação do ministério. Castello Branco parecia querer deixar claro, desde o início, que não seria influenciado pelos governadores que apoiaram o levante. Apenas uma pessoa ligada ao governador, o secretário da Saúde da Guanabara, Raimundo de Brito, foi nomeada ministro da saúde.

Não podendo contar com o auxílio de Lacerda, procurei alguns repórteres que trabalhavam com o meu pai na *Última Hora*. Samuel Wainer se encontrava refugiado na embaixada do Chile, aguardando o melhor momento pra deixar o Brasil. A redação funcionava de maneira precária depois da depredação. Na rua Sotero dos Reis, viam-se os carros do jornal destruídos sobre as calçadas. Dentro, cadeiras quebradas, máquinas de escrever sem funcionar e papéis espalhados no chão. A rotativa não havia sido danificada, o que possibilitou a continuidade das atividades do jornal.

Etcheverry demonstrou preocupação com a situação de meu pai e disse que Isabela havia passado os últimos dias em casa, sem trabalhar, em estado de choque. Eu quis saber detalhes do desaparecimento dele, se identificaram as pessoas que o levaram, se tinham anotado a placa do carro, mas ele desconversou; claramente não confiava em mim. Eu também não confiava nele, e não acreditava no que havia me contado. Devia ser armação de meu pai. Ele só podia estar escondido no apartamento de Isabela. Tentei buscar informações com outros jornalistas, mas todos se recusaram.

Fui ao edifício Rajah desbaratar a farsa. Toquei a campainha, mas ninguém atendeu. Forcei a porta com o ombro e consegui quebrar a fechadura. O apartamento de Isabela estava empoeirado. Tinha resto de macarronada na mesa em dois pratos, com moscas sobrevoando, uma Antártica pela metade e dois copos vazios. Tudo fedia a azedo. No quarto dela, a roupa de cama estava desarrumada, com vestido, calcinha e sutiã jogados no chão, como se ela tivesse deixado o local às pressas.

Quando eu saía do apartamento, dona Odete me esperava no corredor.

— Onde está meu pai?

— Ele não mora mais com Isabela há um bom tempo.

— Sei que o sumiço dele não passa de uma trapaça. Por mim, ele podia estar preso, desaparecido, morto, não importa. Mas mamãe me enche a paciência todo dia pra ir atrás dele. Além disso, Mônica sente saudade do avô.

— Não sei o paradeiro de Marcos. Na noite em que o jornal foi atacado, Isabela chegou em casa aos prantos, dizendo que ele tinha sido levado por um grupo de homens armados.

— Ora, não tente me enganar, dona Odete. Eu encontrei uma Antarctica e dois copos na mesa da sala. Meu pai toma a mesma cerveja há mais de vinte anos.

— Marcos veio aqui um dia antes de desaparecer. Ele queria uma reconciliação com Isabela. Ela também sentia falta dele. Os dois se gostam muito. O problema é que Isabela não tem paciência pra conviver com uma menina como Mônica. E você sabe que Marcos preza a neta mais do que tudo. Eu queria que os dois voltassem a morar juntos. Eles já estavam se acertando. Uma pena os milicos terem trazido tanta tragédia e dor. O marido de uma vizinha, que é fuzileiro naval, também está desaparecido. É muita maldade o que esses gorilas estão fazendo com o país.

— Dona Odete, não existe revolução sem perdas. Infelizmente, quem ficar do lado dos comunistas neste momento vai ter que arcar com as consequências.

— Não diga isso, rapaz. Marcos é seu pai. Vocês têm diferenças, mas ele é um homem bom.

— E onde está Isabela? Quero falar com ela pra passar a limpo essa história.

— Ela ficou muito abalada com o que aconteceu com o seu pai. Foi pra São Paulo passar uns tempos na casa de parentes. Queira Deus que volte logo. Sinto falta demais dela aqui. Também sinto falta de seu pai. Sinto falta de Mônica.

Tentei me despedir, mas ela não parava de falar:

— Estou preocupada com sua filha. Com quem ela vai ficar?

— Comigo. Com quem mais? Eu sou o pai.

— Ela é uma menina que precisa de uma atenção especial. Mônica é uma criança difícil, mas eu gosto muito dela. Sei que você não tem tempo. Se quiser, posso continuar ajudando na criação da menina.

— Eu não tenho condições de pagar o salário que meu pai lhe dava. Além disso, a senhora me faz lembrar Isabela e meu pai. Acho melhor a senhora se afastar de nós.

* * *

Contratei uma moça pra cuidar de minha filha no período em que eu estava fora de casa. Mônica implicava com ela todos os dias, recusava-se a comer, a tomar banho, não a deixava nem tocar em seus cabelos. Também reclamava da ausência do avô. Ela só se acalmava quando eu colocava pra tocar Dolores Duran. Depois da terceira música, voltava a se agitar. Um dia, quando cheguei do trabalho, encontrei Mônica com dois filetes de sangue no dorso de cada mão. Ela havia se mutilado com a gilete de barbear.

Demiti a moça e resolvi chamar dona Odete. Comecei oferecendo 20% do salário mínimo, mas ela bateu o pé, só aceitava trabalhar por um salário. Ainda exigiu férias remuneradas de trinta dias, décimo terceiro, carteira assinada e tudo mais a que tinha direito. A mulher aproveitou que eu precisava dela pra me extorquir. Acabei aceitando todas as exigências. Eram os resquícios da república sindicalista implantada por Getúlio Vargas e acentuada por Jango.

A candidatura de Carlos Lacerda pela UDN nas eleições presidenciais de 1965 começava a definhar. O próprio presidente do partido, Bilac Pinto, pediu que Lacerda renunciasse ao pleito pra consolidar a revolução. Segundo Bilac Pinto, sem Lacerda no páreo a candidatura de Juscelino Kubitschek seria inviável. Talvez nem houvesse eleições.

Castello Branco chegou a solicitar pessoalmente a Lacerda que retirasse sua candidatura. Ficava cada vez mais claro que a intenção do presidente era prorrogar o mandato, que acabaria após a eleição direta de 1965. Os militares começavam a tomar gosto pelo poder e não pareciam abrir espaço pra volta de um presidente civil, ou mesmo um presidente militar eleito pelo voto do povo.

Sentindo cada vez mais dificuldades em manter a candidatura, Carlos Lacerda viajou pra Europa com a missão de defender os rumos da revolução no exterior. Inicialmente, Rebeca iria com o governador, mas desistiu de última hora. A presença dela no Rio de Janeiro seria importante pra tocar o governo da Guanabara enquanto Lacerda estivesse em missão internacional.

Certo dia, mamãe me ligou desesperada dizendo que um homem pertencente ao Partido Comunista havia sido baleado no cinema Eskye-Tijuca. Ela não tinha conseguido escutar o nome do sujeito no rádio e achava que podia ser meu pai. Imediatamente entrei em contato com o DOPS em nome do governador. O homem atingido era Carlos Marighella, um velho comunista contemporâneo de meu pai.

Considerado favorito nas eleições presidenciais de 1965, Juscelino Kubitschek teve os direitos políticos cassados. Ele havia abandonado Jango em seus últimos dias de governo e votado em Castello Branco na eleição indireta realizada pelo Congresso Nacional. Agora respondia a inúmeros inquéritos policiais militares pelos esquemas de corrupção nas obras de construção de Brasília. Sem JK e Lacerda, as eleições de 1965 pareciam ameaçadas.

O jornalista Alberto Dines me convidou pra escrever um registro histórico brasileiro do período entre 13 de março e 15 de abril de 1964. Queria que eu contribuísse com relatos da resistência montada no Palácio da Guanabara. O livro se chamaria *Os Idos de Março e a Queda em Abril* e teria a colaboração de Antônio Callado, Carlos Castelo Branco, Pedro Gomes e outros jornalistas. O prefácio seria de Otto Lara Resende. A proposta do livro pareceu laudatória e comemorativa à atividade dos militares. Recusei o convite. Àquela altura, eu começava a perder o entusiasmo com a revolução. Estava mais preocupado em encontrar meu pai.

Com Lacerda no exterior, Rebeca me fez uma oferta pra assumir um cargo no Ministério da Educação em Brasília. Eu já tinha morado na nova capital e abominava aquele lugar. De início recusei, mas Rebeca insistiu. O salário era mais do que o dobro do que eu ganhava no governo da Guanabara e incluía passagens semanais pro Rio de Janeiro.

Eu acreditava que o convite pra trabalhar no Ministério da Educação seria uma espécie de compensação pelo desaparecimento de meu pai. Depois que saiu a nomeação, descobri, por uma secretária do Palácio da Guanabara, que Rebeca havia começado um caso com um empreiteiro casado que tinha negócios com o governo do estado. Ela queria, na verdade, me afastar do Rio de Janeiro pra que eu não atrapalhasse seu novo relacionamento.

Minha reação inicial foi pensar em pedir exoneração do cargo, procurar a esposa do empreiteiro e entregar o adultério. Fazer um escarcéu. Mas eu já tinha conseguido um apartamento funcional espaçoso na Asa Sul e matriculado Mônica na Escola Parque 307/308 Sul. A ida a Brasília poderia nos fazer bem. Talvez ela fizesse novas amizades por lá e sentisse menos falta do avô. Longe do Rio, eu também esqueceria Rebeca.

Antes de me mudar, tive que convencer dona Odete a ir conosco. Ela mais uma vez pôs dificuldades e disse que não podia abandonar a família. Após muita insistência, aceitou ir conosco, com a condição de receber um aumento de 50% do salário, além de sessenta dias de férias anuais, que coincidiriam com as férias escolares de Mônica. Eu pagaria um preço caro, mas pelo menos deixava minha filha em boas mãos.

Passados três anos, eu voltava a morar em Brasília. Dessa vez, não senti a necessidade de viajar toda semana ao Rio. A cidade estava mudada, havia mais construções, restaurantes e opções de lazer. Pra ficar melhor, só faltava o Fluminense transferir a sede do time pra nova capital. Mônica também se adaptou bem à nova morada. Fez amizade com a filha de um coronel do Exército e brincava todos os dias nos pilotis da quadra 307 na Asa Sul.

O coronel tinha uma filha mais velha chamada Dinah de vinte e três anos, que nunca havia namorado. Eu não imaginava o motivo, pois ela parecia uma moça inteligente e bem apessoada; certamente não faltavam pretendentes. Eu soube mais tarde que o coronel tinha ciúme e espantava todos os homens que se aproximavam. Como gostou de mim, ele tentava de todas as formas empurrar a moça pra noivar comigo.

Eu não podia começar um relacionamento sabendo que não daria certo. Não haveria espaço pra arrependimento se eu aceitasse a proposta de noivado com a filha do coronel. Influente e amigo próximo do general Costa e Silva, ele poderia acabar com a minha carreira no governo.

Após meses sem falar com Carlinhos, ele apareceu no Ministério da Educação sem avisar. Tinha ido a Brasília tratar de interesses de clientes do setor cafeicultor. Convidei-o pra jantar no Kazebre 13, que ficava na W3 Sul. Eu nunca tinha ido ao local, mas o coronel o recomendara. Dizia que era a única pizza autenticamente napolitana de Brasília.

Logo que nos sentamos à mesa do restaurante, os donos vieram nos cumprimentar. Eles se apresentaram como Gennaro e Vincenzo. Eu sabia que conhecia aqueles homens de algum lugar. Perguntei o que faziam antes de abrirem o Kazebre 13, e eles responderam que tinham um pequeno negócio na Cidade Livre, chamado Bar e Lanches Itália. Foi aí que lembrei. Era o restaurante em que eu havia comido nos festejos da inauguração de Brasília.

— Quem diria que vocês iriam prosperar nesta cidade, hein? De uma birosca na Cidade Livre a um restaurante de classe na W3.

— Brasília é abençoada — disse Gennaro. — Todo dia recebo políticos, empresários, militares de alta patente. Só lamento que doutor Juscelino agora esteja sendo perseguido e não possa mais frequentar o estabelecimento. Todos nós desta cidade devemos muito a ele.

— Brasília custou muito ao país e enriqueceu muita gente, inclusive JK. Finalmente, agora ele vai responder pelos seus atos de corrupção.

— Doutor Juscelino é um homem simples, um homem bom, honesto.

— Isso ele vai ter que provar nos inquéritos militares.

— Agora façam os seus pedidos, e eu deixarei você à vontade — falou Gennaro, como se não tivesse gostado da crítica a Juscelino Kubitschek.

Carlinhos pediu a legítima pizza napolitana de queijo gorgonzola. Pra acompanhar, uma garrafa de vinho do Porto. Eu não gostava de vinho, muito menos os da região do Porto. O gosto adocicado me causava azia. Pedi uma dose de uísque, mas Gennaro informou que estava em falta no restaurante, pois havia comprado bebidas falsificadas, que não tinha coragem de servir aos clientes. Ele garantiu que no dia seguinte chegariam uísques de boa procedência, nacionais e importados, na casa.

— O presidente Castello Branco está colocando dificuldade pros meus clientes produtores de café — reclamou. — Ele cortou subsídios e financiamentos pelo Banco do Brasil. Os cafeicultores estão ameaçando tocar fogo nas sacas de café pra aumentar o preço no mercado, que nem nos tempos da República Velha.

— Esses militares são pessoas difíceis de lidar. Eu mesmo trabalho com tenente, major e coronel no Ministério da Educação. Ninguém entende nada da pasta, mas eles adoram colocar dificuldade nos procedimentos.

— O jeito vai ser liberar grana pra esses milicos, senão o setor do café vai quebrar. Meu medo é oferecer algo e receber voz de prisão por crime de tentativa de corrupção.

— Eles são menos honestos do que aparentam. Você pode sondar com oficiais menos graduados como chegar a coronéis e capitães que possam ajudá-lo.

— Agora vamos falar de você, Fernando. Não quer mais voltar pro Rio. Aposto que já arrumou uma namorada aqui em Brasília.

— Você sabe que Rebeca está de caso com um homem casado, né?

— Pra falar a verdade, meu amigo, eu já tinha conhecimento fazia algum tempo, mas fiquei com receio de sua reação. Pro seu bem, achei melhor que você continuasse tocando sua vida sem saber.

Carlinhos bebeu o vinho, e comeu um pedaço da pizza que tinha acabado de chegar.

— Fernando, esse não foi o primeiro homem de Rebeca depois de você. Quando vocês ainda eram casados, Carlos Lacerda e ela...

— Chega, Carlinhos — eu o interrompi de maneira ríspida. — Estou conseguindo me recompor agora. Brasília neste momento me faz bem. Eu não quero mais saber daquela mulher. Não me conte mais nada.

Carlinhos pediu desculpas e prometeu não falar mais coisa alguma sobre Rebeca.

— Eu achava que você ia engatar naquela moça que cantava nas boates. Como era o nome dela mesmo?

— Sandrinha. Não, a Sandrinha não. A mulher era uma comunista. Você acha que daria certo?

— Sei lá. Talvez ela se convertesse. Ou você. Já pensou se você virasse comunista, igual ao seu pai?

— Nem me fale nele. Eu passei a vida inteira brigando com meu pai. Somos muito diferentes e com pensamentos incompatíveis. Mas, desde que desapareceu, devo confessar que tenho sentido uma falta enorme dele. Não queria que tivesse partido assim, com a gente intrigado. Eu não acredito mais que ele esteja vivo. Pra mim, os milicos o mataram e deram um sumiço no corpo.

Virei o cálice de vinho do Porto. Eu mal havia deglutido, e Gennaro encheu novamente o copo da bebida.

— Hoje não tenho certeza de que a revolução foi um caminho correto a tomar. A revolução é sempre uma ruptura, e rupturas causam traumas na política e na vida das pessoas.

— O país não aguentaria o governo João Goulart até as eleições do próximo ano.

— Podíamos ter tentado o *impeachment*, com a liderança de Carlos Lacerda, Magalhães Pinto, Ildo Meneghetti. Talvez hoje tivéssemos um presidente civil.

— Você está desiludido por causa de seu pai. Mas não se preocupe, Fernando, Marcos está bem.

— Ninguém pode garantir isso.

— Veja, meu amigo, eu prometi a dona Anita que não falaria nada, mas não aguento ver você assim. Sua mãe não queria que você soubesse neste momento, mas deram notícia de seu pai na semana passada. Ele estava em Montevidéu, com Leonel Brizola e um grupo de exilados que organizam um levante contra a revolução.

— Eu sou um trouxa mesmo. Procurando por meu pai nos quatro cantos, preocupado, me desgastando com os militares, e ele metido mais uma vez em subversão. Por que mamãe escondeu isso de mim?

— Ela ficou sabendo há poucos dias. Marcos ligou pra ela querendo saber como Mônica estava. Dona Anita teve receio de que essa informação vazasse e que prejudicasse sua carreira no Ministério da Educação.

Talvez mamãe tivesse razão, meu pai sempre foi um empecilho em minha vida. Ele não deixaria de ser comunista, nem deixaria de lutar por seus ideais. Os subversivos com quem estava envolvido poderiam pegar em armas pra combater os militares da revolução. Agora, a existência de meu pai representava um risco não só à manutenção de meu emprego, mas à minha própria segurança.

Tirei o dinheiro da carteira, mas Carlinhos não me deixou pagar a conta. Ele ainda me convidou pra ir à boate do Brasília Palace, mas inventei uma desculpa: precisava concluir um trabalho.

Antes de ir pra casa, comprei um vidro de leite de magnésia na drogaria e uma garrafa de Campari no supermercado. O vinho do Porto havia me deixado com azia e com um pouco de ânsia de vômito. Tomaria o remédio pra aliviar o estômago e uma dose de Campari pra tirar o gosto doce da boca.

Quando estacionei o carro na quadra 307, encontrei Mônica e a filha mais nova do coronel brincando embaixo do nosso prédio. Reclamei que era tarde pra duas crianças estarem acordadas e ordenei que as duas fossem pra casa. A filha do coronel, acostumada com a hierarquia, me obedeceu. Mônica retrucou: dormiria na hora que ela quisesse. Em seguida, se agarrou a um dos pilotis. Não tive dificuldade em descolar os seus braços finos da parede. Levei minha filha à força pra casa. Ela se sentou no sofá ao lado de dona Odete. Aos poucos, a menina foi se acalmando, enquanto assistia ao noticiário na televisão.

— Dona Odete, não quero mais saber de Mônica brincando na rua até tarde. A partir de hoje, quero que Mônica esteja pronta pra dormir antes das oito da noite.

— Nós temos que dar graças a Deus que ela tem uma amiga pra brincar aqui. No Rio, a menina era tão sozinha. Só se animava quando estava com o avô.

Sentei-me na poltrona e tomei um gole de leite de magnésia direto do vidro. A azia começou a aliviar à medida que o líquido do remédio descia pelo esôfago.

— Preciso lhe contar uma coisa, minha filha.

Mônica fingiu não me escutar e continuou olhando de maneira fixa pra televisão.

— O assunto é delicado, mas você tem a idade e o direito de saber.

— Credo, Fernando. Quanto mistério — disse dona Odete.

— Então, vou ser curto e grosso. O seu avô morreu, Mônica.

— O pai de Rebeca? — perguntou dona Odete.

— Não, o meu pai.

Minha filha se levantou e me olhou nos olhos, como nunca tinha feito antes. Permaneceu paralisada por alguns segundos, como se aguardasse eu desmentir a notícia.

— Sinto muito, filha. Que Deus tome conta da alma do seu avô.

Mônica não se desesperou, não chorou, não gritou. Ela foi à cozinha, pegou um copo de água, e foi pro seu quarto.

— O que aconteceu com seu Marcos? — quis saber dona Odete.

— Carlinhos acabou de me contar que ele se meteu com uma turma subversiva no Uruguai, e foi morto pela polícia de lá. Não sei de maiores detalhes, nem quero saber. Foi feita a vontade de Deus. Passei minha vida inteira vendo mamãe sofrer por ele. Agora minha filha. Isso tinha que terminar. Talvez a morte dele traga um pouco de paz à nossa família.

— O corpo de seu Marcos será levado ao Rio? Quero acompanhar o velório.

— Meu pai já deve estar enterrado numa vala comum no Uruguai, talvez como indigente. Agora vá dormir, dona Odete, e não me pergunte mais nada. Me deixe sozinho.

Peguei a garrafa de Campari, um copo na cristaleira, e me sentei à mesa. Tirei os sapatos e servi uma dose. Pensei em colocar umas pedras de gelo. Mas decidi que seria melhor puro. Preferi sentir aquele gosto amargo, violento, que ainda continuaria por muito tempo em minha boca.

Na Espanha, o ex-presidente está escrevendo um livro "que será um depoimento para a História sôbre os meus adversários políticos"

JUSCELINO ACUSA

A cassação do meu mandato de senador e a suspensão de meus direitos políticos resultou do reconhecimento de que a minha candidatura era a mais forte no pleito de 1965. Minha eleição, inevitável, era temida pelas mesmas fôrças que tentaram impedir minha posse em 1955. Daí o ato de brutalidade, que ficará na história brasileira como uma de suas páginas mais repugnantes, pela injustiça tanto a mim quanto ao povo, que iria sufragar o meu nome. Foi um golpe político, como, aliás, o próprio govêrno declarou, assim que se fêz sentir no país e no exterior a reação desfavorável... No Palace-Hotel de Madri, situado na Plaza de las Cortes, esquina da Plaza Netuno, onde existe uma das mais belas fontes da capital espanhola, o ex-Presidente Juscelino Kubitschek e sua espôsa, D. Sara, ocupam o apartamento n.º 171. De quando em quando, chegam universitários brasileiros, para visitá-lo, ou jornalistas à caça de entrevistas, em geral interrompidas por chamadas telefônicas internacionais, tanto do Brasil como de Roma, Paris, Londres e Genebra. Fora disso, o criador de Brasília tem feito passeios pela cidade, ora a pé, ora num carro colocado à sua disposição. Tem também lido muito. Quando chegamos, JK tinha nas mãos as memórias do Marechal Rommel, que pôs de parte, marcando a página em que interrompera a leitura. De início, declarou o ex-presidente que o seu maior desejo é voltar ao Brasil, tão cedo exista clima para isso. Caso não haja, terá que buscar um local para fixar-se. Não precisou qual fôsse êsse lugar, mas é provável que seja uma cidade portuguêsa, onde se realizaria o casamento de sua filha Márcia. Depois de suas primeiras declarações, perguntamos-lhe: — Mas, se a cassação de seu mandato constituiu um ato político, como explica o seu apoio e o de seu partido, o PSD, à eleição do atual presidente? — A revolução de 31 de março teve duas etapas. Na primeira, anticomunista, ela interpretou o sentimento da maioria do povo brasileiro e, por isso, teve o Marechal Castelo Branco o meu apoio e o do meu partido. Na segunda etapa, converteu-se em movimento faccioso, representativo de uma minoria agressiva, inspirada pelos adversários que derrotei nas urnas em 55, ainda inconformados com a derrota, embora eu, na presidência, tivesse impulsionado o desenvolvimento brasileiro num ritmo jamais testemunhado em tôda a história republicana. Nessa segunda etapa, o objetivo principal do grupo que pressionou o govêrno foi o de impedir a qualquer custo a minha vitória em 65. — Mas farto noticiário foi divulgado, afirmando que o Conselho de Segurança Nacional apurara casos de corrupção em seu govêrno. Que diz a isso? — O próprio govêrno, ao reconhecer que me cassara o mandato por um ato político, pês de lado as argüições caluniosas realejadas há mais de dez anos por meus adversários. Entretanto, decidi responder a tôdas elas, ponto por ponto. Acredito na boa-fé das nossas fôrças armadas. Se nelas uma minoria agressiva se deixa orientar por meus desafetos gratuitos, a maioria saberá examinar a minha resposta a tais calúnias.

SEGUE

Entrevista concedida a David Sales, enviado especial de MANCHETE a Madri.

JK se manifesta no exílio após ter o seu mandato de senador cassado e os direitos políticos suspensos (*Manchete*, 4 de junho de 1964)

Linha do Tempo

1960	
21/04	Inauguração de Brasília;
03/10	Jânio Quadros vence as eleições para a presidência da República com 48% dos votos. João Goulart se elege como vice-presidente.

1961	
31/01	Posse de Jânio Quadros na presidência da República;
12/04	O russo Yuri Gagarin é o primeiro ser humano a entrar em órbita, deixando a União Soviética à frente dos Estados Unidos na corrida espacial;
25/08	Renúncia do presidente Jânio Quadros;
28/08	Junta Militar se opõe à posse do vice-presidente João Goulart. Leonel Brizola, governador do Rio Grande do Sul e cunhado de Jango, organiza uma resistência no Palácio do Piratini, no que ficou conhecida como Campanha da Legalidade;
07/09	Posse de João Goulart no regime parlamentarista.

1962	
02/02	Fundação do Instituto de Pesquisas e Estudos Sociais, que faria oposição ao governo João Goulart;
23/05	O filme O pagador de promessas de Dias Gomes ganha o prêmio Palma de Ouro no Festival de Cannes;
17/06	A seleção brasileira de futebol vence a Tchecoslováquia na final da Copa do Mundo por três a um e se sagra bicampeã mundial;
13/07	Após aprovação no Congresso Nacional, o presidente João Goulart sanciona a lei do 13º salário;
22/10	Crise dos Mísseis em Cuba, que quase deflagrou uma guerra nuclear entre Estados Unidos e União Soviética.

1963

06/01	Em plebiscito, o povo brasileiro aprova a volta do sistema presidencialista;
12/09	Revolta dos Sargentos, em protesto à decisão do STF que declarou a inelegibilidade de suboficiais das Forças Armadas;
22/11	Assassinato do presidente John Kennedy em Dallas.

1964

13/03	Comício na Central do Brasil reúne milhares de pessoas em apoio às reformas de base e ao governo João Goulart;
19/03	Marcha da Família com Deus pela Liberdade em São Paulo contra o comunismo e as reformas sociais pretendidas pelo presidente da República;
30/03	João Goulart discursa no Automóvel Club do Rio de Janeiro em defesa das reformas de base;
31/03	Tropas do general Olímpio Mourão Filho se deslocam de Juiz de Fora/MG para depor o presidente João Goulart;
01/04	O Golpe Militar iniciado em Minas Gerais ganha apoio da cúpula das Forças Armadas. O general Costa e Silva se declara líder do Comando Supremo da Revolução. Jango tenta organizar resistência ao seu mandato em Brasília, mas, sem apoio, viaja para Porto Alegre;
02/04	O presidente do Senado declara vaga a presidência da República e dá posse a Raniere Mazzilli, presidente da Câmara dos Deputados. Quem exerce o poder de fato são os militares;
09/04	O Comando Supremo da Revolução baixa o Ato Institucional nº 1, dando poderes aos militares para realizar cassações de mandatos eletivos e suspender direitos políticos. Cem pessoas foram cassadas, dentre elas João Goulart, Jânio Quadros, Leonel Brizola e Samuel Wainer.
15/04	O general Castello Branco assume a presidência da República, após eleições indiretas do Congresso Nacional;
08/06	O ex-presidente Juscelino Kubitschek é cassado pela Ditadura Militar e tem os seus direitos políticos suspensos por 10 anos;
22/07	Emenda Constitucional prorroga o mandato de Castello Branco até o ano de 1967.

LEIA TAMBÉM:

CAMPANHA

Há um grande número de pessoas vivendo com HIV e hepatites virais que não se trata. Gratuito e sigiloso, fazer o teste de HIV e hepatite é mais rápido do que ler um livro.

FAÇA O TESTE. NÃO FIQUE NA DÚVIDA!

ESTA OBRA FOI IMPRESSA
EM JULHO DE 2022